달이 이끄는 이세계 여행 5

아즈미 케이

목차

진
중앙 롯츠갈드 학원의 남학생.
검사 지망.
에바
중앙 롯츠갈드 학원의
도서관에서 사서로 일하고 있다.
마코토에게 관심을 가지고
있지만…….
루리아
에바의 동생. 롯츠갈드의
식당인 「고테츠 식당」에서
일하고 있다.

시키
원래 모습은 「리치」라고 불리는
언데드 몬스터.
마코토와 계약함으로써
사람의 모습이 되었다.
미오
원래 모습은 거대한 거미.
마코토와 계약함으로써 사람의 모습을
얻었다. 마코토에게 심취했다.
미스미 마코토
본작의 주인공. 부모의 사정으로
이세계에 소환된 비운의 고등학생.
이세계 라이프를 만끽 중.
토모에
본래 「신(蜃)」이라고 불리던 용.
마코토와 계약함으로써 사람의
모습을 얻었다.
일본 문화를 각별히 사랑하고
있다.
주요
등장인물

프롤로그

나, 미스미 마코토와 종자인 예전에 리치였던 시키는 학원 도시 롯츠갈드의 거리를 거닐고 있었다.

세련된 석조 건물들로 이루어진 거리로부터 이전에 체류하던 도시 츠이게에서는 느껴보지 못 했던 도심의 향취가 풍겨져 왔다.

롯츠갈드는 다수의 도시가 집합체를 이룬 형태의 대도시였다.

지금 우리가 걷고 있는 중앙 도시를 중심으로 주변에 마치 위성처럼 여러 개의 도시가 흩어져 있으며, 제각기 특징적인 교육 기관들을 보유하고 있다. 참고로 이 중앙 도시가 보유하고 있는 기관은, 유일하게 학원 도시와 동일한 명칭인 롯츠갈드 학원이다. 가장 우수한 학생들이 모여든다고 한다.

어쨌든, 입학 희망자들은 모두 이 중앙 도시에서 시험에 응시해서 능력이나 적성에 적합한 학교에 입학한다는 것이 이 도시의 기본적인 방침이다. 물론 실제로는 적성이나 능력 이외에도 재력이나 신분 등의 요소도 고려하겠지.

나는 츠이게에서 신세를 졌던 렘브란트 상회의 대표인 패트릭 렘브란트 씨의 추천을 받아 학원 입학시험에 도전할 예정이다.

역시 학원 도시라고 해야 할까? 다양한 토지로부터 사람들이 모여들기 때문인지, 진열된 물품들이나 행인들의 복장도 다양한 개성을 보여주고 있었다. 츠이게가 여러 개 정도 들어가고도 남을 듯한 넓은 면적 덕분에 아무리 산책을 해도 질리지 않았다.

"……."

나는 문득 신경 쓰이는 광경을 목격하고, 발걸음을 멈췄다.

"무슨 일이라도 있으십니까, 라이도우 님?"

라이도우라는 이름은 내 가명이다. 시키는 이 도시에선 그렇게 불러달라는 내 부탁을 별 말 없이 받아들이고 있었다.

"아무 일도 아니라고 말하고 싶은 참인데, 저기 봐."

내가 시선으로 가리킨 방향에서, 한 여성이 네다섯 명의 남자에게 둘러싸여 있었다. 약자에게 괜한 시비를 거는 건달들 자체는 이세계에서도 흔한 편이다.

다만, 그 약자가 휴만이라는 사태는 흔치 않았다. 절야(絕野)의 베이스 같은 특수한 환경에서라면 몰라도, 츠이게 이후로 이런 광경은 목격한 적이 없었다.

아인(亞人) 학대는 일상다반사였다. 여행길 도중에도, 여기에 도착한 이후로도 여신의 가르침이 강하게 자리 잡은 장소일수록 아인은 입장이 약했다. 그 빌어먹을 창조신 가라사대, 아인은 휴만이 완성되기까지의 과정에서 탄생한 실패작에 지나지 않는다고 한다. 신의 자비에 따라 세계에 존재하고 있을 뿐이니, 완성형인 휴만에게 봉사해야 한다고 한다. 가르침 자체가 그냥 막 가는 스타일이야.

"예, 무슨 공갈이나 협박이라도 하고 있는 걸까요?"

"글쎄? 저건 단순히 시비를 걸고 있는 걸로 보이는데?"

"시비라고요? 예, 그렇게 보이기도 하는군요."

시키는 그다지 관심이 없어 보였다. 사실 이세계로부터 소환된 내가 신경을 너무 많이 쓰는 편인지도 모른다.

그러고 보니 시키에게 여신과 만났다는 이야기를 했을 때, 그는 그야말로 난리법석을 떨었다. 그가 지니고 있던 풍부한 어휘가 「믿어지지 않습니다. 굉장해요. 불가능합니다」를 제외하고 사라져 버린 게 아닌가 싶을 정도로 그 단어들을 연발하면서, 몹시 흥분한 상태로 사방을 오락가락했다.

토모에를 경유해서 내 기억에 남아있는 여신의 모습을 목격했을 때도 장난감을 발견한 어린아이처럼 두 눈을 반짝거리고 있었다.

다행히 현재로서는 다른 두 사람처럼 이세계의 영상 작품에 빠진 듯한 기색은 없었다. 묘한 취미는 곤란하긴 하지. 하지만 이질적인 문화와 접촉하면서 느끼는 바가 있다는 것은 어찌 보면 당연한 현상이다. 시키도 머지않아 이세계의 영향을 받을지도 모른다.

사실 이미 각오하고 있다. ……무슨 BL 같은 장르에 재미를 붙이지 않는 이상에야, 시키가 어떻게 변하더라도 받아들일 생각이다.

"휴만끼리 쓸데없이 옥신각신하는 모습은 그다지 구경해본 적이 없거든. 잠깐 보고 올게."

"라이도우 님?"

피해자가 여성이기 때문이 아니다.

단지, 그녀의 눈빛이 신경 쓰였다.

냉담한 것도 아니고 포기하고 있는 것도 아니었다. 일그러져 있지도 않았다. 저 눈빛은 대체 뭘까? 조금 신경 쓰였다.

"이봐, 뭐라고 말 좀 해봐!"

소년은 우리가 다가서고 있다는 것도 깨닫지 못한 채 여성에게 트집을 잡고 있었다.

나는 시키에게 눈짓을 했다. 나는 휴만의 언어를 사용하지 못 해서 필담을 구사하고 있기 때문에 말을 대신 해주는 사람이 있다는 사실이 몹시 든든하다.

"아, 그쯤 해두는 게 어떻겠나?"

아니 잠깐, 왜 의문문인 거야? 시키, 거기는 딱 잘라 말해야 폼이 나지 않냐?

"……너희들은 뭐야?"

"참나, 이 옷이 안 보이는 거야? 너희들 바보 아냐?"

바보 두 사람이 뭔가 지껄이고 있다. 옷이라고? 응, 똑같은 옷을 입고 있군. 아마 교복일 거다. 학원의 학생인 모양이다. 색깔은 가지각색이었지만 디자인은 거의 동일했다.

대충 예상은 갔다.

'죽여도 되겠습니까, 마코토 님?'

시키가 염화로 직설적이면서도 요란한 허가를 요청했다.

'잠깐?!'

'바보? 이 나에게 바보라고? 아니면…… 설마 마코토 님께? 음, 사형이군요. 알겠습니다.'

'알긴 뭘 알아! 너 말인데, 살짝 혼쭐이나 내주고 쫓아버리면 그만이라고! 다짜고짜 죽이지 마! 알겠냐?!'

'아오. 아, 알겠습니다.'

아오? 잠깐 시키 너 말인데? 침착한 성격의 그가 이 정도 인식이라면…… 토모에는 일단 문제없겠지만, 미오는 정말 괜찮을까? 여기저기서 살인을 저지르고 다니는 건 아니겠지? 토모에와 함께 다니고 있으니 아마 무모한 짓은 저지르지 않았을 거야. 그렇게 믿는다. 믿는다고!

"자네들, 어서 꺼지도록 하게. 죽이지는 않을 테니까."

그들의 교복을 보고 문득 이런 생각이 들었다. 이세계로 소환된 지구인 말인데, 정말로 나하고 용사들이 최초인 걸까?

그들은 일본의 블레이저와 굉장히 닮은 교복을 입고 있었다. 우연인가? 누군가가 먼저 이 세계에 소환된 적이 있기 때문에 저런 옷이 전해져 내려온다고 치는 편이 설득력이 있어 보였다.

교복이 전 세계 공통이라는 생각은 안 들거든.

아니, 지금은 그게 아니지.

'시키, 너 혹시 일상회화가 서툰 편이야?'

'아닙니다. 하지만 바보들을 상대하는 방법은 서툰 편이군요.'

아, 그러세요?

대놓고 싸움을 걸고 있잖아? 어쩌면 내 동급생이 될지도 모르는 애들이라고.

교복을 과시하고 있다는 뜻은, 이 도시에서 학생의 신분이 꽤 높다는 얘긴가? 학생은 일반적으로 권력이나 돈하고는 거리가 머니까 사회적인 지위로 따지고 들어가면 꽤 낮은 이미지란 말이지.

말하자면 지금 상황은 「이 교복이 안 보이는 거냐? 나는 고등학생이거든?」하고 지껄이는 거나 다름없다는 건데, 내 상식에 입각하자면 틀림없이 괴짜 취급당할 헛소리다.

도시 전체가 학문이나 연구 기관으로서의 기능에 특화되어 있기 때문에 기술자나 연구자의 지위가 높아지는 것은 납득할 수 있다. 하지만 아무리 학원 도시라는 특수한 장소를 고려해 봐도, 어디까지나 기술자나 연구자가 되기도 전의 지망생에 지나지 않는 학생 따위는 거의 바겐세일로 팔려나가는 물건 같은 감각일 텐데?

"웃기지 마아!!"

소년들 중 한 사람이 고함을 내질렀다.

그의 손바닥으로 마력이 천천히 꿈틀대면서 모여들고 있었다. 마술이라도 쓸 생각이야?

그는 굉장히 느긋하면서도 낭랑하게, 큰 목소리로 영창을 시작했다. 유치원 장기자랑이냐?

[미안한데, 무슨 곡예라도 시작할 생각인가?]

만약 무슨 쇼라도 시작할 생각이라면 이런 영창도 나쁘지 않겠지만, 지금은 싸움을 하고 있는 와중이다.

그렇기 때문에 순수한 의문을 제기한 건데, 아무래도 이 발언이 그들을 진심으로 화나게 한 것 같다. 굉장한 기세로 노려보기 시작했다.

'마코토 님께서도 만만치 않으시군요.'

'결단코 오해야.'

시키가 흙 속성의 영창을 순식간에 끝냈다.

"앗! 빠르다?!"

아니 그럴 리가 있나? 평범한 속도였거든? 역시 학생이야. 세상 물정을 모르는군. 그래가지고서야 전쟁터에서 무서운 어린이를 거느리고 다니는 무서운 누나가 회를 뜨러 오면 어떡하려고 그러냐?

퉁, 시키가 들고 있던 검은 빛의 지팡이가 땅바닥을 두들겼다. 아공에 살고 있는 드워프 종족인 엘드워들이 「임시변통입니다만」이라고 면목 없다는 표정을 짓고 시키에게 넘겨줬던 지팡이다. 나름대로 고성능인 듯하다. 시키는 엘드워의 지팡이에 만족감을 표시했다.

네 사람, 아니 다섯 사람의 몰개성적인 비명이 거리에 울려 퍼졌다.

학생 같이 보이는 패거리의 발밑에서부터 시키가 마술로 생성한 돌기둥이 뻗어 나와 그들을 하늘로 초대한 것이다.

그들에게 둘러싸여 있던 여성은, 마치 돌로 만들어진 감옥에 갇혀 있는 듯한 모양새였다. 아뿔싸, 그녀가 마음의 준비를 할 수 있도록 미리 한 마디라도 건넸어야 했나? 갑작스럽게 수십 미터의 돌기둥에 포위당하는 사태는 분명히 무서울지도 몰라.

이야, 정말 멋들어지게 솟아올랐군. 일단 이건 없애버리자. 주변에 민폐를 끼치는 구조물이야. 행인들도 뭔가 일이 벌어졌다는 것을 깨닫고 소란을 벌이기 시작했다.

나는 돌기둥에 가만히 손을 가져다 댔다.

그리고 마술의 구성을 파악해서 역주행 시켰다. 코어 부분을 발견해서 암흑 속성으로 무효화시켰다. 다섯 개의 기둥이 마치 처음부터 존재하지 않았다는 듯이 사라졌다. 기둥에 휘말려서 공중으로 붕 뜬 친구들은 어떻게 처리할까? 일단 마술은 쓸 수 있는 모양이니 스스로 해결할 수 있지 않나? 나와는 달리, 누구 한 사람 정도는 바람 속성을 구사할 수 있을 테니까.

"훌륭하십니다. 무효화(카운터 스펠) 마술을 완성하실 날도 머지않겠군요."

그럼 좋겠다. 나는 시키에게 애매한 미소로 대답했다. 지인이 사용한, 알고 있는 마술을 무효화시킨 거 가지고 너무 띄워주는 거 아니냐?

[괜찮나? 글자를 읽을 수 있다면, 도망쳐 줬으면 좋겠다. 저 녀석들이 너에게 시비를 건 이유는 모르겠다만, 이미 실력을 행사한 관계로 원만히 끝내기는 힘들어 보이거든.]

"어, 아."

여성이 눈앞의 글자를 보고 놀라는 표정을 지었다. 식당 종업원인가? 메이드 복과는 다르지만, 에이프런이나 주름 장식 같은 파츠가 그런 직업을 연상시켰다.

공중에 뜬 남자들을 확인하며 위를 바라보고 있다가 눈앞에 글자가 등장해서 놀란 걸까?

……그녀의 눈에서 느껴졌던 묘한 빛은 이미 사라져 있었다. ……딱히 상관은 없나? 그저 단순한 호기심에 불과했거든.

"저는 구해달라고 말씀드린 적은……."

까막눈은 아닌 모양이다. 그래? 그럼 대화도 나눌 수 있다는 뜻이다.

[딱히 은혜를 베풀 생각은 없다. 두 번 다시 만나지 않을 지도 모르니 신경 쓸 필요도 없어.]

"……."

[어서 가봐.]

“전 이 앞에 위치한 고테츠 식당의 종업원입니다. 식당에서 더부살이로 일하고 있으니, 시간이 나시는 날에 찾아와 주세요. 일단, 답례를 드리고 싶습니다.”

[기분이 내키면 방문하도록 하지.]

여성이 달려갔다. 어깨를 살짝 감출 정도로 긴 곱슬머리가 살랑거렸다. 고테츠[#1] 식당이라. 쌈닭 찌개라도 나오려나? 이 동네에서 자리가 잡히면 한번 정도 찾아가볼까? 전체적으로 담백하긴 하지만, 이 세계의 요리는 상당히 맛있는 편이기 때문에 기대될 따름이다.

“도움을 받아놓은 것치고는 무례한 소녀로군요.”

“그래? 갑자기 아무런 대가도 없이 도와주는 자가 나타나면 뭔가 다른 속셈이 있을지도 모른다고 의심하는 사람도 있을 수 있는 거 아냐? 마침 누구 씨가 사람들의 주목을 끌어 모을 정도로 일을 크게 벌이기도 했고.”

정의의 히어로가 사방을 활보하는 세계도 아니거든. 신중에 신중을 기해서 살아가는 사람들도 있는 법이야. 사실 나도 여기로 오고 나서 성격이 어지간히 거칠어진 것 같은 느낌이 든다.

“일을 너무 크게 벌였나요? 실수로 죽기라도 하면 곤란하니, 얌전한 술법을 사용했습니다만.”

돌기둥 끝이 예리하기만 해도 그대로 가버리는 술법이었거든. 얌전하다고?

“이왕이면 땅에 묻어버리는 편이 눈에 안 띄지 않아?”

#1 고테츠(五鐵) 일본의 시대극 오니헤이한카초에 등장하는 식당. 쌈닭 찌개를 판매한다.

"그러고 보니, 저 녀석들도 열심히 버티고 있는 모양이군요. 저러다가는 머지않아 모든 마력을 소진할 것으로 보입니다만, 자살지망생일까요?"

그러고 보니 공중에 떠오른 녀석들이 필사적인 표정으로 부유 마술을 사용하고 있었다.

……어중간하게 고도가 떨어지기 시작한 모습을 보면, 저러다가 추락할 공산이 클 것이다.

"……설마 날지 못 하는 건가?"

"그렇다면 결국 저열한 돼지에 지나지 않는 족속이로군요. 내세에 행복하기를 빕니다."

"……목숨은 살려주자."

시키가 내 부탁을 가벼운 탄식과 함께 받아들였다. 그는 소년들이 사용한 술법보다 강력한 부유 마술을 전개했다. 그들을 공중에서 포착한 후에, 낙하 속도를 줄이면서 천천히 지상으로 귀환시키……지 않았다. 마지막엔 기세 좋게 떨어뜨렸다.

시키~.

애들 싸움이냐!

"두고 보자――――!!"

"큭!!"

"이, 일름 선배, 기다려 주세요!!"

아, 엉덩방아까지 찧고, 불쌍해라. 그런데 낙법도 못 치냐? 체육시간에 배우지 않는 걸까?

지금 얼핏 생각이 들었는데, 저런 두고 보라는 대사는 이쪽이 정말로 두고 봐도 괜찮다는 걸까? 쟤들도 틀림없이 나중에 후회할 텐데.

"……라이도우 님. 제 주제를 넘은 간언임은 알고 있습니다만, 이번과 같은 경우에 일일이 간섭하실 필요는 없지 않겠습니까? 이러한 일들은 말하자면 일종의 사회 현상입니다. 근본 자체를 제거할 수 없는 제각각의 현상에 굳이 개입하심은 무의미한 일입니다."

"시키, 무의미하지 않아. 내가 당장 만족했으니까. 물론 거의 심심풀이나 다름없다는 자각은 있어. 하지만 시키가 내 성격을 바로잡고 싶다면, 내 입을 우격다짐으로라도 다물게 할 정도의 각오는 필요할 거야."

그래. 딱히 패거리가 한 소녀에게 시비를 걸고 있는 모습을 용서할 수 없어서 말린 게 아니야. 그녀가 그런 눈빛을 보이고 있던 이유에 조금 호기심이 생겼을 뿐이지.

"……."

"딱히 저런 짓거리를 전부 없애고 싶다는 생각은 없고, 시도할 생각도 없어. 이번 일은 그저 마음 내키는 대로 행동했을 뿐이야."

"라이도우 님……."

"제멋대로인 주인이라 미안해."

"아닙니다. 저야말로 감히 주인께 건방진 말씀을 드리고 말았습니다."

"그건 그렇고, 나대신 열심히 행렬에 늘어서 있던 시키를 위해 뒷풀이라도 하자. 그렇게 접수처에 줄을 세워 놓고 시험은 사흘 후라, 입학시험이라는 건 대체 얼마나 기다리게 해야 직성이 풀리는 거지?"

시키가 행렬에 늘어서서 접수를 마친 상태였지만, 정작 시험은 앞으로 사흘이나 더 기다려야 했다. 오늘 저녁은 지금부터 남자 둘이서 시키의 엿새에 걸친 고행을 위로하기 위한 회식을 가질 생각이다.

"예?"

시키가 내 말을 듣고 넋이 나간 듯한 표정으로 반응했다. 응? 무슨 일이지?

"……예? 왜, 또 무슨 일 있는 거야, 시키? 시험은 사흘 후라면서?"

"라이도우 님? 지금 입학시험이라고 말씀하셨습니까?"

"말 그대로 학원에 입학하기 위한 시험이라고 했는데?"

렘브란트 씨의 추천장과 함께 그를 위한 서류를 제출하기 위해 행렬에 엿새나 줄을 섰던 인물은 다름 아닌 시키 자신이었다.

"아닙니다. 말씀하시고자 하는 바는 물론 잘 알겠습니다만."

"무슨 이상한 점이라도 있나?"

"라이도우 님께서는 입학시험에 응시할 생각이셨습니까?"

당연하지. 나는 고개를 끄덕였다.

"똑똑히 들어주십시오. 라이도우 님께서 사흘 후에 응시하실 시험은 입학시험이 아닙니다."

엥?

"애당초 교육기관에 입학할 경우, 크고 작은 규모의 차이는 있겠으나 기본적으로 정기적인 시험을 치르게 됩니다. 수시로 접수를 받는 학교는 상당히 특수한 경우지요."

그러니까, 그 상당히 특수한 대규모 학교가 여기 아니야? 평범하게 생각하면 틀림없이 1년에 한 번이나 두 번 정도가 보통이라는 생각은 든다.

크고 작은 규모를 합치면 100에 달할 정도로 대량의 학교를 보유하고 있는 규격 밖의 도시라면, 무슨 일이 있어도 이상할 건 없잖아?

"이 도시에서는 이 시기에 학생을 모집하지는 않습니다. 라이도우 님."

"그럼, 시키는 무슨 행렬에서 대기하고 있던 거야?"

"직원 채용 시험의 행렬이었습니다."

지, 직원?! 직원이라는 건 취직이라는 거야?! 그럴 수가?!

산뜻하게 폭탄선언이냐?!

"시, 시키?! 난 일단 상인 길드 소속의 상인이라는 멀쩡한 직업이 있거든?"

결코 직업을 찾으러 여기를 찾아온 건 아니거든요?!

"하오나, 렘브란트 씨로부터 넘겨받은 서류에는 라이도우 님께서 전술 전반을 담당하는 교사로서 시험 응시를 희망하신다는 내용이 적혀 있었습니다."

레, 렘브란트 씨이이이이?!

"어째서 서류의 내용물을 보고 이상하다고 생각하지 않은 거지?!"

"라이도우 님께서 평범하게 학생이 되시는 편이 이상하게 느껴졌기에 저는 오히려 이 서류를 확인하고 자연스럽게 받아들였습니다만?"

으어어. 렘브란트 씨, 당신 대체 무슨 생각을 하는 거야! 시키도 마찬가지야. 나는 아직 열일곱이라고요. 선생 노릇 같은 걸 할 수 있을 리가 없잖아!!

밀랍 봉인 같은 건 무시하고 내용물을 확인해야 했었나! 하지만 일부러 서류의 내용물을 확인해도 별 수 없었던 말이지. 내가 이 세계의 신청 서류 중에 아는 거라고 해봐야 상인 길드에서 받은 것 정도라고.

"추천장……. 그래, 그거야! 추천장의 내용은?!"

"예. 추천장에 따르면 분명히 라이도우 님께서는 세계의 끝에서 풍부한 실전 경험을 쌓으셨고, 언어 구사에 애로사항은 있으나 의사소통에 문제가 없는 귀중한 인재이므로 이러한 시기이기는 해도 아무쪼록 받아들여주기를 부탁한다는 내용이었습니다."

이러한 시기이기는 해도 받아들여달라고 부탁했다고? 엿새나 행렬에 줄 서 있었는데, 지금은 채용 시기가 아니라는 거야?

……혹시 렘브란트 씨가 서류의 종류를 착각한 건가? 아니야, 그 사람과 모리스 씨에 한해서 그럴 리는 없어. 특히 모리스 씨는 그림으로 그려 놓은 듯한 완벽 집사라고.

"그럼, 그 뭐라고? 나는 사흘 후에 전술 전반? 이라는 과목의 교사가 되기 위해 시험을 본다는 거야?"

"예."

시키가 담박한 표정으로 긍정했다.

전술 전반이라는 과목은 또 뭐야? 듣도 보도 못한 과목을 가르칠 수 있을 리가 없다. 이거야 두고 볼 것도 없이 시험은 불합격이겠군.

이 세계에 관해서 여러 가지로 조사해보고 싶은 게 주된 목적이었고, 상회를 개업하고 싶은 게 두 번째 목적이었다. 학원의 학생이 되고자 했던 것은 덤의 덤이었으니, 학원에 마음대로 출입할 수만 있다면야 선생이건 학생이건 아무래도 좋기는 해. ……하지만, 역시 선생은 무리야. 선생이라는 건 제자들을 가르치고 인도하는 사람이잖아?

내가 할 수 있을 리가 없어.

지금부터라도 사무원 같은 직종으로 교체할 수 있는지 물어볼까?

—내가 어처구니없는 심경으로 술을 들이켠 것은, 그로부터 몇 시간 후의 일이었다.

1

시키의 충격적인 고백으로부터 사흘이 지났다.

나와 시키는 시험에 응시하기 위해 롯츠갈드 학원을 방문했다.

그래, 이 느낌이야.

지금부터 평가를 받는다는, 시험의 독특한 긴장감이 충만한 공간이었다.

고등학교 입학시험을 떠올리는 광경이다.

선생이건 학생이건, 시험을 보는 입장에선 마찬가지라는 건가…….

마음을 다잡고 목적 장소를 향해 학원 복도를 걷고 있으려니, 그

동안에 우리를 향해 기묘한 시선이 대량으로 쏟아졌다.

평소 같으면 내 외모에 대한 반응이라고 판단할 수 있겠지만, 이번엔 아마도 절반 정도는 다른 이유로 인한 반응일 것이다.

내가 부자연스러울 정도로 너무 젊으니까—.

물론 시험장엔 사람들이 잔뜩 모여 있었다. 하지만 그 중에 나와 동년배의 휴만은 한명도 없었다.

가장 많은 나잇대는 30대에서 40대 정도로 보이는 사람들이었다.

그야, 선생을 뽑는 시험이니 지극히 당연한 얘기였다.

"평소보다도 훨씬 많은 시선이 들이닥치네. 정말 유쾌하지는 않아."

"라이도우 님께서는 이 중에서도 여러 가지로 이질적인 존재니까요……."

"그렇지. 학생 같은 어린애가 어딜 몰래 들어오고 있냐는 생각이 들 거야."

"생각보다 꽤 신경을 쓰시는군요. 학원에서 실기 강사에게 요구하는 기준은 어디까지나 실력입니다. 라이도우 님이시라면 아무 문제도 없을 겁니다."

동반으로 따라온 시키가, 의욕이 전혀 없는 나를 추켜세웠다.

"실력……. 전술 전반의, 실력이라."

전술 전반이라는 과목은, 전반적인 전투 기술을 의미했다. 말하자면 실전에 가까운 형태로 전투에 관해 가르치는 과목이라는 뜻이다.

어제 저녁에 시키가 가르쳐준 사실이다.

나는 과목을 따지기 전에, 가르친다는 행위 자체가 불가능하다는 생각이 들었다.

이세계에 소환된 이후로 적지 않은 시간이 지났기에, 나도 스스로가 여러 가지 의미로 이질적인 존재라는 사실은 이미 이해하고 있다.

그런 내가 평범한 사람들에게 무슨 기술을 가르치는 건 불가능하다는 생각이 들거든.

이 과목이 망라하고 있는 범위는 몹시 넓어서, 자신의 특기 분야에 대해 강의를 전개할 수가 있다는 점이 특징이라고는 하지만 말이야.

마술 하나만 가지고 따져 봐도 나는 리치 같은 녀석에게 괴물 취급을 당할 정도라고.

이런 떨떠름한 생각에 시달리면서 사흘을 보내고, 그럼에도 불구하고 오늘 시험을 보러 온 이유는 추천장을 적어준 렘브란트 씨에 대한 의리가 있기 때문이다.

그게 아니었다면 틀림없이 도망쳤을 거다.

지금까지 신세졌던 렘브란트 씨의 체면을 손상시키는 무례한 짓을 할 수 있을 리가 없다.

시험에 응시한 결과 실력이 모자라서 불합격한다면 모를까, 시험 그 자체에 응시하지 않고 넘어갈 수는 없었다.

그 정도는 일반 상식이다.

또 하나의 이유는, 나대신 쭉 행렬에 늘어서 있던 시키 때문이다.

그는 신경 쓰지 말라고 했지만, 그가 낭비한 엿새의 시간을 함부로 버리는 건 너무 미안했다.

"저도 예전에 잠시나마 제자들을 가르쳤던 경험이 있습니다. 강사 노릇 정도야 별 문제 없을 겁니다."

"……그러세요?"

"예."

시키, 왜 벌써부터 내가 합격하리라는 것을 전제조건으로 두고 강사 업무에 관한 우려로 화제를 전환하고 있는 거지?

나는 지금 시험에 응시하는 자체에 관해서 여러 가지로 생각이 많다고…….

"일단, 사무 모집에 대해서도 물어보긴 할 거야. 그쪽이 불가능할 경우에도 시험을 보지 않을 생각은 없어. 걱정 끼쳐서 미안."

"채용 시험은 아마 라이도우 님의 예상보다 훨씬 간단하지 않을까 싶습니다."

"그럼 좋겠네."

우리는 그런 잡담을 나누다가 목적지에 도착했다.

접수처가 보였다.

에휴…… 도착해 버리고 말았다.

[시험 신청을 하고 싶습니다만.]

나는 공통어를 구사할 수 없기 때문에, 마력을 사용한 필담으로 전환해서 담당 직원에게 의사를 전달했다.

필요한 서류도 동시에 그에게 넘겨줬다.

"……라이도우 미스미, 틀림없군요. 그럼 시험에 대해서 간단하게 설명을 드리겠습니다."

[죄송합니다, 그 전에 한 가지 확인하고 싶은 사항이 있습니다만.]

"……무슨 일이죠?"

기분 탓인지 직원이 냉정한 말투로 내 질문에 대응했다.

설명 도중에 끼어들기도 했고, 특이한 필담으로 대화하고 있는 셈이니 어쩔 수 없는 일이다.

옆에 서 있는 시키로부터 약간 곤두선 분위기가 느껴졌지만 일단 참아주고 있는 듯하다.

토모에나 미오였다면 당장 이 자리에서 무슨 문제가 생겨도 생겼을 것이다.

토모에의 경우엔 전후사정을 전부 파악한 연후에, 미오의 경우엔 당장 감정에 따라 직원의 멱살을 잡아 올리는 장면을 간단히 상상할 수 있었다.

시키, 고맙다.

[여기가 강사를 선발하는 시험 회장이라는 사실은 알고 있습니다만, 사무직 채용은 따로 없나요?]

"……없습니다. 그런데 말입니다, 미스미 씨?"

[예.]

"갑자기 그런 말씀을 하시면 저희도 매우 곤란하답니다. 꼭 당신이 그렇다는 이야기는 아닙니다만, 강사 채용 과정에서 거절당한 분들이 다른 창구를 통해 직접 직원에게 매달리는 케이스가 최근에 늘어나서 말이지요."

직원 남성은 그야말로 진절머리가 난다는 표정으로 독설을 내뱉기 시작했다.

푸념이었다.

그 누가 어떻게 들어도 푸념이었다.

그런 내용과 나에 대한 험담을 겸한 끈덕진 언어폭력이 계속됐다.

뭐 내 경우엔, 딱히 반론하지도 않고 그의 비방을 한귀로 흘려듣고 있었다.

나는 분노를 느끼기 보다는…… 어이가 없었던 것이다.

그가 아니라 나 자신에 대해서 말이다.

최근 며칠 동안, 나는 이런 식으로 시키를 곤혹스럽게 했다는 생각이 들어 묘한 기시감을 느끼고 있었다.

“저기 말인데.”

“…….”

“시키. 요 며칠 동안 정말 미안했어. 성가셨지?”

듣기에 따라서 직원에 대한 비방으로 받아들여질 수도 있기 때문에, 시키에게는 필담이 아니라 직접 내 목소리로 전했다.

직원은 여전히 소용없는 푸념을 늘어놓고 있었다. 이미 내 얼굴조차 보고 있지 않았다. 나는 그 모든 쓸모없는 말들을 흘려들으면서 시키에게 사과했다.

“…….”

어라?

“시키?”

대답이 없었다.

약간 고개를 들고 그의 표정을 확인했다.

아.

이건, 좀 위험한 조짐인가?

표면적으로는, 시키는 아직 온화한 분위기를 유지한 채 미소를 얼굴에 붙여두고 있었다.

하지만 나는 지금 이 표정이 미소가 아니라는 사실을 알 수가 있었다.

굳이 표현하자면 얼굴 윗부분에 어두운 그림자를 드리운 암흑 미소였다.

여러 가지 문제를 일으키기 시작할 듯한 표정을 하고 계시다는 사실을 알아버리고 말았다.

이, 이대로 가면 토모에나 미오를 데리고 다닐 때와 마찬가지의 사태가……!

"시키, 진정……!"

"아시겠습니까? 정규 절차로 조건을 만족시키지 못 하면서 샛길을 찾아다녀봤자…… 엥?"

"유언은 이제 충분하지 않나? 하찮은 벌레야, 말라비틀어져라."

"힉……!"

시키가 물 흐르는 듯한 동작으로 직원의 말을 가로막고 멱살을 잡았다. 그리고 카운터로부터 그의 몸을 통째로 들어 올려 자신에게로 끌어 들였다.

그대로 지근거리에서 남자에게 뭐라고 중얼거리더니, 그의 생기를 단숨에 빨아 들이…… 아니, 쳐다보고 있을 때가 아니야! 나는 시키의 마력을 억누르고 동시에 두 사람의 사이로 비집고 들어가서 물리적으로 떼어냈다.

위기일발의 상황이었다.

증인이 너무 많아서 은폐가 불가능한 살인사건이 벌어질 뻔했다.

[제 수행원이 실례를 범했습니다. 딱히 사무 쪽 채용이 없다면 상관없습니다. 추천장을 일전에 제출하기도 했으니, 그냥 강사 시험에 응시하겠습니다.]

“미, 미스미 씨! 당신 말인데요, 이런 짓거리를 저질러 놓고 무슨 태연한 소리를……!”

“이런 짓거리? 네 녀석이 그런 소리를 할 수 있단 말이냐? 스스로가 얼마나 추악한 헛소리로 나의 주인을 매도하고 쓸모없는 푸념을 늘어놓았는지 자각이 없는 건가? 내가 갑작스럽게 아무런 의미도 없이 폭력을 행사했다고, 설마 그런 소리를 내뱉을 생각은 아니겠지……?”

“히익?!”

“그야말로, 이 자리에서 셀 수도 없이 많은 증인들이 네 녀석의 폭언을 기억하고 있다. 주인께서 황송하게도 너 같은 놈에게 사죄를 하셨는데도 불구하고, 당사자인 네 녀석은 주인께 사죄를 드릴 생각조차 하지 않는구나! 이게 시험을 받으러 온 응시자에 대한 직원의 대응이라고? 대답해 보시지!”

시키의 말투가 완전히 리치 시절로 돌아간 상태였다.

평소의 정중한 분위기는 거의 느껴지지 않았다.

……아아아, 정말 어쩌라고!!

구경꾼들이 잔뜩 모여들질 않나, 직원들도 무슨 일인가 싶어서 한꺼번에 모여들질 않나.

어, 어쩌면 좋지?!

모르겠—다!!

"실례합니다. 저희 직원의 무례에 대해 사과드립니다."

잘 모르겠는데 직급이 좀 높아 보이는 사람까지 등장했다.

아름다운 여성 직원인데, 이 사람도 얼굴에 갖다 붙인 듯한 미소를 짓고 있어서 무서운 인상이다.

사실 은근히 적지 않은, 내가 거북해하는 타입 가운데 하나였다.

……사실 이 세계에 오고 나서, 상대하기 쉬운 타입과 만난 기억은 별로 없다.

최소한 스트레스 내성은 단련되고 있는 걸까? 그렇게 생각하고 싶다.

여러 가지로 근본적인 문제가 해결되지 않는 듯한 느낌이 굉장한데.

"호오, 사죄하겠다고?"

"물론입니다. 정말 죄송합니다. 설령 사무직 채용에 대한 질문이 이 자리에 걸맞지 않다고 하더라도, 그것이 결코 시험 접수를 위해 방문하신 분에게 푸념을 늘어놓고 악의가 담긴 말을 내뱉을 이유가 될 수는 없지요."

"그렇고말고. 나의 주인께서 사무직 채용에 대해 확인하신 것은 어디까지나 그쪽 방면에 모집이 있을 경우에 알고 싶으시다는 의도에 지나지 않았다. 우리 쪽은 사전에 추천장을 첨부해서 수험을 신청했으니, 그쪽에서 받아들여야할 사항이다."

"추천장……."

책임자로 보이는 여성이 내 대응을 담당하고 있던 직원에게 살짝 시선을 돌렸다.

이 세계, 특히 휴만은 하나 같이 미인들뿐이라서 남녀 양쪽 다 나이를 가늠하기 힘들다.

남자의 경우엔 대충 나잇대 정도는 짐작이 가지만, 여자의 경우엔 정말 외모만 가지고는 도저히 판단할 수가 없다.

적어도 난 못 해.

이 여성도 나름대로 높은 지위의 직원으로 보이니, 어느 정도 나이를 먹었겠지만…… 주의 깊게 쳐다봐야 얼굴에 잔주름이 보일까 말까한 수준이다.

피부도 촉촉한 느낌이니까…… 아마 30에서 40 정도의 장년 여성일 것이다.

솔직히 말해서 30 이상은, 지금의 내 경험치가지고는 전혀 알 수가 없다.

조금 무례한 생각을 떠올리면서 여성의 분위기를 살피고 있으려니, 잠깐 시선이 마주쳤다.

그녀의 미소가 조금 더 의미심장한 표정으로 변했다.

……쓸데없는 호기심은 이쯤해서 내려놓자.

"……당신은 일단 물러나세요. 이 분의 접수는 제가 담당하겠습니다. 시험 접수처라는 장소가 장소이니 만큼, 특별한 편의를 봐드릴 수는 없습니다만 최소한 대기 시간을 생략하고 나머지 절차를 진행하도록 하겠습니다. 부디 이 정도로 용서해주실 수는 없겠습니까?"

그녀는 그렇게 말하고 추천장의 유무가 표시된 서류를 책상 위에서 찾으면서, 몹시 당황한 직원을 물러나게 했다.

그 직후에 그녀가 내쉰 아주 작은 탄식이 굉장히 요염했다.

절차를 빠르게 끝내주겠다니 정말 바라마지 않던 일이었다.

나는 딱히 항의를 해서 시험 없이 합격시켜 달라는 의도는 없었다.

시키의 말대로, 만약 사무직 채용이 있을 경우 그쪽으로 응시할 수 없겠냐는 질문에 지나지 않았다.

"……흠. 거기까지 말한다면야, 당신의 체면을 봐서 이쪽도 적의를 거둬들이도록 하지."

시키의 분노가 사그라졌다.

휴우, 다행이다.

"감사합니다. 그럼 미스미 님의 시험 말입니다만…… 전술 전반 과목이군요. 시험 내용은 어떤 방식을 선택하시겠습니까? 추천장을 지참하신 상태로 시험을 보시니, 아마도 이 가운데 한 가지를 선택하실 것으로 생각합니다만……."

여성이 숙이고 있던 머리를 원래 위치로 되돌린 후, 용지를 펼쳐 보였다.

시험도 여러 가지 종류가 있었더랬지.

이건가?

내용물이 완전히 다른 시험에 응시하는 게 아니라, 필기시험과 실기시험의 비율에 차이가 있을 뿐이다.

참고로 여성 직원이 가리킨 항목은 실기를 중시한 시험내용이 적혀 있는 부분이다.

득점의 비율로 치면, 필기 40%부터 필기 없이 실기시험만 보는 경우까지 표시되어 있다.

참고로 그녀가 가리키지 않았던 필기를 중시한 항목은, 필기시험만 보는 경우부터 실기와 필기의 비율이 반반으로 이루어져 있는 중간 지점까지 표시된 부분이다.

단독 필기시험을 선택할 경우, 합계 18과목으로 이루어진 필기시험을 사흘 동안 치르게 된다.

그런 시험은…… 추천이 아니라 부탁을 받아도 사양하고 싶다.

어라? 단독 필기시험 항목이 덧칠로 지워져 있는데?

자세히 보니 그 옆의 항목도 마찬가지였다.

필기 80% 시험부터밖에 없는 건가?

"어머, 미스미 님은 필기를 선호하시나요? 강사로서의 구분이 전술 전반이기 때문에, 미스미 님의 경우엔 단독 필기시험을 응시하실 수는 없습니다. 필기시험을 희망하신다면, 필기 80%에 실기 20%부터라면 응시가 가능합니다만……."

오호라, 실기 강사이기 때문인가?

그러니까 단독 필기시험은 존재하지 않는다 이 말이군.

생각해 보면 당연한 얘기였는지도 모르겠다.

시험 전이라고는 해도 필기와 실기의 득점 밸런스를 응시자가 선택할 수 있는 특이한 시스템이니까, 내가 눈치채지 못해도 어쩔 수 없었던 걸로 해두자. 시험회장 입구에 설치된 게시판에 나붙어 있는 18과목이라는 글자를 보자마자 단독 필기를 선택할 생각은 사라져 버렸거든.

내 시선이 그쪽으로 향하고 있었다는 사실을 정확히 파악하고 있던 여성으로부터의 설명에 납득했다.

"아직 할 말이 남아있나?"

시키는 아직 리치 모드가 약간 남아있는 상태였다. 그는「가능합니다만……」이라는 식으로 말꼬리를 흐린 여성 직원을 걸고 넘어졌다.

그 정도는 그냥 넘어가면 되잖아, 시키!

정작 나는 거의 발언조차 하지 않았는데 사태가 점점 악화되고 있는 느낌이 들었다.

"다른 뜻은 없습니다. 다만, 추천장을 지참하신 분들은 대부분 특기 분야로 도전하시는 경우가 많으니까요. 전술 전반의 경우엔 당연히 실기가 그 특기 분야에 해당되는 바…… 실례했습니다."

부하 직원 한 사람이 그녀의 등 뒤에서 또 다른 추가 서류를 전달하고 물러갔다.

그녀는 입을 다물고, 신속하게 그 내용을 확인하기 시작했다.

"어머나, 츠이게에서 유명한 렘브란트 상회의 추천장이었군요. 그러니까…… 말하자면 그 유명한「세계의 끝」에서 실적을 쌓으신 분이라는 말씀이네요. 놀랍군요."

"……용건이 끝났다면 절차를 진행하도록."

"오래 기다리시게 해서 정말 죄송합니다. 그럼 시험 내용은 어떤 방식으로 하시겠습니까?"

"이쪽으로 하겠다."

아니, 잠깐.

왜 네가 정하는 건데?

내가 보는 시험이잖아?!

"……! 이쪽 말인가요?"

"뭐냐, 또 다른 뜻은 없는데 지적하고 싶은 사항이라도 있나?"

"……아닙니다. 단독 실기시험을 희망하신다는 말씀이시죠?"

"물론이다. 그 시험이 최고 난이도일 뿐만 아니라 과거에 수차례 정도밖에 합격자가 존재하지 않는다는 조건까지 정확히 파악하고도, 바로 그 방식을 선택하겠다는 뜻이다."

그러니까 네가 보는 시험이 아니잖…… 응?

최고 난이도?!

잠깐, 기달?!

"그럼, 라이도우 미스미 님. 별도의 대기실에서 기다려 주십시오. 안내 직원을 데리고 곧바로 따라가겠습니다."

"일 처리가 신속하군."

"실례를 저지른 사과의 의미로, 모든 절차를 최우선으로 진행하겠습니다. 당연히 시험도 마찬가지입니다. 금일부터 사흘 동안, 저희가 준비한 시험장에서 응시하시게 될 겁니다."

"흠…… 저도 당신을 상대로 고압적이고 무례한 태도를 보인 것을 사죄하겠습니다. 두터운 배려에 감사드립니다. 정말 고맙습니다."

시키는 그녀의 대응에 만족하고 리치 모드를 종료시킨 후, 부드러운 분위기로 여성과 대화를 나누기 시작했다.

…….

역시 이건…… 응, 어라?

어느샌가 내가 응시할 시험이 가장 어렵다는 방식으로 결정됐다.

이런 게 제일 곤혹스럽다고.

너무 갑작스러워서 당황할 틈도 없었다.

거기다, 당장 오늘부터 사흘 동안이라고?

사흘?

단독 필기가 사흘이니까 단독 실기도 사흘이라는 건가?

아니 잠깐, 며칠이나 계속되는 실기시험이라는 건 대체 뭐야?!

"……미스미 님의 경우, 합격하시자마자 일체의 면접시험 없이 채용이 결정됩니다. 미스미 님의 인품에 관해서는 렘브란트 씨가 보장하고 계시니까요. 면접은 생략하게 됩니다."

[감사합니다. 하지만 그런 편의를 봐주시겠다니 문제는 없는 건가요?]

잘 모르겠지만, 시험이 하나 줄어든 것 같다.

긴장되는 면접 같은 건 물론 없는 편이 낫지만, 나중에 문제가 생겨도 귀찮으니까 정말 괜찮은지 확인할 필요가 있었다.

"단독 실기시험에 합격한 강사의 경우, 그 합격 성과 자체가 실력을 증명하니까요. 채용된 이후에 강사로서의 태도에서 어지간히 심각한 문제가 발견되지 않는다면 약간의 인격적 문제는 허용하고 있습니다. 따라서 면접을 보신다고 해도, 어디까지나 형식적인 절차에 지나지 않으니 전혀 문제없습니다."

……그렇구나.

굉장한데? 학원 측에서 이 시험을 얼마나 신용하고 있는지 알 만하다.

그리고 실력만 있다면 어느 정도 문제를 일으켜도 상관없다고 은근히 표명하고 있는 것도 대단하군. 물론 그만큼, 질척거리는 강사들의 실태가 엿보여서 또 다른 불안감이 생겼다.

[절차를 신속하게 처리해주셔서 감사합니다. 소란을 일으켜서 정말 죄송했습니다.]

"……그럼, 건투를 빌겠습니다."

누군가의 기척이 등 뒤에서 다가오고 있었다.

나를 상대하고 있던 여성 직원이 그 인물과 시선을 교환했다는 사실을, 그녀의 몸짓을 통해 대충 알 수 있었다.

음, 안내 직원인가?

그럼 어디, 최고 난이도의 실기 강사 시험이라는 걸 보고 장렬히 깨지고 돌아올까요?

옛날 아사지가하라(淺茅が原)[#2]라는 곳은 이런 장소였을까? 그런 생각이 들 정도로 드넓은 들판이 눈앞에 펼쳐져 있었다.

예.

여기는 시험장입니다.

아니 사실, 시험은 벌써 시작됐습니다.

렘브란트 씨가 나를 교사로 추천한 이유는 여전히 불확실했지만, 여기까지 온 이상 도전해볼 수밖에 없다.

#2 아사지가하라(淺茅が原) 6세기경 일본의 무사시노쿠니(현재의 관동지방 도쿄 도 일부와 사이타마 현 등을 포함)에 존재했던 들판.

그들과 나눴던 대화를 떠올리면 가능성은 낮을 것 같지만 어쩌면 그와 모리스 씨가 일을 처리하는 과정에서 착오가 있었을지도 모른다는 생각이 들었다.

하지만 내가 여기에 머물고 있는 동안, 아마 토모에나 미오가 렘브란트 씨에게 여러 가지로 폐를 끼치고 있을 거라는 예감도 든단 말이지.

그렇다면 최소한 롯츠갈드에 체류하고 있는 우리들만이라도 문제를 일으키지 않도록 노력하는 게 다름 아닌 인지상정이라고 생각한다.

—어디 보자.

나는 새삼스레 시험 내용을 떠올렸다.

아, 시험이라고 하니까 생각이 났는데…… 나는 멋대로 최고 난이도를 선택한 시키에게 대체 무슨 짓을 한 거냐고 이의를 제기했다. 그러나 그는 「마코토 님께서는 이 시험 방식이 아마도 가장 편하실 테니까요」라고 말하며 빙긋이 웃어 보일 뿐이었다.

실제로 어디서부터였는지는 몰라도, 시험 접수처에서 진행된 일련의 과정은 그의 의도대로 진행된 것 같다.

어쨌든, 적어도 내가 이 시험에 응시하도록 유도한 것은 시키의 의도가 틀림없었다.

그래서—.

지금 나는 드넓은 필드에 서 있었다.

시험 전용 토지라고 들었는데, 역시 이세계라고 해야 하나? 아니 역시 롯츠갈드?

하여간 스케일이 엄청나다.

사방으로 펼쳐져 있는 드넓은 들판은 변 하나가 몇 십 킬로미터 정도는 넘을 것이다.

그 드넓은 공간에서 시험을 응시하는 인원은 나를 비롯해서 네 사람뿐이다.

……네 사람이라고?

몇 천, 몇 만 정도는 가볍게 능가하는 응시자 중에서 이 시험을 보는 인원은 오직 네 사람뿐이다.

이 필드로 전이하기 직전에 처음으로 얼굴을 마주친 사람들이다. 엘프와 사자 얼굴의 수인(獸人), 그리고 휴만이다.

아인 두 사람은 베테랑 모험가 같은 분위기가 풍겼다.

휴만 남성의 경우엔 희멀겋고 마른 인상의 학자? 아니 마술사 같은 분위기였다.

대충 세 사람의 역량을 판단하자면, 내가 보기엔 츠이게의 모험가 길드에서 중견 정도의 실력자들과 비슷해 보였다.

뭐, 츠이게의 경우엔 토아 일행이 토모에나 미오와 함께 활약을 시작한 이후로 전체적인 레벨이 상당히 오른 느낌이긴 하지만.

그런 츠이게를 기준으로 삼자면, 아마도 다른 응시자들의 레벨은 전원 150 전후인 것으로 추정된다.

……나는 1이지만 말이지요.

이 레벨 버그는 대체 정체가 뭘까?

무슨 문제라도 있냐고 물으신다면, 현재로서는 특별한 문제는 없으니까 별 상관은 없지만요.

나는 추천장과 함께 제출한 서류의, 길드 소속에 관해 적는 란에 관해서는 상인 길드 소속이라고 적었다.

모험가 길드 소속이라고 적으면 레벨도 기입해야 한다고 들었거든.

레벨 1이라고 적는 건 어쩐지 좀 아니라는 생각이 들었다. 쓸데없는 의심을 살 수도 있는 숫자였다. 모험가 길드의 등록 레벨에 관해서는 상대가 질문을 했을 경우에 대답하면 충분하다.

맨 처음 서류를 제출했을 당시, 담당자는 상인이라고 적혀있는 란을 확인하고 무심코 시키의 얼굴을 쳐다봤다고 한다.

시키가 상당히 재미있는 구경거리였다고 언급했던 것을 기억하고 있다.

아, 시험 내용을 확인해야겠지?

나는 아까 전에 안내 직원이 나눠준 서류에 시선을 돌렸다.

이 산과 계곡으로 이루어진 필드에, 세 종류의 공 모양 타겟이 상당수 흩어져 있다고 한다. 시험 내용은 그 공들을 사흘 이내에 3개 포획해서 학원으로 돌아가는 것이다.

그게 다였다.

합격자는 조건을 만족시킨 응시자 전원이다.

금지 사항은 응시자끼리 전투 행위를 벌여서는 안된다는 것뿐이며, 식량이나 기타 등등은 스스로 조달해야 한다.

굉장히 심플한 내용이다.

곧바로 계를 최대한 확산시켜서 주위 상황을 확인해보니, 정말로 이 일대에는 나 이외에 세 사람밖에 없었다.

그리고 전원이 제각각 나름대로 거리가 떨어진 장소에 전이된 상태였기 때문에, 응시자끼리 서로 의도적으로 접근하지 않고서야 마주치거나 대립할 일은 없어 보였다.

야생인지 일부러 풀어놓은 건지는 모르겠지만 주위에서 나름대로 마물들의 기척이 느껴졌다.

그 녀석들과 전투가 벌어지는 사태도 고려할 필요가 있을 것 같다.

내 입장에서는 전혀 문제없을 정도의 전투력을 지닌 마물들밖에 없었지만, 다른 응시자들은 괜찮을까? 물론 시험을 포기하거나 시험을 마쳤을 경우의 귀환을 위해서, 필드로부터 탈출하는데 사용할 수 있는 아이템도 지급받았으니 아마 최악의 사태만큼은 회피할 수 있을 것이다.

시험을 포기하고 귀환하기 위한 벨 형태의 도구와 시험을 마치고 귀환하기 위한 작은 깃털 형태의 금속제 도구였다.

양쪽 다 용도와 효과가 동일한 아이템일 텐데, 일부러 구분해서 지급하는 구석에 주최 측의 짓궂은 심술이 느껴진다.

시험의 타겟인 세 종류의 공에 대해서도 그 특성을 시험 전에 전달받았다.

우선 공통적인 특징이, 고속으로 이동하는 성질이다.

샘플을 확인한 바로는 틀림없이 상당히 빠른 속도였다.

손으로 감싸고도 남을 정도로 자그마한 크기라서 특히 빠르게 보였다.

다음으로, 모든 공들이 공중에 부유한 상태로 가늘게 진동한다.

완전히 정지했던 상태에서 단숨에 가속함으로써 「관성? 그게 뭐죠? 맛있는 건가요?」 같은 기동을 선보인다.

생물로 예를 들면 벌새와 비슷하다고 말할 수 있을 것 같다.

그 황당한 기동을 목격하고 가장 먼저 머리에 떠오른 것이, 그 유명한 마법학교의 인기 스포츠에 등장하는 스ㅇ치였다.

포획하는 작업은 간단하지 않을 것 같다.

다만, 일정한 패턴이 있을 듯한 인상을 받았다.

자세히 관찰해 보면, 그 동작에 일정한 규칙성이나 법칙과 같은 것이 있을지도 모른다.

그리고 그 세 종류의 공에 각각 유효한 공격을 가함으로써 구체에 대미지가 축적된다. 그 대미지가 일정량 이상까지 다다를 경우, 동작을 정지하면서 포획이 가능해진다는 것이다.

붉은 공은 마술 공격에 파열된다.

파란 공은 응시자가 일정한 거리까지 접근하면 파열된다.

노란 공은 물리적인 충격을 받을 경우 파열된다.

모든 공들이 유효타 이외의 공격에 대해 단단한 방어력을 발휘한다고 한다.

당연한 얘기지만, 파열된 공은 포획 숫자에 들어가지 않는다.

당장 내가 안일하게 떠올린 방법은, 노란색은 마술로 격추하고 파란색은 원거리에서 활로 쏘고 붉은색은 접근해서 공격하는 것이다.

마술과 원거리 물리, 근거리 물리라는 세 가지 방식으로 제각각 처리하면 된다.

모든 공들이 활동을 중단시킬 때까지 대미지를 가하면 일반적인 구체로 전락하고, 손으로 직접 잡아도 문제가 없다. 보관 방법에 특별한 제한은 없다고 한다.

한 마디로 말하자면 속전속결이다.

이렇게 아무 것도 없는 들판에서 노숙이라니 황야가 생각나서 기분이 별로야. 하루 만에 끝내버리는 게 최선이다.

틀림없이 시키의 말대로, 내 입장에선 공만 수집하고 필기와 면접을 생략할 수만 있다면 어이가 없을 정도로 간단한 시험이다.

나는 그렇게 마음먹고, 잽싸게 시험을 끝내기 위해 세 개의 공을 찾아다니기 시작했다.

—나는 딱히 아무 짓도 안 하면서 땅바닥에 쭈그려 앉아, 머나먼 저편을 바라보고 있었다.

자신의 분석이 너무나 낙관적이면서도, 달콤하고 허망한 환상에 지나지 않았다는 사실을 곧바로 깨달았기 때문이다.

그래, 곧바로 깨달았지.

—공의 장소 자체는 색과 상관없이 계를 확대시키기만 해도 간단하게 파악할 수 있었다.

이 과정 자체는 전혀 문제가 없었다.

그러니까 나는 우선, 원거리 타입인 파란 공이 어느 정도까지 접근할 경우에 파열하는지 확인해보기로 했다.

파란 공은 내 활의 사거리까지 접근해도 파열되지 않았다.

무심코, 입가에 웃음이 퍼졌다.

워낙 순조롭다보니, 무의식중에 지은 표정이었다.

하지만 순조로웠던 것은 거기까지였다.

문제는 거기서부터 모든 과정이 전부 문제투성이였다.

가장 먼저 육안으로 확인한 표적은 붉은 공이었다.

붉은 공은 눈에 익지 않은 움직임으로 나를 우롱했지만, 겨우 접근해서 일격을 가할 수 있었다.

나는 이 놈이 과연 어떤 반응을 보일지 확인하기 위해 시선을 돌렸는데, 동작을 중단한 구체가 땅바닥으로 떨어지……지 않고 파열됐다.

활동 정지는커녕 일격에 산산조각이 나버린 것이다.

다음으로 파란 공을 표적으로 삼았다.

나는 붉은 공을 포획하려다가 저질렀던 실수를 고려해서, 접근해도 문제가 없는 거리로부터 조용히 파란 공을 겨냥해 그 중앙으로 화살을 쐈다.

명중했다.

내가 화살을 맞은 충격 때문에 날아가고 있는 공을 눈으로 포착하면서도 다음 화살을 시위에 메기고 있는 동안…… 산산조각 났다.

마지막으로 노란 공이다.

마술 타입이니 신중하게 불릿을 영창해서 발사했다.

노란 공은 마력의 탄환에 꿰뚫려, 대충 내가 예상했던 대로……화려하게 폭발했다.

이건 대체 뭔 일이래?

틀림없이 전부 올바른 방식으로 대처했는데, 내 손아귀에 남은 것은 무참한 잔해뿐이다. 공의 파편뿐이다.

나는 순간적으로 위장을 의심했다.

겉으로 보기엔 붉은색이라도, 사실은 누군가가 수작을 부린 파란 공일수도 있잖아!
하지만 그것은 헛된 의심이었다.
그럴 수밖에 없는 것이, 그 공들은 표면뿐만 아니라 안쪽까지 전부 똑같은 색이었기 때문이다—.

—이런 금속은 사실 희귀한 거 아닌가…… 아니, 그게 아니야!!
현실 도피를 하고 있을 때가 아니라고!!
나는 몸을 일으켜서 멍하니 손으로 움켜쥐고 있던 파편들을 땅바닥에 내던졌다.
실제로—.
어렴풋한 감각이긴 한데, 나 스스로도 현재 상황이 벌어지고 있는 이유가 짐작이 간다.
몇 번 시도하다 보니 곧바로 머리에 떠올랐다.
……십중팔구, 내 공격의 위력이 너무 강한 거야.
물론 나는 딱히 강력한 공격을 시도한 적은 없다.
오히려 가볍게, 복싱으로 치면 견제용 잽을 날린 것이다.
고작 그 정도의 위력을 담은 공격이었다.
그럴 수밖에 없는 게, 지금까지는 그저 감을 잡기 위한 일격이었단 말이다.
정말이야, 나는 정말 가벼운 공격을 가했다고…….
그런데, 그런데…….
단단하니까 그저 온 힘을 다해 공격을 가해달라고?

헛소리도 정도껏 해라, 설명한 직원 A!

최고 난이도의 시험 좋아하네.

명분상으로는 시험이지만, 사실은 구경꾼이나 성가신 응시자를 쫓아내기 위한 함정이 아닌지 의심이 들 정도야!

……하지만 그렇다고 해서, 계속 먼 산이나 쳐다보고 있을 수는 없는 노릇이다.

시험을, 봐야지.

그러니까 기죽지 말고, 이번엔 손가락으로 가볍게 튕겨내는 식으로 가는 거야. 아주 그냥 가볍게 툭 건드리는 정도의 부드러운 느낌으로 시도해보기로 결정하고, 나는 다시금 필드로 달려 나갔다.

—특히 물리공격이 필요한 붉은 공이 문제였다.

쫓아다니면서 겨우 후려칠 수 있을 정도로 재빠른 녀석을, 이번엔 가볍게 건드리는 게 목적이었으니 당연한 결과였다.

그리고 상상을 초월한 생고생 끝에, 모든 색깔의 공들이 화려하게 전멸했다.

이 쯤 되니 유쾌한 기분마저 든다.

목구멍 안쪽에서 솟아나는 웃음소리를 멈출 수가 없다.

나는 자신에게 강화 마술을 항상 걸어두고 있었다는 사실을 떠올리고, 그게 원인일지도 모른다는 생각이 들어 해제한 후에 3회전에 도전했다.

그야말로 갓난아기의 볼까지도 안심하고 만질 수 있을 정도의 소프트 터치였다.

내가 지금 뭔 소리를 하는 거지? 스스로 무슨 말을 하는지도 잘 모르겠다.

전멸.

…….

…….

우오오오오오오오오오오오오오오오오!!

스트레스가! 스트레스가 소나기처럼 들이닥친다! 안 돼, 이대로 가면 하루 만에 끝날 리가 없어!

머리카락이! 전부 뽑힌다아!

결국, 땅거미가 완전한 어둠으로 변할 때쯤까지 온 힘을 다해 도전했던 (주로 자신과의) 부질없는 싸움의 결과는 획득 수 0으로 끝나고 말았다.

말할 것도 없이 내 기력은 0이다.

이제 공의 기척이 느껴져도 무시하고 쉴 장소를 찾아보기로 했다.

도중에 갑작스럽게 들이닥친 고릴라 같은 마물을 반쯤 죽여 놓고, 긴 코를 가진 텐구(天狗)[#3] 비슷하게 생긴 녹색 마수를 이하 생략.

……결국 노숙이다, 젠장.

살짝 화풀이라도 하는 김에, 만지기라도 하면 엄청 아픈 타입의 결계를 자신의 주위에 전개하고 나서 잠을 청했다. 이렇게 내 시험 첫째 날은 끝이 났다.

#3 텐구(天狗) 일본의 산속에 산다는 요괴. 높은 콧대와 높은 게다 신발, 큰 칼과 깃털부채가 특징. 오만한 사람을 뜻하는 말로도 쓰인다.

◇◆◇◆◇

다음 날 아침—.

내 주위에서 십 수 마리 정도의 마수들이 온몸을 뒤틀면서 굴러다니고 있었다.

미안하지만 너희들에게 신경 쓸 여유는 없단다.

나는 물가에서 몸을 씻고, 그 상태로 흐르는 강물을 바라보면서 잠시 동안 마음을 비웠다. 그리고 모처럼 생긴 시간을 이용해서 반입해 온 활로 잠시 동안 궁도 연습을 했다.

오늘도 정신 사나워지는 시험에 참가할 예정이니, 최소한 지금만이라도 가능한 한 마음의 평화를 유지하기로 한 것이다.

"좋았어! 그럼 한번 시작해볼까!"

태양도 상당히 높이 솟아올랐을 즈음해서 나는 시험을 재개했다.

아무리 기합을 넣고 시작해봤자, 결국 할 일은 힘을 조절하는 연습뿐이다.

힘들다.

"……어라? 사람이 줄었네. 엘프가 없잖아?"

나는 기분 전환 삼아 다른 사람들의 상황이라도 확인하려고 범위를 확대시킨 계를 통해, 응시자 중 한 사람이 필드에서 사라졌다는 사실을 알아냈다.

"젠장. 벌써 끝냈단 말이야? 합격은 선착순이 아니라는데도 괜히 초조해지네."

이틀째 낮까지, 그 공을 세 개나 포획했다고?

아직 포기하기에는 너무 일러.

나는 입 밖에 내뱉은 혼잣말대로, 틀림없이 초조하다는 감각도 느끼고 있었다. 하지만 그 이상으로 기합이 들어갔다는 느낌을 받았다.

좋았어.

곧바로 파란 공을 발견했다.

네 녀석들이 그렇게 나온다면, 이제부턴 그야말로 만졌는지 안 만졌는지 분간이 안 갈 정도로 깃털 사이를 스쳐지나가는 식으로 간다.

나는 정신을 집중시켜서 결코 힘을 과도하게 주지 않고 부드럽게 화살을 시위에 메겼다.

지금까지 파란 공의 중심을 겨냥하고 있던 조준도, 구체에서 살짝 바깥쪽으로 빗나가도록 조절했다. 말하자면, 아예 명중 자체를 시키지 않을 생각이다.

화살로 하여금 구체에서 아주 가까운 거리를 통과하게 하면서 간접적으로 충격을 가하는 방식이다.

화살 본체로 치면, 화살촉이 닿을락 말락 그야말로 스쳐지나가는 느낌이다.

크크크.

음, 잠깐 주의가 산만해졌다.

……어처구니없는 생각을 하다가 혼자서 웃는 건 꼴불견이군.

응, 여기 오래 있는 건 여러 가지로 위험한 것 같아.

오늘에야말로 재빨리 돌아가자.

나는 다시금 정신을 집중시켜서 겨냥한 지점을 화살로 꿰뚫었다.

꿈틀, 파란 구체가 크게 진동을 일으켰다. 지금까지 보이지 않았던 반응이다.

성공했나?

나는 다음 화살을 시위에 메기면서, 설레는 마음을 눌러 담고 구체를 바라보았다.

활동 정지인가, 별 변화 없을 것인가…… 아니면 또다시 파열되려나?

결과는…… 예상했던 세 가지 반응 중 그 무엇도 아니었다.

사라졌다.

소멸이 아니다.

내가 효과 범위를 확대시키고 있던 계에, 그 소실과 동시 즈음해서 새롭게 출현한 구체의 반응이 포착된 것이다.

……전이한 건가.

……?! 전이라고?

"웃기지 마!! 그딴 소리는 금시초문이거든?!"

나는 무심코 고함을 내질렀다.

혹시 정말로 합격시킬 생각이 없는 건가?!

하지만 곧바로 마음을 다잡았다.

그래, 진정하자.

후우, 후, 후우—.

파열하지 않은 것만 해도 어디야.

이제야 간신히 한 발자국 전진한 거라고.

그렇다면…….

나는 계를 사용해서 수 킬로미터 앞에 출현한 새로운 기척을 파악했다.

다행히 공의 위치를 은폐하는 지형지물도 없다.

아직 그리 익숙하진 않지만, 새로운 조준 방법으로 추격해보자.

계로 파악한 물체를 두 눈의 시력이 아니라, 마음속에 별도의 경치를 비춰서 포착하는 불가사의한 감각이다.

아직 성공률은 그다지 높지 않지만, 불가능한 건 아니었다.

이 감각은 마술이나 계를 구사하면서 익힌 부산물일지도 모르겠군.

공을 과녁으로 인식하면서 몸을, 활을 그쪽으로 향했다.

그 다음 과정은 방금 전과 마찬가지였다. 화살의 머나먼 저편에서 움직이는 파란 구체를 스쳐지나가는 한 지점을 바라보면서…… 쏜다.

화살이 띠고 있던 소량의 마력이 어렴풋이 잔상을 남겼다.

화살이 구체의 바로 옆 공간을 관통했다는 감각이, 확신적으로 느껴졌다.

여전히 계로 포착하고 있던 파란 구체가 다시금 크게 경련을 일으키더니, 땅바닥에 떨어졌다.

파열하지 않았다.

산산조각이 나지 않았다.

구체의 형태를, 유지한 채로—.

"좋았어!!"

나는 오른 주먹을 움켜쥐고, 입으로부터 기쁨의 감정을 내뱉었다.

해냈다!

드디어 해냈어!

간신히, 이제 겨우 한 개지만!

해냈다고!!

나는 스스로의 몸에 다시 강화 마술을 사용한 뒤, 표적이 굴러다니고 있는 장소로 급행했다.

물론, 금방 찾아낼 수 있었다.

파란 공이 아까처럼 성가신 기동을 보이지도 않고, 조용히 굴러다니고 있었다.

흠칫거리면서도 다가가서, 손으로 잡았다.

부서지지 않는다.

부서지지 않아!

"앞으로 두 개!"

방금 전의 공이 전이됐다는 사실을 알아낸 순간, 차라리 이 일대를 초토화시켜버릴까 싶은 극단적인 생각이 준비운동을 시작하고 있었다.

하지만 참기를 잘했다.

이런 경우, 중후한 성인 남성이라면 떨리는 손으로 담배를 입에 물고 참아낼 지도 모르겠다. 아니, 담배라는 게 정말로 그렇게 효과적인지는 잘 모르겠지만 말이야. 그따위 걸로 자제심이 생길 리가 있나? 안 그래? 젠장.

하여간 힘을 조절하는 방법은 깨우쳤다.

공격을 해선 안 되는 거였어. 저건 좋은 것이다, 보살펴라. 마코토. 이게 바로 정답이었다.

만약 공이 전이한다고 해도, 내 계의 영향 범위 안에 재출현하는 케이스가 있다는 사실도 알아냈다. 정 신경 쓰인다면 시험 범위 전체를 계로 둘러싸면 끝나는 얘기다.

새롭게 출현한 기척을 감지하는 데만 집중한다면, 그 정도로 범위를 확대해도 아무 문제없다.

신체 강화 같은 상태 변화에 비해, 탐색이나 감지는 범위를 확대시켜도 비교적 효과에 손색이 없다는 것이 장점이다.

특히 상대방에게 탐색하고 있다는 사실을 들키지 않는다는 스텔스 성능이 최고다.

물론 머지않아 계의 작동을 탐지하는 상대가 나타날지도 모르겠지만, 그 유명하다는 미친 드래곤 슬레이어 소피아조차도 감지하지 못 했으니 나름대로 안심할 수 있는 성능이다.

그렇게, 나의 시행착오가 시작된 것이다.

하지만 지금까지와는 달리 눈앞이 보이지 않는 시행착오가 아니었다.

성공 사례에 입각한 시행착오였다.

한번 해보자.

몇 번을 실패하더라도, 타겟은 아직 대량으로 남아있다.

그리고 남은 이틀 동안 나머지 두 개를 성공시키면 문제없다.

괜찮은 조건이야.

이 순간—.

처음 시작할 때만 해도 그다지 의욕이 생기지 않았던 시험이, 나에게 있어서 반드시 정복해야 하는 목표로 변한 것이다.

"응?"

그 순간, 응시자 중 또 한 사람의 기척이 사라졌다.

전이했다.

이번엔 휴만의 기척이었다.

"아, 그래? 합격했다면 수고했고 축하해. 기권이라면 안 된 일이고. 결과가 어찌되건, 내가 돌아갈 때까지 시험장에 남아있으면 식사와 술이라도 쏘지. 동지들."

그러나 이번엔 약간 경우가 달랐다.

기척이 사라지고 나서 수십 분이 지났다.

이번엔 기척이 늘어났다.

말하자면 새롭게 이 필드로 전송된 녀석이 있다는 뜻이다.

어떻게 된 거지?

일단 주의할 필요가 있을지도 모르겠군.

당장 나는 달성해야 하는 목표가 있으니까, 방해만 안 한다면야 그 인물이 무슨 짓을 하건 상관없다.

어쨌든, 하늘이 붉게 물들 때까지 붉은색과 노란색의 공을 발견하는 대로 시행착오를 거듭한 결과—.

장렬하게 전멸—.

사실 거의 전멸할 뻔했지만, 겨우 노란 공을 획득할 수 있었다.

이제 남은 공은 하나뿐이다.

붉은 공을 대상으로 힘을 조절하는 건 정말 무지막지하게 어려웠다. 묘한 근육에 힘이 들어가다 보니 마디마디가 쑤시기까지 한다.

하지만 겨우 어느 정도 감각이 손에 잡히기 시작했다.

앞으로 하루 정도면, 별 문제없이 가능하지 않을까 싶다.

나는 어제 느끼지 못 했던 여유를 느끼면서, 오늘 아침과 같은 장소로 돌아가서 강가에서 저녁 식사 시간을 가졌다.

딱히 거점으로 삼은 것도 아니고 별 생각 없이 발길 가는대로 따라갔을 뿐이다.

강물에 묘한 이물질이 섞여있지도 않았고, 물고기도 헤엄치고 있으니 괜찮은 장소라는 생각은 들었다.

돌아가는 도중에 어디선가 본 적이 있는 과일과 나무 열매를 회수하고, 강에서 맘을 단단히 먹고 낚시를 시작해서 물고기 몇 마리 정도를 입수했다. 나무 열매는 그냥 그대로, 물고기는 내장을 제거하고 꼬치로 만들었다.

마술로 불을 피워서 모닥불…… 대충 이런 식이다.

아무 것도 먹지 않고 그냥 잠을 청했던 첫째 날과는 달리, 살짝 야외 야영이라는 느낌이 들었다. 시야는 아직 캄캄하지는 않았지만, 이 근방은 숲밖에 없으니 밤의 어둠이 찾아오는 것도 시간문제였다.

굶주림을 해소한 후에 다음 작업은 마지막 날로 미루고, 오늘은 재빨리 잠을 청하는 게 상책이다.

"음, 꽤 괜찮은데? 소금이라도 있으면 더 좋겠지만, 때마침 돌소금 같은 게 굴러다닐 리도 없고 그런 걸 찾는 시험도 아니니 별 수 없지.”

양념이라고 해봐야 신맛이 강한 과즙 밖에 없으니 역시 좀 불만족스럽기는 하다.

하지만 모닥불의 열로 구웠기 때문인지 아니면 원래부터 이 물고기 본연의 맛인지는 모르겠지만, 예상보다 훨씬 맛이 양호했던 것은 사실이다.

수확한 과일이나 나무 열매와 마찬가지로 남김없이 먹어 치웠다.

“…….”

음식들을 깨끗이 해치운 후, 모닥불을 피운 나무들이 가끔 터지면서 내는 소리로 분위기를 내고 있으려니 영향 범위를 확대시켰던 계 내부에 누군가가 침입했다는 사실을 알아냈다.

이건—.

점심때쯤에 새로 들어온 신참이다.

약간 거리가 떨어진 장소로부터 이쪽을 감시하고 있다.

모닥불하고 연기가 있어서 발견하기 쉬웠던 건가?

애초에 나를 「발견」하는 게 목적이라면, 그 이유는 뭐지?

전혀 짐작이 안 가는데?

확실한 사실은, 그가 나에게 들키지 않도록 유념하면서 이쪽을 관찰하고 있다는 것이다.

그다지 호의적인 상대는 아닌 것 같다.

오늘은 이제 공을 찾으러 갈 생각은 없으니 강화 마술을 걸어놓고 어제처럼 만지면 따끔한 결계나 전개해 놓자.

계도 나 자신의 강화에 집중시켰다.

다행히, 대단한 실력자로 보이지는 않았다.

결계가 돌파당하기라도 하면, 나도 눈을 떠야겠지.

내 입장에서 어떤 녀석인지 확인하기 위해서라도…… 오늘 밤은 눈을 붙이는 게 상책이다.

딱히 피곤해서 귀찮기 때문에 미루는 게 아니야.

응.

잘 자라.

지금이 노숙하기에 알맞은 따뜻한 계절이라 정말 다행이다.

만약 겨울이었다면, 첫째 날에 마음이 꺾였을지도 몰라.

그야말로 상쾌한 마지막 날 아침이다.

여전히 여러 마리의 마수들이 몸부림치며 굴러다니고 있었다.

어제 일도 있었으니, 조금 조심하면서 마물들이 살포시 포개진 채로 뻗어있는 부근을 확인했다.

……찾았습니다.

사람을 찾았어요.

말인즉슨, 자고 있는 내 지근거리까지 다가왔다는 뜻이렷다?

한 마디로 딱 걸렸네.

정확히 나를 표적으로 삼고 접근한 것인지 응시자를 닥치는 대로 공격할 생각이었는지는 모르겠는데, 어찌됐건 우호적인 상대가 아니라는 것만큼은 틀림없다.

그 복장도 근사할 정도로 검은색 일변도였다.

그야말로 나는 수상한 녀석이라고 큰 목소리로 주장하는 듯한 외모였다.

하지만 마물들과 함께 사이좋게 코 자고 있을 정도의 실력이니 지장은 없겠군.

말하자면 내 시험 결과에 영향을 끼칠 수 없는 사람이라는 뜻이다.

일단 안심이다.

나는 어제보다도 머릿수가 많은 마물들의 무더기를 헤쳐 가면서 강으로 향하기 시작했다.

"……!"

나는 순식간에 팽창된 살기를 느끼고, 주위에 장벽을 전개했다.

순간적으로 날카로운 소리가 울려 퍼졌다. 소리가 난 쪽으로 시선을 돌리자, 수상하게 빛나는 물체가 마술 장벽에 가로막혀 기세를 잃고 땅바닥에 떨어졌다.

칼이라도 던진 건가?

나는 소피아와의 전투를 경험한 이후로, 장벽이나 자가 방어 쪽을 보강하기 위해 상당한 양의 연습을 쌓았다.

일반적으로 공격을 시도하는 사람은 그 순간에 살기를 팽창시키는 게 보통이니까, 살기만 느낄 수 있다면 상대의 투척과 동시에 대응이 가능하다.

내 장점은 영창이 빠르고, 경우에 따라서 생략도 가능하다는 점이기 때문에 당연히 방어 정도야 가능하다.

난입자 양반, 혹시 자는 척이라도 하고 있었나?

……없네.

아니, 오른쪽인가!

나는 오른쪽 방향, 뿐만 아니라 땅바닥에 가까운 쪽에서 상대의 존재를 감지했다. 그리고 거리를 벌리기 위해 후방으로 도약했다.

적의 모습이 시야에 잡히지 않았다. 아마도 모습을 감추기 위한 마술이라도 사용한 것이리라.

나는 계로 존재를 파악할 수 있기 때문에, 나를 상대할 경우엔 그다지 의미가 없는 술법이다.

"칫."

"……."

하지만 예정대로 움직일 수가 없었다.

상대가 땅바닥을 박찬 쪽의 내 발목을 붙잡아 밸런스를 무너뜨렸기 때문이다. 나는 무릎을 꿇고 말았다. 그다지 반길 만한 상황은 아니군.

검은 옷의 난입자가 지체 없이 모습을 드러내더니, 나에게 들이닥쳤다.

과묵한데다가 아주 치사한 녀석이네.

무기는 단검 정도 크기의 검이다.

호주머니에 또 다른 무기를 숨기고 있을지도 모르지만, 거기까지는 알 수 없다.

나는 최단거리를 통과하면서 내 목을 향해 들이닥친 칼날을, 측면에서 왼손으로 직접 잡았다.

칼날에 액체가 묻어 있었다.

약간의 점착성이 느껴지는, 기름이 아닌 액체였다.
독인가?
만약 그렇다고 한다면, 그냥 난입자가 아니라 암살자잖아?
뭐 이런 뒤숭숭한 경우가 다 있나!
씨익, 회심의 미소를 지은 듯한 기척이 정면의 검은 복면에 숨겨진 녀석의 얼굴에서 느껴졌다.
이 액체는 독이 틀림없는 듯하다.
아, 정말 귀찮다.
이렇게 요란한 물건은, 부러뜨린다!
쨍!
암살자의 검이 시원한 소리를 내면서, 내 손에 남아있던 앞부분 절반 정도와 그의 손에 남아있던 칼자루 쪽 절반 남짓으로 두 동강이 났다.
그렇지 않아도 내 몸은 그럭저럭 단단한 방어력을 자랑한다.
강화 마술과 계, 추가로 방어구로 방어력을 한층 향상시키기라도 하면 평범한 칼날로 상처를 입힐 수 있을 리가 없다.
겉보기엔 그냥 무방비하게 노출된 상태의 평범한 손이지만 맨손과는 다르답니다. 맨손과는!
[이 정도로 상처를 입힐 수 있다고는 생각하지 마라.]
마력으로 글자를 출현시키고 손에 움켜쥔 칼을 내던졌다.
어?
뭔가 붉은 액체가 흩어졌는데?
왼손을 확인했다.

손바닥에 가느다—랗게 베인 상처가 보였다.

…….

진짜?

아니 잠깐, 저 칼이 혹시 대단한 명검이라도 되나?

나는 암살자와 칼, 그리고 자신의 손을 순서대로 확인하면서 복잡한 기분을 느끼고 있었다.

서먹하다.

창피해라.

상처를 입힐 수 있다고 생각하지 말라고? 근데 베였잖아.

피 나잖아?

"에휴……."

무심코 입에서 한숨이 세어 나왔다.

어째서 저 칼에 베인 거지?

자고 일어나서 마술이 잘 안 걸린 건가?

아니면 저 칼이 혹시 소피아의 무기와 마찬가지로 대단한 명검이기라도 했나?

트릭을 알고 있던 묘기를 구경하고 있던 셈인데, 다른 결과가 나오니 당황할 수밖에 없다.

대충 그런 기분이었다.

"감히, 내 츠루기를?"

어지간히 놀란 건지, 날렵하게 물러섰던 사내가 겨우 입을 열었다.

방금 전의 기계적인 습격과는 달리, 그 말에 분노의 감정이 서려 있었다.

[먼저 덮친 건 그쪽이 아닌가? 표적은 응시자인 모양이군.]

나는 일부러 내가 아니라 응시자라는 단어를 사용해서 그를 떠보기로 했다.

장소가 장소인 만큼, 응시자를 노리는 쪽이 자연스럽다는 생각이 들었고…… 대충 예감이 들어서 대화 도중에 계를 확대해서 확인해 보니 같은 응시자인 사자 얼굴 아인의 기척이 사라진 상태였기 때문이다.

이 녀석에게 당했거나, 습격을 받아서 기권한 건가?

아마, 합격하지는 못 했을 것이다.

"……전술 전반의 실기 강사는 이미 충분하다."

[설마 네가 강사라도 된다는 거냐? 그럴 리가 있나.]

"크큭, 내가 강사로 보이나?"

[아니, 전혀.]

"정답이다. 협박해서 쫓아내기만 하면 끝이라니. 솔직히 말해서 내키지 않는 임무였다."

암살자는 의뢰 내용에 대해 술술 털어놓고 있었다.

운이 좋군.

그의 표적이 내가 아니라 응시자 전체라는 사실을 알아낸 것만으로도 상당히 마음이 편해졌다.

마음고생이 줄었어.

[설마 다른 응시자들은 벌써?]

물론 이미 알고 있지만, 그의 입으로 직접 확인하고 싶었다. 잘하면 그 이상의 정보를 획득할 수 있지 않을까 싶어서 질문을 시도했다.

"남아있던 두 사람 중 한쪽은 이미 설득이 끝났다. 이 필드에는 이제 너 혼자뿐이야. 너도 협박해서 기권시킬 생각이었다만…… 묘한 결계와 방금 전 일 때문에 마음이 변했다. 감히 내 검을 부러뜨리다니."

[죽일 생각이냐?]

내 글자를 보고, 녀석의 살기가 한층 더 강해졌다.

하지만 움직임을 보이지는 않았다.

"물론이지. 아니, 정확히 말하자면 이미 끝났다. 솔직히 말해서 네 녀석이 내 검을 맨손으로 잡은 순간엔 적잖이 놀랐지만, 츠루기에는 확실하게 상대를 죽일 수 있는 즉효성……."

[즉효성?]

암살자가 이변을 깨닫고 입을 다물었다.

그리고 잠자코 나를 노려보기 시작했다.

"……네 녀석, 대체 뭐하는 놈이냐? 그 독을 순식간에 중화시키다니, 절대로 불가능해."

[중화시킨 적은 없다. 내막을 밝혀도 상관은 없다만, 우선 네가 자신과 의뢰인의 이름을 가르쳐 준다면 생각해 보지.]

의뢰인의 이름을 알아내는 것은 상당히 힘들지도 모른다.

"그거 유감이로군. 암살에 실패해서 의뢰인의 신원을 털어놓는 졸개들은 오랜 옛날부터 많았다고 하더군. 옛 사람들도 여러 가지로 연구를 거듭했지."

[무슨 소리를 하고 싶은 거지?]

"길드가 중개한 임무의 경우엔, 실행자와 의뢰인의 접점은 전혀 없다는 뜻이지."

[암살자 길드라는 존재까지 있단 말이냐?]

틀림없이 비주류라는 느낌이 전해져 온다.

길드를 상대로 일을 벌이자니, 막연한 불안감이 느껴졌다.

"너는 재수가 없었다는 뜻이지."

[아니, 네 덕분에 그다지 끼어들지 않는 편이 좋을 것 같다는 사실을 알아냈다. 감사한다.]

"아, 그런가……."

[그건 그렇고, 몸이 움직이나?]

"윽! 무슨 짓을 한 거지?!"

[네가 말이 많았던 덕분이야. 솔직히 지금은 시험에 전념하고 싶은 참이거든. 그러니 여러 가지 의미로 너를 그냥 보내주마. 사실 시험에 걸리적거리니 꺼지라는 게 본심이지만.]

"말과 행동이 다르지 않나? 움직일 수 없다면, 사라질 수도……."

[나는 사지가 멀쩡한 네 녀석이 시험을 방해하지 않을 리가 없다고 생각하거든……. 아, 그렇지. 독이 효과가 없는 이유 말인데.]

"……?"

[서비스로 가르쳐주지. 나는 독이 통하지 않는 체질이라고 하더군. 상당히 최근에 그렇게 된 모양이야.]

"……그런데, 무슨 짓을 할 생각이지?"

어, 안 믿는 모양이네?

[사라지도록 해. 일단 목숨은 살려주지. 쓸데없는 질문도 안 할

테니 대답할 필요도 없어. 만약 무사히 살아서 돌아간다면, 앞으로는 조금 더 과묵하게 임무를 수행하도록.]

"이봐, 왜 물러선 거지? 아니 잠깐, 왜 이쪽으로 뛰어오는 거냐고?! 왜!"

[그건 말이지. 너를 머나먼 저편으로 걷어차기 위해서란다.]

"아규아라에에이이!!"

나는 적당히 힘을 실어, 남자를 저 멀리 걷어차 버렸다. 그의 뼈가 몇 개 정도 부러진 듯한 감촉이 발에서 느껴졌다.

내가 걷어찬 남자는 개성적인 비명소리를 내지르면서 순식간에 좁쌀 같은 크기로 변해, 시야에서 사라졌다.

이런 식으로 처리해두면 대미지와 물리적인 거리 때문에 시험을 방해하기는 힘들 것이다.

……약간 베인 손에는 천이라도 감아두자.

돌아가자마자 시키에게 보여줄 테니 아무런 문제도 없다.

"자, 중요한 건 시험이야. 빨리 끝내고 돌아가자."

—그리고 나는 대체 얼마나 많은 붉은 공을 후려치고 건드렸을까?

세 자릿수에 도달할 때까지만 해도 세고 있었다.

하지만 그 이후로 세는 작업 자체가 귀찮아져서 관뒀기 때문에, 지금은 아마도 네 자릿수까지는 아니라는 것 정도밖에 모르겠다.

점심시간까지 끝내려고 했던 계획이 수포로 돌아가고, 반짝이는 별들이 하늘의 주역으로 등극한지 얼마 안 지나서…….

나는…… 드디어 세 종류의 공을 전부 수집하는데 성공했다.

기, 길었다.

이 사흘 동안의 시험 기간은, 나의 이세계 역사에 길이길이 남을 만한 고행의 나날이었다…….

나는 이 시험을 통해 확실하게 힘을 조절하는 스킬을 습득할 수 있었다. 그것만큼은 확신한다.

돌아갈 수 있어.

이제 시키에게 돌아갈 수 있다고.

"작별이다, 이름도 없는 들판아. 여기서 사흘 동안 겪었던 고생은 절대로 잊지 않을 거야."

나는 담당 직원이 건네줬던 귀환용의 깃털 모양 아이템을 발동시키면서, 캄캄한 들판을 향해 중얼거렸다.

◇◆◇◆◇

"오호, 미스미 씨. 공을 전부 수집하신 건가요? 아니면 기권하실 생각인가요?"

……갑자기 비아냥이신가?

나는 빙긋이 미소를 짓고 있는 직원의 표정을 확인하고, 즉시 맥이 빠지는 것을 느꼈다.

깃털을 사용해서 돌아왔는데, 그걸 구분할 수가 없는 거야?

그럼 벨하고 깃털을 구분해서 지급한 건 그냥 시비 거는 거잖아?

[물론 전부 수집했습니다. 확인을 부탁드립니다.]

나는 세 개의 공이 들어있는 천 주머니를 담당 직원에게 건넸다.

마지막 날인데다가 아침에 쓸데없는 훼방꾼이 난입한 덕분에 사흘이라는 제한시간이 빠듯했지만, 겨우 시험 과제는 달성할 수 있었다.

설마 이 정도로 고단한 정신 수행에 참가하게 될 줄이야, 완전히 예상 밖이었다.

"……호오, 수집하셨다고요? 실례합니다. 그럼 확인을 시작하겠습니다. ……이, 이건?!"

담당자가, 내가 건네준 주머니의 내용물을 확인하더니 곧바로 알기 쉽게 동요하는 표정을 보였다.

레어 보너스 공이라도 들어있었나?

만약 그런 게 있었다고 해도 완벽한 우연이야. 나치고는 우연히 행운을 잡은 셈이지.

존재조차 몰랐던 데다가, 솔직히 말해서 그런 걸 노릴 여유는 전혀 없었거든.

어라?

나와 같은 일정으로 시험에 응시했던 세 사람도 같은 대기실에서 기다리고 있었다.

빠른 녀석은 이틀째 아침에 귀환한 것으로 알고 있다.

그런데 내 시험이 끝날 때가지 여기서 기다리고 있었다니, 정말 어지간히 의리 있는 사람인가 보다. 아니면 시험 규정 때문에 먼저 돌아갈 수 없는 건가?

하여간, 맨 처음에 시험을 통과한 엘프는 상당히 우수한 인재일 것이다.

이런 어려운 시험 과제를 가볍게 달성시킬 수 있을 정도니까.

나로서는 여러 차례 도전하는 과정에서 시험의 요령을 터득했기 때문에 그럴 수 있었던 것이라고 생각하고 싶다.

그만큼 어렵기도 했고, 똑같이 처음으로 시험을 보는 입장인데 이 정도로 격차가 생긴다는 건 참 애처로운 얘기거든.

참고로 시키는, 이 방에 없었다.

애초에 응시자 이외에 들어올 수 없는 장소이기 때문에, 그는 바깥에서 대기하고 있다.

나는 다 끝나면 연락하겠다고 말하고 자유행동을 허가했는데 그는「합격을 기원하면서 기다리고 있겠습니다」라고만 대답했다.

아마, 그는 학원 부지 내부에서 기다리고 있을 것이다.

나는 새삼스레 다른 세 사람의 모습을 확인했다.

기본적으로 조건만 만족시키면 전원 합격 가능하다는 전제조건을 들었기 때문에, 서로 경쟁하고 있다는 감각은 없었다.

오히려 동지나 전우에 가까운 감각이다.

기다리라고, 당신들! 밥과 술을 대접해줄 테니까!

고단했던 시험의 추억 얘기라도 나누자고!

"라이도우 님, 당신은 대체…… 정체가 뭡니까?"

엥?

왜 그래, 오만 담당 직원 A.

왜 갑자기 라이도우 님이라고 높여 부르는 거야?

그리고 세 사람의 동지들도 방금 전부터 경악스러운 표정으로 나를 바라보고 있었다.

가져오라고 했던 물건을 가져오라고 한 만큼 가져왔을 뿐이니, 특별히 대단한 일은 한 적이 없다.

아니, 물론 그 시험은 솔직히 말해서 무지막지한 극악 난이도였지만 말이죠?

[그저 전투 경험이 있는 상인일뿐입니다.]

“이 공들, 세 종류를 한 개씩 지참하셨습니다. 이 시험을 이런 결과로 합격한 인물은…… 지금껏 한 사람도 없었습니다.”

붉은색, 파란색, 노란색.

직원이 주머니로부터 공들을 순서대로 꺼냈다. 그는 얼굴에 잔뜩 땀이 맺힌 상태로 떨리는 양손을 야단스럽게 움직이면서 그렇게 선언한 것이다.

실내는 그다지 뜨겁지 않았다.

그가 흘리는 땀은 식은땀이나 진땀인 걸까?

영문을 알 수가 없다.

나는 그저 샘플로 보여준 세 종류의 공을 지시사항대로 세 개 모아왔을 뿐이다.

사흘 전에 지시사항을 직접 전달한 장본인은 바로 이 눈앞의 직원이다.

……?

하지만 내 의문이 비상식적이었는지, 먼저 돌아와 있던 세 사람의 시험 동지들이 경악스러운 표정을 더욱 악화시키면서 눈을 크게 뜨거나 기세 좋게 일어섰다.

무, 무슨 문제라도 있나?

뭐가 이상하단 얘기야?

애초에 직원도 방금 전에 은근슬쩍 합격이라고 말했으니, 문제없는 거 아니야?

[그런 시험이라고 설명을 들었는데요? 세 종류의 공을 세 개 수집하라고 하셨습니다.]

"……예. 틀림없습니다. 저는 여러분에게 공을 세 개 포획해서 귀환하시라는 말씀을 드렸습니다. 설명을 드린 바의 특성을 지닌, 대단히 방어력이 높은 이 공들을 제각각「가장 숙련된 방법으로」3개 포획해오는 과제가 바로 이 시험입니다. 그런데…… 그런데 라이도우 님께서는「세 종류를 하나씩」포획해 오셨습니다. 말하자면, 세 종류의 공을 각각의 특성에 적합한 세 종류의 방법으로 포획하셨다는 뜻이지요. 틀림없습니까?"

[틀림없습니다.]

"이 시험은 롯츠갈드 학원 및 주변 도시에서, 전투기술 실기를 학생들에게 지도하기 위한 각각의「스페셜리스트」에게 필요한 각각의 능력을 측정하기 위한 시험입니다. 공격 방법의 정확도와 위력이 가장 중요한 항목이지요. 라이도우 님께 굳이 말씀드릴 필요도 없겠습니다만, 마물에 대한 대처나 노숙에 필요한 기술 등은 어디까지나 덤이나 장식에 지나지 않습니다. 마물이나 노숙에 대처하는 단계에서 차질이 생길 정도라면, 학원에서 가르치기보다는 학원에서 배우는 쪽이 타당한 입장일 것입니다."

[그야 그렇겠지요. 대단히 흉악한 마물도 없었고, 식량이나 물도 풍부했으니까요.]

직원의 말은 일리가 있었다.

만약 공을 노릴 만한 여유는커녕, 저 필드에서 평범하게 생존조차 할 수 없을 정도라면 모험가로서의 질이 대단히 낮은 편이라고 판단할 수밖에 없다.

황야에 비하면 거의 천국이나 다름없는 장소였다.

하지만 휴만 응시자는 그 말을 듣고 몸서리를 치고 있었다.

……호, 혹시?

"그리고 모든 공을 마치 계산하신 것처럼 두 차례의 공격으로 처리하셨습니다. 이는 공격 방법이 정확했을 뿐만 아니라, 그 위력 또한 이 공을 **파열시킬 수 있을 정도의** 공격 수단을 라이도우 님께서 보유하고 계시다는 사실을 의미합니다."

……헤에.

역시 직원이라는 건가?

공만 봐도 나름대로 정보를 판독할 수 있나 보군.

[예, **적당한 위력**을 모색하는데 고생했습니다.]

하지만…… 나도 이제 슬슬 알 것 같다.

이제야 나도 직원이 놀란 이유가 짐작이 간다.

본래 이 시험의 합격 기준은 붉은 공 세 개나 파란 공 세 개, 아니면 노란 공을 세 개 수집해오기만 해도 끝이라는 얘기였다.

말인즉슨, 한 가지 색깔만 수집해 와도 문제없었다는 뜻이지.

기가 막히는 일이다.

그럼 이틀째 되는 날에 잽싸게 돌아올 수 있었다는 얘기잖아?

나 자신의 부족한 이해 능력과 비상식적인 능력이 그저 서글플

뿐이다.

"적당, 한 위력이라고?!"

등 뒤에서 목소리가 들렸다.

사자 얼굴의 수인 아저씨다.

암살자의 협박 때문에 시험을 포기한 사람이다. 털이 수북하군. 두 다리로 서 있지만 않으면 동물과 분간이 안 간다.

"믿음직스러운 말씀이십니다. 이번 시험에서 라이도우 님 이외에 공을 지참하고 돌아온 응시자는, 에이츠비스트레이스의 응시자인 에프카 님뿐이었습니다. 그는 온 힘을 다해 붉은 공 하나를 입수했을 뿐입니다. 사흘째 되는 날에 시간적인 한계를 깨닫고 기권하셨습니다."

직원이 나를 존경하는 듯한 말투로 설명을 시작했다.

[그랬군요.]

"예. 그리고 엘프 응시자인 뮤리 님은 첫날에 파란 공을 하나도 찾아내지 못 하시고, 본인의 사정거리가 파란 공의 인식 범위보다 짧다는 사실을 깨닫고 기권하셨습니다. 휴만 응시자인 케리 님은 마물의 야습으로 부상을 입고 기권하셨습니다. 하지만 이 시험을 치르면서 과거에 겪었던 참상을 떠올려 보자면, 공을 지참하고 돌아온 이가 있다는 것만으로도 이번 응시자 분들은 우수했다는 평가를 내릴 수 있을 정도였습니다."

저, 전원이 기권했다고?!

원거리 공격이 특기인 주제에 그 좁아터진 인식 범위보다 사정거리가 짧아서 절망했다고?

그 정도 수준의 마물이 야습을 해서 부상을 입었다니?

사자 얼굴 수인 아저씨는 그나마 공은 가지고 돌아왔지만 사실 협박 때문에 기권한 거잖아?

…….

관두자.

너희들은 도저히 동지나 전우라고 할 수가 없어!

밥 쏘는 건 취소다!

[상당히 도전할 가치가 있는 시험이었습니다.]

"역시, 세계의 끝에서 살아남으실 정도의 역량을 지니신 분은 말씀부터 다르시군요. 생각해 보면, 그 무법자들 사이에서 성공적으로 사업을 하시던 분께서 평범한 인물일 리가 없었지요. 렘브란트 상회는 모든 일들을 돈으로 해결하는 악덕상회로 알려져 있지만, 그 추천장에 허위는 전혀 없었습니다. 필담을 통한 의사소통은 일반적인 대화에 필적하는 레벨이시고, 별도의 대기실에서 기다리고 계신 종자 분으로 하여금 화자를 담당하게 하셔도 상관없습니다. 굳이 말할 필요도 없이 저희의 판단 기준은 어디까지나 실력이지, 외모가 아니니까요."

학원 측의 입장에선, 시키를 조수로 동반한 채로 강의하는 방법은 별 문제없이 허가가 가능한 것 같다.

쓸데없는 마지막 한 마디는, 이제 와서 걸고넘어지는 것도 어이가 없으니 그냥 넘어가기로 했다.

담당 직원이 똑바로 나를 바라보면서 말을 이어나갔다.

"토를 달 여지도 없이 완벽한 합격입니다, 라이도우 님. 학원 도시는 당신을 임시 강사로서 환영합니다. 중앙 롯츠갈드 학원에서 1주일에 1회의 강의 개강 및 2회에 걸쳐 보조 강사로 별도의 강의에 참가할 수 있는 자격을 인정합니다. 그리고 라이도우 님의 사정을 고려해서, 종자인 시키 님께서도 강의에 동행하실 수 있도록 허가하겠습니다."

직원은 상세한 사항에 관해서는 며칠 후에 재차 연락을 전달하겠다고 말하고 악수를 청했다.

물론 악수에 응하지 않을 이유는 없었다.

1주일에 한 번이라.

아마 2회의 보조 강사 자격을 사용할 일은 없을 테니까 실질적으로 1주일에 한 번 일이 있다는 뜻이다.

임시 강사니까, 담임 같은 책임도 없고 비상근 직원일 것이다.

다행이다――!!

상당히 마음이 편해졌다.

그리고 직원은 중앙 롯츠갈드 학원이라고 언급했다.

말하자면, 이 도시에 그대로 체류할 수 있다는 얘기다.

주위의 위성 도시 가운데 어딘가로 파견되는 것보다 훨씬 편리하다.

응, 개장할 예정인 점포용 부동산도 잽싸게 조사한 연후에 다음 호출 때까지 어느 정도 준비를 갖출 필요가 있겠다.

일이 순조롭게 흘러간다.

이대로 가면 가까운 시일 안에, 그 여자애가 일한다는 고테츠 식당이라는 가게를 방문할 수 있을지도 모른다.

사실은 아직 방문할 예정조차 잡지 않았지만, 이 도시에서 생활하면서 점포도 개장할 생각이라면 이제부터 서로 얼굴을 트는 것도 나쁘지 않은 선택이다.

후후후, 정말 쌈닭 찌개 같은 메뉴가 나오기라도 하면 재미있겠군.

정말 그런 메뉴가 있으면 토모에를 데려 오는 것도 괜찮겠어.

츠이게에서 출발했을 때만 해도 전혀 고려하지 않았던 사태였지만, 나는 여기서 강사 일을 시작할 예정이다.

뿐만 아니라 부임하는 학교는, 엘리트 학생들이 모인다는 중앙학원이다.

우리의 학원 도시 생활은 이렇게 시작된 것이다.

2

시험을 치른 날로부터 또다시 엿새가 경과했다.

상인을 자처하는 입장에서, 제대로 사업을 시작하지도 못한 상태로 돈만 나가고 있으니 답답한 구석이 없지 않았다.

다행히도 나는 아공의 산물이나 드워프들이 제작하는 병장기 같은 황금알을 낳는 거위를 소유하고 있는 거나 다름없는 상황이기 때문에, 지출에 대해서 그다지 신경 쓸 필요가 없을지도 모른다. 하지만 역시 근본적인 구석에서 서민적인 감성이 있다 보니, 그저 돈이 나가고만 있는 현 상황에 부담감을 느끼는 것은 어쩔 수 없었다.

오늘 드디어 학원으로부터 숙소에 통지가 도착했다. 정식 합격 통보와 정식 계약을 위해 학원을 방문하라는 내용이었다.

통지에서 이쪽의 편의를 고려하지 않고 상당히 거만하게 나가는 기관이라는 인상을 받았다. 아마, 그만큼 이 도시에서 강력한 영향력을 행사하고 있다는 뜻이리라. 나는 당돌하게 오늘 정오 경이나 모레 아침에 출석하라는 지시내용을 보고 그렇게 예측했다.

"마코토 님, 학원으로부터 통지가 도착했습니까?"

시키가 질문했다. 남자 두 사람이 객실을 두 개나 사용할 필요는 없으니, 우리는 지금까지 방문했던 도시에서도 침대가 두 개 있는 객실을 선택해서 묵고 있었다. 이 도시에서도 그 방침은 마찬가지였다.

그의 구역 부근에 여러 권의 책이 놓여 있었다. 독서가 취미인 그는, 나와 동행하는 동안에도 신경 쓰이는 책을 발견하면 주저하지 않고 구입했다.

책은 이 세계에서 나름대로 가격이 비싼 고급 물자에 속하기 때문에, 나는 점점 늘어나기만 하는 책들을 보고 돈은 괜찮은지 물어본 적이 있다. 하지만 그는 충분한 자금을 비축하고 있었던 모양으로, 내 우려는 기우로 끝날…… 리가 없었다.

시키는 책값을 정가 이상으로 지불하고 있었다. 그는 마력을 비축한 돌이나 보석을 책과 물물교환하고 있었는데 그 가치가 책과 교환하기에는 과분한 품질이었던 것이다. 나는 그에게 돌 종류를 현금으로 환금한 후에 책을 구입하라고 권유했다. 하지만 시키는 지식을 얻기 위해 돈을 다소 지나치게 지불하는 것은 문제가 없다는 사고방식의 소유자였다. 나는 그의 대답을 듣고 조금 위태롭다는 생각이 들었다. 낭비는 금물이잖아?

“오늘 정오나 모레 아침에 오라네. 이제야 겨우 점포에 관해서 물어볼 수 있겠어. 상인 길드에서 사업 허가는 받았지만 학원에 관해 물어보니 그쪽 규정을 우선하라고 신신당부를 하더란 말이지. 아, 그리고 여기서 나를 부를 때는 라이도우로 부탁해.”

특히 학원에서는 느닷없이 마코토라고 불리면 곤란하다고.

“아차, 죄송합니다. 라이도우 님. 그건 그렇고, 점포를 개장할 건물도 양호한 상태의 물건이 필요한 시설을 갖춘 채로 남아있었으니 운이 좋았습니다.”

“응. 이전 가게 주인이 조심스럽게 사용했던 모양이야. 지금 상태로도 충분히 쓸 만할 것 같아. 문제는 그런 가게라도 순식간에 도산할 수 있다는 사실이지.”

나는 학원 쪽 용건을 처리하기에 앞서, 상인 길드에 대한 안부 인사와 점포용 건물이나 토지를 탐방하는 작업을 우선적으로 개시한 상태였다.

첫 방문부터 시작해서, 렘브란트 씨가 사전 준비를 끝내준 덕분에 상인 길드 관련 업무는 특별한 문제없이 마칠 수 있었다. 상인 길드로부터 점포용 부동산을 찾는 작업에 협력을 받았는데, 빈 점포가 차고 넘칠 정도로 많았다. 상태가 좋고 나쁜 차이 정도야 있었지만, 다양한 직종에서 폐업한 건물들이 대량으로 넘쳐났다.

주변의 지리 사정도 제각각이었다. 사전정보가 없이는 확실하게 도착이 불가능해 보이는 복잡한 장소부터 시작해서, 도시의 문에서 학원으로 똑바로 뻗어있는 대로변의 건물까지 포함해서 다양한 물건들이 존재했다.

점포의 종류도 다양했지만, 특히 음식점과 무기 가게가 많았다. 다음으로 많은 업종은 잡화였고 그 다음은…… 유흥업소였다. 학술 연구에 주력하는 도시에서도 「그쪽 업종」이 성행하는 모양이다. 나는 그런 업소를 방문할 생각은 전혀 없었지만, 길드 누님이 미소를 지은 채로 남자 둘이서 방문한 우리에게 구획의 장소뿐만 아니라 서비스의 내용까지 가르쳐줬다. 당신, 프로군요.

"도시 자체의 규모가 상당하니까요, 경쟁도 격렬한 모양입니다. 특히 젊은이들이 많아서 고객층이 특수하다 보니, 유행이 바뀌는 속도도 빠를 것 같군요."

"몇 개월 전만 해도 번창하던 가게가 지금은 파리 날리는 경우가 허다한 것 같으니 정말 무서운 지역이야."

무시무시한 얘기였다. 음식점을 개장하게 되면 무난한 메뉴로 단골손님을 만드는 것이 제일이라고 생각하는 나는 모험심이 부족한 편일 것이다. 내가 만약 도전한다면 원래 세계의 중화요리나 간단한 일본요리, 그리고 젊은 고객층을 겨냥해서 패스트푸드 같은 분야를 개척할 것이다. 사실 초보적인 가정요리밖에 만들지 못하는 내가 해봐야 무의미한 이야기지만.

시키도 이 도시가 사업을 시작하기 어려운 장소라는 사실을 헤아리고 곰곰이 생각에 잠긴 듯한 표정을 지었다. 그가 나름대로 공헌하기 위해 방책을 고려해주는 것은 기쁜 일이다. 하지만 나는 주로 학원에서 행동할 때 시키에게 도움을 요청할 생각이기 때문에 점포의 종업원보다는 수행원을 부탁하는 경우가 많을 것 같다.

점포의 종업원을 조달하는 방법도 고민해야 할 것이다. 휴만을 고용하는 것도 하나의 방법이겠지만, 나는 아직 그들에 관해서 아는 게 없었다. 전혀 모르는 사람들과 일하면서 괜히 얕보이기보다는 아공에서 필요한 인원을 부르는 편이 낫다는 생각이 들었다. 그럴 경우에 역시 가장 유력한 후보는 숲 도깨비였다. 물론 토모에가 그들을 제대로 교육했다는 것이 전제다. 다음 후보는 아르케다. 그러나 그들이 전투력을 숨길 수 있을지의 여부도 불투명했고, 그 정체가 인간형이 아니라는 사실도 문제였다. 결국 외모가 휴만에 가까운 숲 도깨비가 가장 유력하다. 아쿠아와 에리스 정도라면 얌전히 종업원 역할에만 충실히 해도 분명히 활약할 수 있을 것이다. ……어디까지나 얌전히 있을 경우의 얘기지만.

아니, 내가 그런 걱정을 하고 있는 시점에 이미 부적절하다는 생각이 든다. 그리고 젊은 여성이니까 이래저래 고객과 트러블이 발생할 가능성이…… 아야야, 위가 쓰리다.

음. 아공에 출장한 숲 도깨비들은 일단 정예 병력이라고 들었는데 젊은 사람들이 많았다. 토모에가 그들의 성격을 어느 정도까지 교정했는지에 달려 있긴 하지만 각종 문제의 도화선이 될 것 같은 느낌이 든단 말이야. 하지만 아르케의 경우엔 애초에 휴만과 제대로 접촉했던 경험 자체가 없다. 양쪽 다 종업원으로 활약하기에는 조금씩 문제가 있다는 얘기다.

일이 이렇게 돌아간다면 역시 휴만을 고용하는 방안을 고려할 필요가 있나? 아, 그러고 보니 이 세계에서 종업원을 고용할 경우엔 면접 같은 과정으로 간단히 능력을 확인해볼 수는 있으려나? 너무 딱딱한 인상을 주지는 않을까……? 나중에 길드를 찾아가서 물어보자.

고객을 상대할 수 있는 커뮤니케이션 능력과 전투 능력이 없으면, 요전에 목격했던 불량 학생들의 사례도 있으니 불안하다. 일단 그 학생들 덕분에 숲 도깨비 정도의 실력으로도 충분하다는 사실을 알 수 있었으니 고맙기도 했다.

"구입한 장소가 대로변에 인접해 있으니까요, 고객이 없어서 고생할 일은 없어 보인다는 점이 그나마 다행이군요. 뿐만 아니라 근방에 동업자가 없다는 사실도 장점으로 보입니다."

"바로 그 조건이니까 현금으로 사들인 거잖아? 난 눈에 띄지 않는 점포를 선전하는 방법 같은 건 짐작이 안 가거든. 일단 그 부분은 돈으로 해결할 수밖에 없지. 전반적인 약 종류, 그리고 주문을 받아서 병장기도 제작하는 가게로 시작할 생각이야. 그럼 시키, 부탁해."

"무슨 말씀이신지?"

"표면상으로는 너를 점포의 주인으로 내세울 생각이야. 그러니까 학원에서 강의 시간에 은근슬쩍 약 관련 지식이나 마법약의 시범을 보여줬으면 해. 그러면 학생들 사이에 우리 상품의 품질이나 효과에 대한 소문이 퍼지지 않겠어?"

"……선전에 관해선, 이미 생각이 있으셨군요."

"생각이라고 해봤자 딱 그 정도야. 실제로 시키는 아르케들과 함께 꽤 여러 가지 약을 만들고 있다면서? 그 약들의 평가가 좋은 건 사실이니까."

그렇다. 시키는 미오보다도 아르케 여러분과 친분이 두터웠다. 연금술과 약학의 융합이라고 할 수 있을까? 그들은 서로 성격이 잘 맞아서, 특히 마법약 부문과 관련해 상당히 많은 종류의 결과물들을 배출하고 있었다. 그들이 제작한 새로운 약 중에는 레어 소재인 암브로시아의 꽃을 사용한 약도 존재했다. 물론 그런 약을 가게에 진열할 생각은 없지만요.

음, 이제 슬슬 가게에 진열할 약들의 라인업도 결정해야 한다. 일단 일반적인 해열제나 상처 약은 물론이고 마물이 사용하는 독에 대응하는 해독약, 그리고 내가 고안한 드링크제를 기본적으로 진열할 생각이다. 사실 내가 직접 고안한 게 아니라, 말하자면 일종의 영양 드링크로서 피로 회복을 목적으로 제작한 물약이다. 현대인의 필수품은 이세계에서도 통하리라는 생각이 들었기 때문이다. 틀림없이 통할 거야. 열심히 노력하는 학생들과 사회인 여러분의 필수요소로 함께 하게 된다면 (유사품이 등장할 때까지는) 상당히 짭짤할 것이다.

"점포 준비도 추진하고 싶으니까, 학원은 오늘 정오에 들르도록 하자. 잘 하면 곧바로 움직일 수 있을 거야."

"알겠습니다. 그럼 점심 식사는 어떻게 하시겠습니까?"

"음, 고테츠나 갈까?"

"예! 그곳의 찌개 요리는 정말 일품이지요. 이의 없습니다."

우리는 일전에 거리를 지나가다가 우연히 구출한 여성이 일하고 있는 고테츠라는 식당을 밤낮을 안 가리고 애용하고 있다. 이 도시에 도착한 이후의 날짜를 고려하자면 명확하게 지나친 빈도라는 사실 정도는 자각하고 있다. 점장의 고향 명물이라는 찌개 요리는 내 고향에서 먹던 맛과 상당히 이질적이기는 해도 나쁘지 않았다.

내 경우엔 고테츠의 찌개 요리가 마음에 든 이유는 고향의 기억 때문이지만, 시키는 순전히 그 맛이 마음에 든 것 같다. 최근 들어 시키에게 식사 시간에 희망사항을 물어보면 곧장 고테츠라는 대답이 돌아온다. 오늘 저녁은 새로운 식당을 개척하고 싶었기 때문에, 나는 일부러 오늘 점심 식사를 고테츠로 지명했다. 시키도 아무리 고테츠가 마음에 들었어도, 설마 점심과 저녁을 2연속 같은 식당으로 희망하지는 않을 것이다. 벌써 상당히 오래전 일 같은 느낌이 들지만 원래 세계에서도 식당을 정할 때, 항상 「맥○날드 아니면 빅○ 먹으러 가자」라고 지껄이던 녀석이 있었다는 사실이 떠올랐다. 아니 양쪽 다 똑같은 가게거든? 얼마 지나지 않아 아무도 그에게 식사에 관한 질문을 하지 않게 됐다는 슬픈 전설이 전해져 내려온다. ……대답이 사실상 한 가지였으니 당연했다.

까딱 잘못하면 시키도 이 도시에서 똑같은 상황에 처할 가능성이 있다. 그런 사태를 피하기 위해서라도 내가 적극적으로 새로운 식당을 개척해야지.

처음 가게를 방문했을 때, 나는 찌개 요리를 발견하고 나와 용사 이외의 이세계인이 존재할지도 모른다고 진심으로 의심했다. 직접 맛을 본 후엔 혐의가 완전히 풀렸지만요.

종류도 여러 가지였지만 독특한 메뉴가 많은 걸 확인하고 나니, 이 도시에서 고객들의 관심을 끌면서 사업을 전개하기가 정말로 어렵다는 사실을 알 수 있었다. ……아무리 그래도 간장 맛은 좀 아니지 않나?

그리고 나는 점장에게 하고 싶은 말이 있다. 달콤한 찌개는 아니야. 내 관점에서 보면 절대로 아니라고요! 마치 흘러넘칠 듯한 크림과 재료들을 목격한 순간, 솔직히 말해서 무슨 머랭(meringue)[#4]이라도 잔뜩 집어넣은 게 아닌가 현실 도피를 할 뻔했다. 시키가 그 크림 찌개를 맛있게 먹는 모습을 보고, 상식을 초월한 존재로 보인 것은 비밀이다.

시키, 전부 먹어줘서 고맙다. 이 세계에서 처음으로, 저는 음식 관련해서 항복했습니다. 흰색은 돼지 뼈 육수나 두유까지가 한계입니다. 제발 부탁해요.

고테츠에서 일하는 여성의 이름은 루리아라고 했다. 처음 만났을 때보다 훨씬 명랑한 인상이었던 이유는 접객 중이기 때문일 것이다. 나는 그런 불쾌한 일을 경험했는데도 불구하고 직장에서 공사를 전환해서 명랑한 모습을 보이는 그녀를 목격하고 「이야, 정말 열심히 사는구나」라는 생각이 들었다.

나는 아르바이트도 한 적이 없어서 업무상의 공사 구분에 관해 그다지 아는 게 없었다. 나 스스로도 참 한심하게 느껴진다. 사회인이란 저 정도로 강력한 정신력이 없으면 해나가기 힘들지도 모르겠다. 여기는 원래 세계보다도 명확하게 차별이 강한 걸로 보이니 그 이상일지도 모른다.

#4 머랭(meringue) 달걀 흰 자에 설탕과 약간의 향료를 넣어 거품을 낸 뒤에 낮은 온도의 오븐에서 구운 과자. 프랜치 머랭, 이탈리안 머랭, 스위스 머랭 등의 종류가 있다.

이미 거의 단골이나 다름없었는데, 딱히 루리아 때문에 다니고 있는 것으로 의심을 사거나 경계의 대상이 되지는 않은 것 같다. 사실, 우리는 고테츠에 들를 때마다 일사불란하게 찌개만 먹고 있거든. 특히 시키가 말이지. ……최초의 몇 차례 정도, 그녀는 어딘지 모르게 경계심 넘치는 표정으로 나를 감시하고 있었다. ……외모가 수상해 보이기라도 하나? 가면은 이미 전부터 벗고 다니는데…….

어, 설마 가면을 벗었기 때문인가? 아니야, 역시 그건 너무 지나친 자격지심이다.

루리아와 대화를 나눠 봐도 딱히 이상한 점이라곤 찾아볼 수가 없는 평범한 휴만이었고, 왜 학생들이 그녀에게 시비를 걸었는지 짐작이 안 갔다. 운이 나빴던 건지, 아니면 정말로 그냥 우연한 사건이었던 걸까? 그녀에게 그 사건에 대해 물어보니 입을 다물었던 것을 보면 우연은 아닌 것 같다. 무슨 특별한 사정이 있을지도 모른다.

둘이 와서 찌개를 두 그릇이나 주문하다 보니, 나와 시키는 가게에서도 상당히 눈에 띄는 손님이었다. 루리아 양도 우리의 이름을 외운 모양이다. 지금은 방문할 때마다 가볍게 한두 마디씩 대화를 나눌 정도로 친해졌다.

오늘도 시키가 찌개를 먹어치우는 동안에 학원으로 향할 예정이라는 사실과 드디어 일을 시작할 수 있을 것 같다는 사실을 전했다. 그녀는 이 도시에서 이름을 익힌 최초의 지인이다. 점포 개장 예정지는 여기서 조금 떨어진 장소에 있기 때문에, 개장 후에는 지금까지와 같이 자주 먹으러 올 수 없다는 생각이 들어 조금 허전하기도 했다.

아니, 시키에게 식당 선택을 맡기면 여기로 올 가능성이 높으니까 의외로 자주 올지도 몰라. 내 입장에서는 모처럼 지역의 특성을 무시하고 다양한 식당들이 모여 있는 지역이니, 체류하는 동안 가능한 한 여러 가지 요리를 먹어보고 싶단 말이지. 어쩌면 토모에보다 먼저 다시마[#5]나 가다랑어포[#6]에 해당하는 식자재를 발견할 수 있을지도 모른다.

언젠가, 시키에게 내가 알고 있는 찌개 요리도 대접하고 싶다. 백숙, 샤브샤브, 전골, 물두부……. 응, 사실 내가 먹고 싶을 뿐이야.

그건 그렇고, 가능하다면 오늘 저녁부터는 점포의 내부 설비 공사에 착수하고 싶다. 어느 정도의 디자인은 시키와 함께 근방의 가게들을 돌아다니면서 대략적인 전망을 세워둔 상태였다. 이 세계에서는 마술만 사용할 수 있으면 내부 설비를 개량할 때 장인을 부를 필요가 없다는 점도 편리했다. 시키가 마침 흙 속성 중에서도 그쪽 부류의 마술을 사용할 수 있다고 한다. 이런 식으로 돈을 절약할 수 있다는 건 은근한 쾌감이었다.

그리고 내 마술 컨트롤을 연습하는데도 도움이 된다. 최근 들어 나는 가능한 한 마술을 곧바로 발동시킬 수 있도록 정신 집중을 유지한 채로 일상생활을 보내고 있다. 그러나 아직 집중을 오랫동안 유지하기는 어려웠다. 불완전하더라도 효과가 강한 방어 장벽을 전개하는 연습도 병행하고 있다. 전쟁터와 같은 특수한 정신

#5 다시마(昆布, 콘부) 일본 요리에서 국물을 내는데 사용한다.
#6 가다랑어포(鰹節, 가츠오부시) 가다랑어를 얇게 저며 말린 포. 일본 요리의 기본 식자재 중 하나로 육수를 내거나 음식 위에 뿌리는 용도로 사용한다.

상태를 야기하는 장소에서, 마술을 자기 손발과 같이 구사하는 일이 얼마나 어려운지 불과 며칠 전에 깨달았기 때문이다.

일단 여신이 한번은 나를 발견할 수 있었던 만큼, 언제 무슨 일이 일어날지 예상할 수가 없다. 나는 지금 하루하루를 소중하게 여기면서 쓸데없는 시간 낭비를 피하기 위해 노력하고 있다. 목숨이 걸려있는 일이니까.

나와 시키가 이른 점심 식사를 마치고 학원에 도착한 시간은 학생들의 점심시간과 겹친 것 같다. 제각각의 건물들이 상당한 인파를 쏟아내고 있었다. 백악의 거대한 건조물이 원래 세계를 연상시켰다. 어딘지 모르게 그리운 느낌이 든다. 학교라는 환경이 향수를 불러일으키는 요인일지도 모른다.

낯선 우리를 향해 신기하다는 시선을 보내는(내 외모가 원인이 아니기를 빈다) 학생들을 피하면서 우리는 학교 측에서 지정한 장소를 향해 발걸음을 옮겼다.

……학생들 중에 뒤로 몸을 젖히거나 다시 쳐다보는 경우가 있는 것도 부, 분명 낯선 사람이 신기하기 때문일 것이다.

[잘 부탁드립니다.]

"잘 부탁드립니다."

나와 시키가 새삼스럽게 인사를 마치자, 주위에서 박수 소리가 울려 퍼졌다.

여기는 학원의 사무를 총괄하는 사무실이라고 한다. 넓은 공간에 책상들이 늘어선 광경은 순간적으로 교무실을 연상시켰지만, 그 독특한 긴장감은 느껴지지 않았다. 그들은 수업 내용이나 규칙에 대해 상세히 설명해줬고, 그 후에 우리들의 강의 계획에 대해 질문했다.

우리의 대응을 담당한 직원들은 두 사람이었다.

한 사람은 나와 마찬가지로 강사라고 한다.

사실 마찬가지라고 하기는 어려울지도 모른다. 그는 학원의 상근 선생님이고 나는 비상근 강사에 지나지 않는다. 나는 이 학원에 매일 출근하지도 않고 기숙사에 들어가지도 않는다. 나와 마찬가지로 전투 기술 교육을 담당하는 사람이라고 들었는데, 그다지 강해보이지는 않았다. 전투 기술이라는 분야는 탁상공론만 가지고 논해봤자 의미가 없을 테니 나름대로 실력은 갖추고 있을 것이다.

그는 실제의 수업 내용이나 현장 학생들의 레벨에 관해 가르쳐줬다. 나는 그의 얘기를 듣고 완전히 소꿉장난이라는 인상을 받았다. 하지만 머릿속에서 생각했을 뿐이야. 나도 자제해야 하는 상황은 알고 있거든. 엘리트(풉) 학생 여러분을 상대하려니 조금 곤혹스럽다는 말은 입이 찢어져도 내뱉을 수가 없지.

또 한 사람은 사무 쪽에서 지위가 높은 사람이라고 한다. 이쪽은 남성 교사로부터 약간 엿볼 수 있었던 거만한 분위기는 전혀 없었으며 굉장히 겸손해 보이는 사람이었다. 우리 학교에서 일하던 사무원은 너무 스스럼없는 태도라서 처음엔 당황했던 기억이 있는데, 눈앞의 직원은 태도가 정중하고 빈틈이 없었다. 학생을 상대하는 태도와 교사를 상대하는 태도의 차이일까? 하지만 내가 급료나 가게에 관해 질문하자 자료를 확인하지도 않고 거침없이 대답하는 모습은, 그가 몹시 유능하다는 사실을 증명하고 있었다.

그가 전체적인 설명을 끝내고 「앞으로 잘 부탁드립니다」라고 인사하는 순간에 우리도 서두의 말로 대답한 것이다.

"그럼 저는 이만 실례하겠습니다. 처음에는 제 수업을 수강하고 있는 학생들 중에서 로테이션을 짜서 학생들을 보내드리겠습니다만, 그 이후엔 라이도우 선생님의 실력으로 학생들을 모집해주세요. 듣자하니 놀라운 능력을 지니고 계시다는 소문이 돌더군요. 기대하고 있겠습니다."

"예, 브라이트 선생님. 감사합니다."

아무래도 브라이트 선생님은 지금 사무실에서 퇴실할 모양이다. 나와 시키는 한번 들었던 머리를 다시 숙이면서 그를 배웅했다. 사무원의 발언에 따르면, 내가 개강할 예정인 전술 전반 강의가 시작되면 초기의 수차례 동안 정원 가운데 몇 할 정도를 저 브라이트라는 선생님이 지도하고 있는 학생들 중에 할당해서 보내준다고 한다. 그는 리더십이 있고 새롭게 부임한 같은 학과의 선생님들에게 학생을 소개해주는 인격자라고 한다. 사무원들도 그의 덕을 많이 보고 있는 건지, 사무실 전체로부터 그에 대한 호감이 느껴졌다. 내 경우엔 솔직히 말해서 어딘지 모르게 수상쩍다는 인상을 받았다. 지나친 인격자라는 것도 곧이곧대로 믿기가 어려운 얘기였다.

사무원의 설명에 따르면 비상근 선생 중에 정원을 꽉 채울 정도로 학생을 확보할 수 있는 이들은 흔치 않다고 한다.

상근 선생의 실기 강의와 비교하자면, 비상근 선생의 정원은 그 절반인 30명에 지나지 않았다. 이 드넓은 학원에서 30명의 학생조차 모집할 수 없단 말이야?

참고로 실기와 달리 이론 강의는 교실이 수용할 수 있는 한계까지 몇 명이든 수강이 가능하다고 한다. 실기 수업의 경우, 한 사람의 선생님이 파악할 수 있는 학생의 머릿수에 한계가 있기 때문에 제한이 존재했다. 검이나 마술을 다루는 강의의 경우, 까딱 잘못하면 사망할 가능성도 있으니 무리도 아니다.

강의의 보수는 완전히 성과급이다. 비상근 교사의 경우, 학생의 취사선택도 상당히 자유로웠다. 따라서 어디까지나 돈을 벌고 싶다면 순수하게 정원 한계까지 학생을 늘리는 편이 유리했다. 한 차례의 강의로 비상근 선생이 벌어들일 수 있는 보수는 학생 1명당 은화 열 닢이다. 가령 강의 정원을 30명까지 채울 수 있다고 가정한다면 한 차례의 강의로 금화 세 닢 분량을 벌어들일 수 있다는 계산이 된다. 평범하게 일반적인 가게나 길드의 사무원으로 근무하는 사람들의 연봉 정도였다. 만약 1주일에 여러 차례의 강의를 담당하고 1개월 동안 그 추세를 유지할 수만 있다면 그야말로 대단한 금액이 호주머니로 들어오는 셈이다. 일본의 가치관에 입각해서 계산하자면 교사의 보수치고 너무 지나치다는 생각이 들었다. 비상근 교사의 수입이 이 정도니, 상근 교사는 대체…….

"그런데, 라이도우 선생님. 강의 예정 말씀입니다만, 곧바로 다음 주부터 부탁드려도 문제없겠습니까? 브라이트 선생님이 10명 전후의 학생들을 파견해주실 테니 정원 쪽은 전혀 문제없을 겁니다."

[다음 주부터라고요? 상관없습니다만, 제 수업은 아마 학생들을 상당히 가리는 형태가 될 테니 브라이트 선생님께 폐를 끼칠 수도 있을 것 같습니다. 그리고 저는 소수 정예로 강의를 진행할 예정입니다. 인원을 적게 뽑는 방침은 문제가 없는 거지요?]

방금 전에 확인하기는 했지만, 신경이 쓰여서 다시 한번 다짐을 받고 싶었다. 나는 대충 10명, 가능하면 한 자릿수 정도의 학생들과 함께 수업을 진행할 생각이다. 시키를 동반한 채로 일주일에 한번 강의를 열 계획이다. 나는 가정교사로서 이웃 아이들에게 공부를 가르쳐준 것밖에, 보수를 받고 다른 사람들을 가르친 경험이 없었다. 당장은 시키의 도움을 받으면서 적은 인원수부터 소화하는 훈련이 필요하다는 생각이 들었기 때문이다.

"예, 물론입니다. 하지만 라이도우 선생님은 희한한 분이시군요. 비상근 교사로 근무하시는 분들은 일반적으로 가능한 한 많은 학생들을 모집하기 위해 동분서주하시는 경우가 많습니다만……. 역시, 강사로 일하시면서 동시에 점포의 경영을 고려하시다 보니 사고방식도 달라지는 건지도 모르겠군요."

[이왕에 학생들을 담당하는 이상, 확실하게 보탬이 되는 수업을 진행하고 싶으니까요. 상회에 관해서는 학원 내부에서 상업 활동을 자제하기만 하면 문제가 없다고 하셨지요? 신속하게 회답을 해주셔서 정말 감사합니다.]

시키나 내가 금전적인 대가를 받지 않고 약의 효능을 시범해 보이거나, 지식을 선보이는 방식은 규칙에 어긋나지 않는다고 한다. 다행이야.

"……라이도우 선생님은 몹시 겸손하신 분이군요. 그리고 정말 성실하십니다. 약간 의외였습니다. 그도 그럴 것이 상당한 실력자라는 소문이 전해져 와서 말이지요. 과연 어떤 분께서 행차하실지, 사실은 전전긍긍하고 있었답니다. 이 학원의 학생들은 이 근방의 도시에서도 정예 중의 정예만 선별한 우등생들입니다. 아무쪼록 마음껏 단련시켜 주십시오."

[예, 그럼 실례하겠습니다.]

"아, 그리고 자료를 찾으실 때 이용할 기회가 많으실 도서관과 학원 내부에서 실기를 선보일 수 있는 연습장이나 필드의 사전 이용 신청을 할 수 있는 접수처 말입니다. 이 두 가지 장소의 위치에 관해서는 지금 바로 알려 드리겠습니다."

틀림없이 양쪽 다 필수적으로 알아야 하는 장소였다. 이왕 가는 김에 필드 신청 같은 절차도 오늘 중에 마치는 편이 좋을 것 같다.

서류 절차 같은 건 나름대로 번잡한 편이니, 시키에게 부탁할 일이 늘어날지도 모르겠군.

일이 이렇게 돌아가면, 점포의 경영 방침에 관해서도 조금 더 심사숙고가 필요한가? 역시 숲 도깨비밖에 없나? 아르케를 부르기에는 머릿수가 모자란단 말이지. 으음, 한번 토모에의 의견을 들어보는 편이 좋을 것 같다.

그리고 도서관이라. 개인적으로 그냥 도서실 정도의 규모가 아닐까 예상했는데, 건물이 따로 있을 정도면 만만치 않겠는걸? 대학교 같은 형태인 것 같다.

이만큼 커다란 학교의 도서관이니 보유하고 있는 장서도 상당히 기대감을 자극한다. 마술에 관련된 서책을 확인해 보는 것도 나쁘지 않을 것이다. 책을 좋아하는 시키에게는 미안하지만, 접수처 관련 업무는 그에게 맡기고 나는 도서관을 찾아가기로 했다.

[시키, 나는 도서관에 가 있을게. 접수처로 가서 신청을 마친 후에 따라오도록 해.]

나는 복도에서 그에게 지시했다. 시키가 고개를 끄덕였다. 토모에와 미오라면, 이런 경우에 개별 행동은 싫다면서 한바탕 난리를 일으킬 참이다. 그런 연유로 동행에 시키를 지명한 부분도 있다. 정말 편해서 좋다. 물론 가장 큰 이유는 같은 남자라는 점이었지만.

두 장소가 사무실을 사이에 두고 정반대에 위치해 있기 때문에 나와 시키는 서로 등을 돌리고 각자의 목적지로 향했다.

복도에는 서로 이야기꽃을 피우는 학생들이 왕래하고 있었고, 게시판에는 훈훈한 내용의 벽보부터 시작해서 학원 내부의 연락사항에 대한 전단지 등이 한가득 나붙어 있었다. 올해 여름방학 때 방문했던 누나가 다니는 대학교와 비슷한 분위기였다. 사람들의 머릿수는 이쪽이 현격하게 많았다. 그야 방문 시기도 차이가 나니 당연한 얘긴가?

그건 그렇고. 학원의 분위기도 그야말로 평화 그 자체인데다가, 주변 풍경도 어딘지 모르게 그리운 느낌이 든다. 여기를 걷고 있으려니 이세계에 있는 건지 현대에 있는 건지 분간이 안 가네.

"일본의 학교 그 자체란 말이지."

츠이게에서 출발하기 전에 가끔 고향을 떠올리기도 했다. 여행을 하고 있는 동안에 그런 감각도 서서히 희미해져만 갔다. 하지만 여기는 너무나도 원래 세계를 연상시키는 구석이 많았다. 의외로 사람을 벅차게 만드네.

"어, 여기가 도서관인가? 굉장해, 엄청 크네."

나는 아무도 의미를 모른다는 사실 덕분에 간이 커졌는지, 대담하게 혼잣말을 중얼거리면서 도서관에 도착했다. 아, 머리가 이상한 사람으로 보였을까? 뭐, 상관없지. 지금까지 온갖 꼴을 다 당하다 보니, 웬만한 일은 신경이 쓰이지도 않는다.

그건 그렇고 크다. 우리 동네 시립 도서관보다도 훨씬 커. 이거야 놀랄 노릇이네. 이 세계에도 이 정도 규모의 도서관이 존재했단 말이야? ……새삼스럽게, 나는 정말 터무니없는 장소에서 여행을 시작했다는 실감이 들었다. 그런 반면에 용사 녀석들은 커다란 강대국의 성에서 스타트하셨단 말이지? 에휴, 못 해먹겠네.

안으로 들어갔다.

일반인의 키보다 훨씬 높은 책장에 빈틈없이 들어찬 책과 책과 책들이 눈에 들어왔다.

장서를 가득 채운 책장들이 좌우로 늘어선 광경은, 책이라는 열매를 맺은 나무들로 이루어진 숲이라고 부를 수 있을지도 모른다. 적어도 내 인생에서 이 정도로 대량의 책이 모여 있는 장소는 처음이었다. 굉장하다. 그저, 굉장하기만 하다.

오랜만에 맞닥뜨리는 도서관의 분위기는 이세계에서도 마찬가지였다. 그리고 도서관 안쪽에서 서늘한 공기가 느껴졌다. 이 세계에서도 도서관이라는 장소는 냉방 설비를 갖추고 있는 것 같다. 그 수단이 마술이냐 과학이냐는 별 의미가 없다.

지금도 그런대로 많은 인원들이 도서관을 방문한 상태였는데 그 기척이 드문드문하게 느껴지는 이유는 여기가 그만큼 드넓으면서도 사람보다 책들이 강한 존재감을 내뿜고 있기 때문이다. 이용객들이 태연하게 공중을 떠다니는 발판을 타고 이동하면서 책을 꺼내는 모습도 보이는데, 나는 그런 광경보다 책들이 내뿜는 압도적인 박력 쪽에 정신이 팔려 있었다.

"무슨 용무시죠?"

내가 그렇게 순수한 감동에 젖어 있으려니 누군가가 말을 걸었다.

여성의 목소리는 차분하면서도 부드러웠다. 자칫하면 색기까지 느껴질 정도의 미성이다.

내가 목소리가 들린 방향으로 고개를 돌리자, 역시 예상대로 여성의 모습을 확인할 수 있었다. 학생들이 입는 교복이 아니다. 이 도서관의 사서인 걸까?

[실례합니다. 이 정도 분량의 장서를 구경해본 적이 없어서요, 무심결에 넋을 잃었습니다. 훌륭한 도서관이군요.]

"그런가요? 저희 도서관을 칭찬해주셔서 기쁘네요. 현관에서 잠시 멈춰 서 계셨는데, 특별한 용무라도 있으신가요? 찾고 계신 책이 있다면 도움을 드릴 수 있을 것 같은데요?"

나는 물론 필담으로 대답할 수밖에 없었다. 하지만 그녀는 놀라는 기색도 없이 곧바로 내 글자에 반응하면서 대답했다. 어라, 안 놀라는 거야?

[딱히 읽어볼 책을 정하고 온 건 아닙니다만, 마술 분야 중에 영창 언어에 관한 책이 있다면 찾아보고 싶습니다.]

나는 즉석에서 떠올린 내용으로 그녀에게 대답했다.

"어머, 굉장한 마술과 직접 전투 기능을 보유하고 계시다는 라이도우 님치고 수수한 내용이네요. 일행이신 시키 님께서 읽으실 책인가요?"

……!!

나는 순간적으로 그녀와 거리를 벌렸다. ……이 녀석, 어떻게 내 이름을 아는 거지?

다행히도 입구 근처의 넓은 현관에 서 있었기 때문에, 내 주위에 도약할 공간은 충분했다. 거리를 벌릴 수 있었으니 그나마 고마울 따름이다. 이 놈이나 저 놈이나 전부 소피아처럼 변태적인 이동 방법을 사용할 리는 없을 거야. 나는 앞으로도 우선 상대의 범위에서 벗어나는 전술을 바꿀 생각은 없다.

투명한 장벽도 이미 구축한 상태였다. 장벽을 전개하는 작업은 후방으로 도약하는 와중에 이미 끝냈다. 평소 유지하고 있던 긴장감 덕분이다. 이제 나머지 과제는, 이 작업을 정신력의 소모 없이 자연스러운 상태에서 직접 이행시킬 수만 있으면 완벽하다.

"굉장하네요! 그 한 순간 동안에 벌써 장벽을 전개하시다니. 정말 묘기 같아요. 마치 영창조차 생략한 듯한 놀라운 기량까지 정말 흠잡을 데가 없네요. 듣던 대로 대단한 분이세요."

[넌 누구냐? 어떻게 내 이름을 아는 거지?]

나는 짧은 질문을 말풍선에 떠올리면서, 여자를 관찰했다.

나이는 젊었다. 아마 20대 초반 정도일 것이다. 키는 나와 비슷했다. 무기는 소지하지 않은 것으로 보인다. 강력한 마력이 느껴지는 장비도 없었고, 그녀 본인으로부터 느껴지는 반응은 평균적인 정도였다. 그녀가 입고 있는 복장은 펑퍼짐한 로브였기 때문에, 근육의 형태는 확실치 않았다. 하지만 그녀는 현재 상황에 긴장한 기색도 없었다. 마술을 영창하지도 않고 있다.

몸매는 복장 때문에 정확히 알 수 없었지만, 일단 여성임은 틀림없을 것이다. 얼굴은, 귀엽다. 100점이다. 토모에의 남빛 같은 짙은 파란 머리카락과는 달리 투명하고 어슴푸레한 파랑, 물빛 머리카락이 보인다. 틀림없이 모르는 사람이다. 종족은 아마 휴만이다.

들던 대로? 그녀는 그렇게 말했다. 나와 시키를 알고 있을 뿐만 아니라 굉장한 마술이니 직접 전투 기능이니 개인정보까지 환하게 알아낼 수 있을 만한 인물이 이 도시에 있나? 당장 떠올릴 수 있는 루트는 시험 담당자로부터 정보가 샜을 가능성이다. 하지만 이 도서관의 사서로 보이는 그녀가 알아낼 수 있는 정보인 걸까? 시험에 응시한 인물의 개인 정보가 간단히 새나갈 정도로 정보 관리 체계가 형편없다고 생각하고 싶지는 않은데.

"그렇게 경계하실 필요는 없어요. 학원 선생님이시잖아요? 이름 정도는 열람할 수 있답니다."

웃기지 마. 아까 사무실에서 확인했어. 비상근을 포함하면 교직에 종사하는 인원만 따져도 수백 명은 넘는다고. 그 모든 인원을 파악하고 있다니 그런 변태적인 기억력이 존재할 리 없어. 애초에 나는 오늘 처음으로 학원을 방문한 사람이다.

나는 경계를 풀지 않았다. 정신 간섭을 포함한 모든 마력의 흐름과 그녀의 몸동작에 주의를 기울였다.

[당신이 초월적인 기억력의 소유자임을 스스로 증명하지 않는 이상, 신용할 수 없소.]

"……그저 짓궂은 장난에 지나지 않았는데, 의심이 많으신 분 같군요. 당신이나 일행 분의 성함, 그리고 기타 등등에 관해서도 다른 사람으로부터 전해 들었을 뿐이랍니다."

그녀는 내가 경계하는 모습을 보고 어이가 없다는 듯이 어깨를 으쓱해 보였다. 담당자가 발설한 건가? 하지만 그렇다고 해도 그다지 마음에 들지 않는 장난이다.

"곤혹스럽네요. 그럼 제가 정보를 전해들은 상대의 이름을 말하지요. 고테츠의 루리아, 알고 계시죠?"

그녀의 입에서 나온 것은 의외의 이름이었다.

고테츠의 루리아. 틀림없이 알고 있다. 그녀라면, 당연히 나와 시키의 이름을 알고 있다.

"라이도우 선생님의 실력에 관해서는 시험 담당자에게서 들었답니다. 라이도우 선생님이 그의 이름을 알고 계신지는 모르겠지만, 그의 이름은 엘스라고 합니다. 회식 자리에서 3종류의 공을 모으신 분에 대한 얘기가 나왔지요."

여자는 빈손으로 술잔을 입으로 가져가는 시늉을 보였다. 술자리에서 얘기가 나왔다는 말인가? 3종류의 공이라. 그래서 굉장한 마술이나 직접 전투 기능이라는 애매한 표현을 쓴 건가? 하지만 루리아와 그녀의 접점을 알 수가 없다.

고테츠의 단골인가? 하지만 그 루리아가 손님에게 함부로 얘기를 하고 다닐 것 같지가 않다. 그녀는 입이 무겁고, 다른 손님에 관해서 얘기를 꺼내는 모습을 본 적이 없다. 우리도 이미 여러 차례 찌개를 먹으러 들렀는데, 이 여성의 모습을 본 기억은 없다.

[루리아에 관해선 알고 있다. 최근 고테츠를 단골로 삼고 있으니까. 하지만 당신이 그녀로부터 이야기를 들을 수 있는 이유를 모르겠어.]

"……휴우. 루리아는 제 동생이랍니다. 루리아로부터 이상한 손님에 대한 이야기를 들었는데, 그게 바로 라이도우 선생님과 그 일행이신 시키 님이었지요. 시키 님은 크림 찌개를 남기지 않고 드실 정도로 찌개를 좋아하신다면서요? 그 얘기는 조금 충격적이었답니다."

크림 찌개. 응, 그건 정말로 악몽이었지. 시키는 어떻게 그걸 두 그릇이나 먹어치울 수 있는 거지?

흠. 크림 찌개까지 알고 있다면 아마 틀림없다. ……그건 그렇고 루리아의 언니? 그러고 보니 머리카락 색깔도 똑같다.

나는 새삼스럽게 루리아의 언니에게 시선을 돌렸다.

"왜 그러시죠?"

루리아의 언니는 의아한 표정으로 나에게 되물었다.

가엾어라. 동생과 나이 차이가 얼마나 나는지는 모르겠지만 발육 면에서 완전히 밀리고 있다. 루리아는 식당 제복 덕분에 그렇게 보이는 구석도 있겠지만 명확하게 조숙하고 눈에 띄는 몸매였다. 언니는 로브를 입고 있는 까닭도 있지만, 그럼에도 불구하고 내 눈으로도 확실하게 승패를 판단할 수 있다니……. 앞으로 역전될 일은 없을 테니, 응, 굳세게 살아가길 바란다.

“……이유는 모르겠지만 굉장히 불쾌한 느낌이 드는데, 오해는 풀리셨나요?”

그녀는 가늘게 눈꺼풀을 경련시키면서도 안경 위치를 손으로 고치면서 다시금 질문했다. 저 동작은 이해가 간다. 안경을 걸치고 있으면 무의식중에 건드리고 싶어진단 말이야.

[예, 오해는 풀렸습니다. 그렇군요. 루리아 양의 언니 분이셨군요? 하지만 첫 대면에 갑자기 이름을 불리면 제가 아니라도 놀랄 겁니다.]

“그냥 평범하게 놀라시는 반응이 아니었는데요? 하지만 무례했던 건 사실이니 사과드립니다. 죄송해요. 저는 에바라고 합니다. 앞으로 잘 부탁드려요.”

[에바 양이시군요. 저는 라이도우입니다. 알고 계시겠지만 이 학교의 비상근 강사입니다. 당신은 이 도서관의 사서인가요?]

“예, 찾으시는 책이 있을 때 부담 없이 불러주세요. 저는 평소엔 저곳에서 대기하고 있답니다.”

에바 양이 그렇게 말하면서 현관 오른편에 위치한 카운터를 가리켰다. 여러 사람의 직원들이 카운터에 앉아 있었다. 그들은 나와 에바 양의 대화를 먼발치에서 바라보고 있었다. 조금 소란스러웠나?

[필요할 때 부탁드리겠습니다. 그럼, 저는 이만 실례하지요.]

“책은 필요 없으신가요? 영창 언어에 관한 책을 찾으러 오시지 않았나요?”

[다음 기회에 다시 찾겠습니다. 그럼 이만.]

"유감이네요. 언제든지 기다리고 있겠습니다."

나는 부드러운 미소를 지은 에바 양의 배웅을 받으면서 도서관을 빠져나왔다.

휴우, 긴장했다. 도저히 당장 책을 읽을 생각이 들지 않았다. 너무 갑작스러운 만남이었다.

도대체가—.

"라이도우 님! 오래 기다리셨습니다!"

시키의 목소리가 들려왔다.

시선을 그쪽으로 돌리자, 내가 여기로 오면서 통과했던 복도를 걸어오고 있었다. 그렇구나, 접수는 벌써 끝났구나. 시키의 성격을 고려하면, 분명히 서둘러서 일을 처리했을 것이다. 지금도 빠른 걸음으로 다가오고 있다.

"시키, 그다지 오래 기다리지는 않았어. 고맙다. 그럼, 상인 길드에 들렀다가 점포의 상황이라도 보러 갈까?"

"알겠습니다."

아직 저녁이라고 하기는 이른 시간이다. 나는 예상보다 점포 쪽 작업에 시간을 투자할 수 있을 것 같다는 사실에 감사하면서 캠퍼스(라고 불러도 좋은지 모르겠지만)를 뒤로 했다.

"얘기 들었어? 새로운 실기 강사 말인데, 벙어리래."

"그건 뭔 소리야? 그럼 강의는 어떻게 할 생각이지? 설마 몸으로 직접 가르치겠다고 지껄이는 건 아니겠지?"

"필담을 쓴다고 그러던데? 나는 실력만 확실하다면 아무래도 좋아. 그러니까 무능한 선생은 질색이지만."

"브라이트 선생님의 지시인만큼 한번 정도는 나가줄 생각인데…… 아인이라는 소문도 돌던데?"

"아인?! 학원에선 왜 그런 작자를 강사로 뽑은 거죠?"

"……딱히 아인이라도 상관없지 않아? 엘프 같은 종족은 그나마 볼만한 얼굴이니까, 아인이라고 해서 추하다고 단정 짓는 건 안 좋은 버릇이야."

"롯츠갈드 명물, 속빈 강의나 안 되면 다행일 걸?"

"마음에 안 들면 곧바로 그렇게 될 거야. 선택 강의 같은 건 썩어질 정도로 넘쳐나니까."

"아아, 최소한 멋진 남자였다면 좋았을 텐데!"

"멍청하긴. 그렇게 치면 나도 예쁜 여교사가 좋았다고."

"아하하하……."

…….

진짜냐.

아니, 그…… 진짜로 애들인가?

이 녀석들이…… 내가 첫 강의에서 가르칠 학생들이라고?

나는 긴장과 불안에 사로잡혀 무의식중에 전개한 계로 이쪽을 향해 다가오고 있는 기척들을 탐지하고, 그들의 대화 소리를 엿듣고 있었다는 사실을 후회했다.

만나기도 전부터 인상이 최악이잖아?!

나와 시키는 미리 예약했던 필드, 라는 이름의 들판에 설치된 벤치에 앉아서 그들을 기다리고 있었다.

사무실 직원이 참고삼아 추천해준 교본이나 강사용 책자 몇 권 정도를 오늘까지 독파함으로써 이 학원의 특성과 자신의 입장, 그리고 마술에 관해서 여러 가지 사실을 알아낼 수 있었다.

우선 이 학원의 특성—.

이 롯츠갈드 학원은 학과마다 정해져 있는 학점에 해당하는 강의를 수강하고, 나머지 학점은 학과와 관계없이 자신이 수강하고 싶은 강의를 선택해서 이수하는 구조였다. 시간표를 개개인이 어느 정도 자유롭게 작성할 수 있는 시스템이다.

고정된 강의나 자신이 소속된 학과마다 필수로 이수해야 하는 강의라면 몰라도, 선택 강의의 경우엔 개강하는 교사 측의 입장이 굉장히 약했다. 한 차례 선택 후에 반년이나 1년 동안 변경할 수 없는 구조라면 이 정도는 아니겠으나, 간단히 변경이 가능하기 때문에 학생 측의 입장이 훨씬 강할 수밖에 없었다.

강사는 자기 강의를 이수하는 학생의 인원수로 급료가 정해지기 때문에, 다양한 방법으로 학생들을 모집한다. 예를 들면, 인기 강의의 시간대를 피해서 다른 장소에 개강하거나 시험 내용을 간단하게 설정하기도 한다. 극단적이지만 출석자들에게 현금을 지불하는 강사까지 있다고 하더군. 각각의 수업을 개선하는 방안 중에 강의 자체의 내용을 향상시키는 방식이 적다는 사실은, 어떻게 보면 참 딱하다는 생각이 들었다.

말하자면 선생님이라는 입장인데도 불구하고 학생들에게 얕보일 가능성이 대단히 높다는 뜻이다.

그리고 지금 밝혀진 사실인데, 나는 벌써부터 첫 인상이 별로였다.

다음으로 마술에 관해서—.

내가 만약 마술에 관한 지식을 학생들에게 가르치고자 한다면, 지금까지의 상식을 그대로 피력하는 것은 그리 좋은 생각이 아닌 것 같다.

그들의 상식에 입각하자면 영창이라 함은 암기를 뜻하며, 마술이라는 기술은 주문을 낭랑하게 영창함으로써 발동되는 것이라고 한다.

목소리를 내지 않고 영창하는 기술은 무성 영창(無聲詠唱)이라고 불리며 발현되는 술법의 위력이 낮아진다고 한다.

……나 자신이 애당초 기본적인 과정에서 어긋나 있었다는 사실을, 이 땅에 도착하고 나서야 처음으로 깨달은 것이다.

하지만 자신의 강의에 독창적인 개성을 부여하고자 한다면 일부러 학생들에게 가르쳐주는 것도 나쁘지 않을 것 같다는 생각이 들었다. 실전에서 필요한 기술이라고 대충 갖다 붙이면 안 될 것도 없다.

"라이도우 님, 학생들이 슬슬 도착할 것 같습니다."

"응, 알고 있어. 시키, 강의 방침은 일전에 상담했던 방식으로 괜찮겠지?"

"문제없을 것 같습니다. 우선 라이도우 님의 실력을 보여주신 연후에, 그럼에도 불구하고 남아있는 학생들에게 실전 방식의 영창에 관해 가르치신다고 하셨지요. 근접 전투 기술을 메인으로 익히려는 학생들의 숫자는 많지 않겠지만, 그들의 경우엔 제가 대(對)마술사용의 전반적인 전술을 가르치겠습니다. 다른 강사들의 강의에서 좀처럼 찾아볼 수 없는 방침이기 때문에 수강하는 학생들도 나름대로 가려낼 수 있을 것으로 예상됩니다."

"역시 학생들은 가려 받는 편이 좋을 거야. 너무 많은 학생들에게 쓸데없는 지식이나 힘을 부여해봤자 그다지 좋은 결과는 기대할 수 없을 테니까. 그리고 소수 정예로 가는 편이 가르치기도 편하거든."

"예. 하지만, 화내는 쪽이 라이도우 님이시고 부드럽게 대하는 쪽이 저라는 역할 분담은 반대가 아닐까요? 애초에 굳이 구분하지 않아도 괜찮지 않을까 싶습니다만……."

"……선택 강의 중에 두 사람이 가르치는 강의는 흔치 않다고 들었고, 단순히 내가 이런 방식이 정말로 유효한지 시험해보고 싶다는 의도도 있어. 내가 악역을 맡는 쪽이 효과적이라는 생각이 들거든. 일이 이상하게 돌아간다 싶으면 중단할 테니까 잠시 동안만 그대로 따라 줄래?"

"예……."

시키는 아직 납득하지 못한 모양이다. 하지만 한번 기회가 찾아오면 시험해보고 싶었거든. 형사 드라마 같은 데서 자주 나오는, 무서운 사람과 만만한 사람의 콤비로 사람들의 인상을 조작하는 방법 말이야.

시키와 콤비를 결성한다면, 내가 험상궂은 쪽을 담당하는 게 타당하다고 생각해.

……어차피 사람 취급을 못 받으니까 차라리 미움이라도 받자! 그런 식으로 자포자기 한건 아니거든요?

마음속으로 셀프 변호를 하고 있으려니, 여러 쌍의 시선이 느껴졌다.

휴우, 드디어 도착하셨나.

“저기요~. 라이도우 선생님이 담당하시는 전술 전반 강의는 여긴가요?”

아인이라고 눈썹을 찌푸리던 여학생이, 기특하게도 그나마 존댓말로 우리에게 질문을 던져왔다.

나는 그녀가 아니라, 시키를 향해 가볍게 고개를 끄덕였다. 어디 한번, 무서운 선생님 역할을 시작해볼까?

“예, 여기가 맞습니다. 여러분은 브라이트 선생님의 소개로 찾아오신 학생 분들이시죠? 저는 이 강의의 조수를 담당하게 될 시키라고 합니다. 그리고 이쪽 분이 바로—.”

[시키의 주인이자, 세계의 끝에 펼쳐진 황야에서 상단을 조직하고 있던 라이도우다. 본업은 상인이다. 개인적인 사정으로 인해 말을 할 수 없지만, 이와 같이 너희들과 대화를 나누는데 문제는 없다. 마술을 중심으로 엄격한 강의를 진행할 생각이니 따라와 주길 바란다.]

경력도 위조에다가 성격도 약간 엄격한 교관 식으로 위장했다. 외모의 마이너스 요소는, 붙임성 있는 미소를 통해 메우기보다는 엄격한 사람이 가끔 부드러운 모습을 보이는 낙차를 이용하는 쪽이 편하다는 느낌이 들거든.

사실은 시끄럽게 고함치는 느낌으로 인사하고 싶었는데, 필담이라는 방식으로는 어려울 거라는 생각이 들어서 담담하면서도 엄격한 방식을 채용하기로 했다.

"이 도시에서도 약간 독창적인 점포를 개장할 예정이니, 여러분도 괜찮으시다면 시간이 나실 때 방문해주세요."

시키가 점포를 선전했다.

점포의 명칭까지 입에 담지는 않았으므로 그다지 잔소리를 들을 일은 없을 것이다. 그리고 시키는 시종일관 온화하게 웃고 있는 역할이다. 자상하고도 부드러운 시키 선생님, 힘내라. 나도 무섭고 엄격한 라이도우 선생님으로 힘낼게.

[첫 강의인 만큼, 우선 자기소개부터 시작하지.]

강의를 수강하러 온 10명으로 하여금 제각각 자기소개를 시작하게 했다.

이름과 나이, 현재 몇 학년인가? 그리고 목표나 특기 속성 등에 관해서 말하도록 지시했다.

자기소개는 별 탈 없이 끝났는데, 의문점이 하나 남았다. 다름 아닌 속성에 관해서였다.

[너는 물 속성이 특기라고 했지? 다른 속성은 어느 정도 구사할 수 있나?]

"다, 다른 속성이요? 어, 저기…… 흙과 불을 약간 다룰 수 있습니다."

[정령의 힘은 빌릴 수 있나?]

"그럴 리가! 가능할 리가 없잖아요!"

—거의 물밖에 사용하지 못 한다는 뜻이잖아? 거기다 마력량도 어중간해.

잠깐, 혹시…….

[너는 불 속성이 특기라고 했지? 다른 속성은?]

또 한 사람, 얼굴만 멀쩡하다면 아인이라도 상관없다는 학생에게도 물어봤다. 갑작스런 질문이 불쾌할지도 모르지만 대놓고 얼굴을 찡그리고 싶냐?

"……일단, 바람 속성도 다룰 수 있습니다. 정령 마술은 사용하지 못 합니다."

나머지 학생들에게도 질문했지만 많아봐야 세 가지 속성 정도가 한계였다.

학생들의 너무나 한심한 대답에, 무심코 염화로 시키에게 확인을 요구했다.

'시키, 이건 대체 무슨 영문이지? 휴만들은 혹시 사용할 수 있는 속성이 제한되기라도 하나?'

'아닙니다. 그저 적성이 높은 속성을 사용하는 방식에 너무 익숙한 나머지 다른 속성의 수련을 게을리 하는 경향이 있으며, 그들의 사회에서는 다중 속성을 실전 레벨로 다룰 수 있는 기능은 일종의 재능이라고 인식하고 있습니다.'

'누구든지 가능은 한 거지?'

'물론입니다. 다만 소모하는 마력이 특기 속성보다 많아지긴 합니다만.'

'그렇군, 알아들었어.'

아무리 특기라고는 해도 금방 걸음마를 시작한 초심자도 아닌데 한 가지 속성만 수행하는 방식은 납득이 가지 않는다. 실제로 여러 가지를 써먹을 수 있어야 실전에서 편리하다고.

그러고 보니 상위 용 어린이 미츠루기 군도 내가 다중 속성을 구사하는 모습을 보고 경악을 드러낸 바 있다. 응, 역시 이 기술을 학생들에게 가르쳐 보는 것도 재미있을 것 같다.

[너희들의 실력에 관해선 잘 알았다. 유감이지만 미숙하다고 밖에 할 수 없군.]

"미숙하다고요?! 우리가 말인가요?!"

벙어리라고 지껄이던 녀석이군. 아주 기운이 넘쳐 보이는데다가 실제 겉모습도 그렇게 보이는데 넌 전사 아니냐?

[그래. 나라에서 출세하고 싶다. 모험가로서 이름을 날리고 싶다. 연구자로서 학원에 남고 싶다. 너희들의 목표는 방금 전에 다 들었다. 현재 상태로도 그 꿈들의 입구에 다가설 수 있을지도 모르지만, 평생 동안 삼류로 끝날 실력이다.]

"……너무 말씀이 지나치신 거 아닌가요? 결국 일개 임시 강사에 지나지 않는 주제에."

아인 강사는 필요 없다는 식으로 투덜거리던 소녀였다. 그녀의 분노가 느껴진다. 오늘은 우리의 힘을 과시하면서, 동시에 자상한 시키 선생님이라는 인상을 남길 예정이다. 지금이 중요한 대목이라서 말이야, 도발해서 미안.

[너희들의 모자란 실력은 틀림없는 현실이다. 너에게 한 가지 질문을 하겠다. 너는 마술사였지? 그렇다면 마술사가 전투에서 가장

경계해야 하는 상황은 뭐라고 생각하지?]

"……. 적진에 고립되는 사태와 적의 접근을 허용하는 사태, 그리고 패닉에 처하는 사태, 마력이 고갈되는 사태지요."

교본에 적혀있는 모범 답안이다. 일단 나도 그 말들은 틀림없다고 생각해.

[훌륭한 대답이다. 그럼 전투에서 지향해야 하는 마술사의 이상형은?]

"임기응변이 가장 기본적인 형태지요. 고립이나 접근을 당하거나, 예상 밖의 사태가 벌어지거나 마력이 고갈되더라도 최적의 선택이 가능한 술사야말로 저희들이 지향해야 하는 이상형입니다."

[정답이다. 우수한 학생이군. 그렇다면 물 속성이 특기라고 했던 네 옆의 친구가 바람 속성밖에 통하지 않는 적과 상대할 경우엔, 어떻게 대응해야 임기응변이라고 할 수 있을까?]

"그럴 경우엔 전방을 담당한 일행이 바람 속성의 공격 수단을 준비하거나, 다른 후방 인원에게 공격을……."

[그 자리에는 그녀밖에 없다.]

"……그렇다면 적이 접근하기 전에 바람 속성의 공격 수단을, 매직 아이템 등으로 준비하는 방법밖에 없습니다."

[그렇군. 도저히 스스로 해결하기 힘든 상황에서는 도구에 의지하는 것도 정답이다. 그러기 위해서 비장의 수단으로 다른 속성의 도구를 휴대하는 것도 좋은 방법이지만, 역시 스스로 사용 가능한 상황이야말로 최선이다. 최대한 3가지 속성이 아니다. 최소한 3가지 속성을 자유자재로 구사할 수 없다면 실전에서 부족하다고 느

끼리라는 것을 장담할 수 있다.]

"……학원이나 정규군에서는, 마술은 우선 한 가지 특기 속성을 익히는 게 상식인데요?"

속빈 강의라고 지껄였던 남학생이다. 학습 방식이 문제라기보다는 오직 그 방법밖에 모른다는 상황이 문제라고 생각해. 너희들은 일단 엘리트라는 입장이니까, 불만스러운 표정으로 대들고 싶은 심정도 짐작은 간다. 지금까지 배워온 과정을 부정당하는 일이 유쾌할 리가 없지.

[너희들은 엘리트가 아닌가? 그런데 다른 이들과 마찬가지로 속성을 간파당해서 약점을 찔리기만 하면 종잇장처럼 찢겨 나가는 결말을 맞이해도 상관없나? 우선 익힌다고 했는데 너희들은 아직도 그 정도 단계에서 벗어나지 못 한 건가?]

"그, 그야 전방을 담당하는 검사나 기사를 신뢰하면서……."

[신뢰라. 듣기 좋은 말이지만, 그 단어를 수련을 소홀히 할 핑계로 삼는 것은 금물이다. 다른 이들보다 높은 시점에서 여러 가지 대책을 강구하는 것이야말로, 엘리트라고 불리는 이들의 책임이 아닌가? 당연히 스스로의 몸을 지키는 수단 하나만 놓고 봐도, 특기 속성이 아니라고 간단히 포기하는 것은 언어도단이다. 불가능하다면 몰라도 가능한 수단이라면 시도해야만 해.]

말하기는 쉽지만 말이지. 내 경우엔 평생 동안 상관없는 입장이겠지만, 관철하려고 들면 상당히 고단한 길일 거야.

"큭."

"그럼 라이도우 선생님은 적진 한 가운데에서 고립했을 뿐만 아니라 적의 접근을 허용한 상태에서도, 한 단계 높은 시점으로 상황을 파악하고 빠져나올 수 있다는 말씀이신가요?"

그는…… 무능한 선생은 질색이라고 언급했던 남학생이다. 조금 호기심이 생긴 걸까?

[물론이다. 바로 그 방법을 가르치기 위해서 강의를 개강한 셈이니까. 오늘은 나와 시키의 모의전투를 보여주겠다. 앞으로 가르침을 받을 상대의 역량을, 실제로 확인하도록.]

나는 시키 쪽으로 시선을 돌렸다. 그는 고개를 끄덕이고, 광택이 비치는 천에 둘러싸인 지팡이를 잡아들었다. 천 사이에서 엘드워 수제 지팡이가 그 존재감을 드러냈다. 비단처럼 아름다운 천은, 정확한 원리는 모르겠지만 병장기의 능력을 은폐하는 성질을 지닌다고 한다.

"주인이신 라이도우 님과 제 실력의 일부를 선보일 테니, 아무쪼록 참고로 삼아 주십시오. 여러분께서 지향하실 하나의 이상형을 제시할 수 있기를 바랍니다."

그들이 시키의 발언을 제대로 들었는지는 모르겠지만, 학생들의 시선은 지팡이로 집중된 상태였다. 그 시선들은 경악에 가득 차 있었다.

"이봐, 저 지팡이……."

"저건 대체 뭐지……?"

"상식을 초월하는 마력이야. 거기다 여러 가지 속성을 한꺼번에 내뿜고 있어."

"굉장해. 학원 내부의 전시품 중에서도 저런 지팡이는 본 적이 없어."

역시, 저 지팡이는 상당히 대단한 장비였던 모양이다. 내 코트는 그 이상인 걸로 알고 있는데, 외부를 향해 힘을 발산하는 성질이 없다 보니 겉보기엔 평범한 옷에 지나지 않는단 말이지. 이 코트는 어디까지나 「나」를 강화하는 역할에 특화되어 있다. 엘드워들에 따르면 방어구로써 굉장히 이질적인 설계라고 한다.

우리는 학생들로부터 조금 거리가 떨어진 위치로 이동했다.

시키는 붉은 장발을 뒤로 묶고 진지한 표정을 짓고 있었다. 그는 근본적으로 착실한 성격이기 때문에 주어진 역할을 대충 수행하지는 않을 것이다.

[이 정도의 거리라면, 충분히 접근을 허용한 상태라고 판단할 수 있겠지?]

그들의 시선이 지팡이와 시키에게 집중되는 와중에, 나는 모의 전투의 계기를 마련한 발언을 내뱉은 소년을 향해 확인했다. 그는 순순한 표정으로 고개를 끄덕였다.

[시키, 시작하자.]

"그렇다면 라이도우 님, 한 수 배우겠습니다. 갑니다!"

실력을 과시함으로써, 다음 과정을 간편하게 처리하기 위한 모의전투가 시작됐다.

◇◆ 검사 지망 남학생 ◆◇

곧바로 영창을 시작해도 도저히 술법을 제 시간에 발동시킬 수 없을 정도의 근거리에서, 새로운 강사와 그 조수라는 남자의 모의 전투가 시작됐다.

내가 이 녀석의 강의에 출석한 이유는 어쩔 수 없이 브라이트 선생님의 지시에 따를 수밖에 없었기 때문이다. 따라서 두 번 다시 출석할 생각은 없었다. 애초에 나는 마술을 어디까지나 보조로 구사하는 검사이기 때문에, 마술이나 영창을 주로 다루는 내용인 라이도우의 강의는 그다지 유익하지 않았다.

이런 조치는 브라이트 선생님이 라이도우에게 일종의 압력을 행사한 거나 다름없었다. 브라이트 선생님은 전투 기술 강사가 부임할 때마다, 항상 초기의 몇 주 정도는 자신이 담당한 학생들을 출석시킨다. 다만, 나 같은 전문 분야가 다른 녀석만 골라서 말이지. 당연히 자신이 하고 싶은 내용을 가르쳐주지 않는 수업에 참가하는 횟수는 한 차례뿐이다. 그렇게 중요한 초기 강의를 두 번 다시 수강할 리가 없는 학생들로 메워서, 학생 모집에 고전하는 임시 강사가 자신에게 복종하도록 유도함으로써 하수인으로 삼는 것이 그의 상투적 수단이다.

임시 강사가 한 달에 가까운 기간 동안 대단한 노력을 투자하지 않고 나름대로 많은 학생들을 가르치다 보면, 대개 신이 나서 잔뜩 들뜨게 된다. 그러면 그 이후에 정식으로 학생을 모집하는 과정에서 실패하는 경우가 많다. 몹시 치사한 방법이라고 생각하지만 매우 효과적이라는 것은 사실이었다.

브라이트 선생님은 이론상의 전술을 가르치는 쪽이 전문이다. 하지만 실기 강사보다 강한 입장을 유지하고 싶기 때문에 여러 가지 계략을 동원하는 것 같다. 내 경우엔 필기나 토론만 가지고 실력을 키울 수 있으리라는 생각이 들지 않아서, 브라이트 선생님에게 그다지 호감을 느낄 수가 없었다. 최근 들어 학원 내부에 존재하는 강사 파벌들 사이에 여러 가지 변동이 있다고 한다. 그는 파벌 대립에서 자신의 발언력을 강화하는 일에 열중하느라 강의 내용도 실속이 전혀 없었다. 물론 전술이나 작전을 분석하는 방법론이 전혀 쓸모가 없다는 얘기는 아니다.

실질적으로 실기 강사 중에서도 멀쩡한 사람은 소수파였고, 나 역시 선택한 강의 가운데 당장이라도 갈아버리고 싶은 수업이 몇 개나 있다. 부자들이나 귀족 자녀들도 많이 모이는 장소인 만큼, 눈에 거슬릴 정도로 아첨으로 점철된 강의까지 존재한다. 그런 강의를 받으면서 실력이 늘 리가 없지.

나처럼 특수한 소질이나 높은 적성을 인정받아 장학생으로서 강의를 수강하는 입장에서는, 만약 부상을 입을 가능성이 있다고 해도 나 자신을 한계까지 단련시켜주는 강의 쪽을 선호한다. 그런 강의는 이 학원에서도 손가락으로 셀 정도밖에 없는데다가 인기가 낮아서 폐쇄되는 케이스가 많기 때문에 정말 답답할 따름이다.

그렇기 때문에, 나는 벙어리인데다가 휴만인지 아인인지조차 분간이 안 가는 비참한 낯짝의 꼬맹이한테 아무런 기대도 할 수 없었다. 애초에 우리와 같은 세대 중에 그만큼 역량의 차이가 뚜렷할 정도의 천재라면, 나라에서 가만히 내버려둘 리가 없잖아?

일단 채용 시험을 통과했으니 필요최소한의 실력 정도야 갖추고 있겠지만.

지팡이를 지닌 남자— 시키 선생님이라고 했나? —가 한수 배우겠다고 내뱉은 직후, 단숨에 돌진해서 라이도우와 거리를 좁혀 들어갔다.

빠르다. 아마 나보다 돌진력도 강할 것이다. 저 사람도 마술사라고 생각했는데, 아닌 건가?

부드러워 보이는 인상 때문에 접근전의 이미지는 전혀 없었는데?

"아니!"

무심코 목소리가 새어나왔다. 주위로부터도 제각기 경악스러운 신음소리가 들려오니 나 혼자만 목소리를 낸 것이 아니다.

시키 선생님의 지팡이 끝에서 노르스름한 칼날이 발생했다. 창처럼 보였다. 영창은 없었다.

저 지팡이의 능력인가? 대단한 성능의 장비라는 사실은 지팡이가 발산하는 마력으로 알 수 있었다. 그 가격조차 상상도 가지 않을 정도의 명품이라는 사실도 분명했다.

그의 칼날은 일말의 망설임도 없이 라이도우의 가슴을 겨냥하고 있었다. 방금 전에 스스로 주인이라고 말해놓고, 어쩔 생각이지?

창이 인정사정없이 돌진해 들어갔다. 빠르다. 술사의 눈으로 쫓아갈 수 있을 정도의 속도가 아니다.

끝났군.

나는 확신했다. 시키 선생님의 승리였다.

하지만 그 예상은 깔끔하게 빗나가고 말았다.

라이도우가 10센티미터 정도의 거리까지 도달한 그 창을 육각형 장벽으로 막아냈기 때문이다.

"……!"

이번에도 영창은 없었다. 이건 대체 무슨 조화지?

등골이 냉수라도 뒤집어쓴 것처럼 오싹했다.

라이도우는 맨손이다. 지팡이는커녕 아무 것도 지니고 있지 않았다.

촉매도 없이 무성 영창으로 장벽을 그 단시간 동안에 구성했다고? 농담치고는 너무 정도가 지나치다.

시키 선생님은 공격이 가로막혔는데도 전혀 개의치 않고, 지팡이를 창처럼 다루면서 다시금 공격을 시작했다. 공격 속도가 빨라지고 패턴도 증가했다. 내 눈으로도 쫓아갈 수 없다.

그런데 라이도우는, 그 연속 공격을 자그마한 장벽 하나를 이동시키면서 전부 막아내고 있다.

그리고—.

라이도우는 시키 선생님의 찌르기 공격을 장벽 모서리로 받아내더니, 그 장벽으로 칼날을 매끈하게 흘려 넘겼다. 어느샌가 평평했던 장벽이 두꺼워지고, 표면이 둥글게 변화했다.

라이도우는 공격을 흘려 넘긴 직후, 측면으로부터 지팡이에 일격을 가해서 시키 선생님의 자세를 무너뜨렸다. 라이도우가 지체하지 않고 붉게 빛나는 오른손을 뻗었다.

라이도우의 손바닥이 시키 선생님의 몸을 도려내듯이 움직이더니 마력의 빛을 발산하면서 폭발을 일으켰다. 시키 선생님의 몸이 몇 미터 정도 튕겨나가면서 흙먼지가 일어났다. ……이런 공방전이 있을 수 있단 말인가?

라이도우는 아직 전투를 개시한 위치로부터 거의 움직이지 않고 있었다.

굉장해. 이게 정말로 술사끼리 벌이고 있는 전투라고?

숨을 삼키는 소리가 들려왔다. 나는 눈앞에서 벌어지는 전투에 매료되고 있었다.

솟아오르던 흙먼지가 미처 개이기 전, 튕겨 나가서 땅바닥을 구르던 시키 선생님이 그 기세를 그대로 이용해서 일어섰다. 내 눈에는 그 그림자밖에 보이지 않았다. 그가 지팡이의 물미 부분으로 대지를 찔렀다.

그 순간, 라이도우가 후방으로 도약했다.

찰나의 순간, 그가 서 있던 장소 주변으로부터 흙이 셀 수도 없는 창으로 변해서 표적을 꿰뚫기 위해 등장했다.

시키 선생님은 흙 속성의 술사였나!

라이도우…… 아니, 선생님은 이 술법을 예상하고 있던 건가?
……나라면 틀림없이 저 기습으로 끝났을 거야.

나는 무의식중에 입술을 깨물고 있었다.

마술의 일격이 아직 들판에 남아있는 흙먼지를 가로질렀다.

붉은 일섬(一閃)이다.

파이어 애로우인가? 라이도우 선생님은 후방으로 도약하면서 동시에 술법을 구축해서 사용한 것 같다. 자세히 보니, 시키 선생님이 만들어낸 흙 창 가운데 일부가 파괴된 상태였다.

하지만 그 마술이 시키 선생님에게 명중했는지 회피했는지는 알 수 없었다. 폭발이나 충격파는 일어나지 않았고, 그 마술은 시야를 확보하기만 하고 사라져 버렸다.

시키 선생님의 모습이 드러났다. 그는 웃고 있었다.

그의 옷에는 상처 하나 보이지 않았다. 마술의 위력은 상당한 수준인 걸로 보였는데, 그 술법을 막아냈단 얘긴가? 여자애들 중 몇 명은 그 순간에 비명을 내질렀을 정도였는데?

이번엔 라이도우 선생님의 발밑에서 흙이 일어나더니, 검게 빛나는 광석 같은 물체가 출현했다. 그 끝 부분은 날카롭고, 땅콩 같은 형태를 취하고 있었다.

라이도우 선생님이 그 마술을 시키 선생님에게 발사했다. 그 속도는 화살 급으로 빠르다.

시키 선생님은 이미 칼날이 자취를 감춘 지팡이 끝으로 그 검은 일격을 받아냈다. 그러자, 흉기로 변한 검은 덩어리가 평범한 흙덩이로 돌아와 부스러지면서 땅바닥으로 떨어졌다.

라이도우 선생님은 시키 선생님의 반응을 확인하자마자, 이번엔 파란 화살과 붉은 화살을 거의 동시에 출현시켜 시키 선생님에게 발사했다.

시키 선생님은 그 화살들도 지팡이 끝으로 받아냈다. 두 줄기의 빛이 지팡이에 빨려 들어갔다. 저 지팡이, 설마 마술을 흡수하고 있는 건가?!

"이, 이럴 수가……. 물에 흙, 불 속성까지. 세 가지 속성을 저렇게 강력한 위력으로 구사할 수 있을 리가."

"병행 영창은 처음 봐요……."

바로 그게 문제였다. 저 지팡이도 대단했지만 라이도우 선생님도 어처구니가 없는 실력을 선보였다. 세 가지 속성을 틀림없이 실전 레벨로 구사하고 있다. 뿐만 아니라, 동시에 두 가지 술법을 구축하는 병행 영창까지 사용했다.

[거의 시간차를 두지 않고 별개의 속성 공격을 시전했는데도 완벽하게 막아낼 줄이야.]

"저 역시 나름대로 수련을 쌓고 있으니까요."

전투가 시작된 이후 처음으로 두 사람 사이에 대화가 오갔다.

[하지만 시간을 너무 낭비한 것 같군.]

"그렇군요. 다음 격돌로 끝내도록 하지요."

두 사람은 문답을 나누고 서로 고개를 끄덕였다.

나는 이미, 이 전투에 완전히 매료된 상태였다. 이 학원에 입학한 이후로 지금까지 목격했던 그 어떤 전투보다도 수준 높은 대결이라는 사실을 확신할 수 있었다.

두 사람의 입에서 처음으로 영창이 시작됐다. 양쪽 다 들어본 적이 없는 언어였다.

고대어 종류인가? 우리가 사용하고 있는 언어와 명확하게 다른 계통의 영창이 울려 퍼졌다.

시키 선생님이 지팡이의 끝을 라이도우 선생님에게 향했다. 여러 개의 마법진이 겹친 상태로, 그 자리에서 회전하기 시작했다. 지팡이 끝에 복잡한 모양의 구체를 형성하고 있다.

라이도우 선생님은 시키 선생님을 마주 보면서 비스듬히 자세를 잡고, 왼손을 앞으로 뻗고 오른손을 뒤로 당기고 있었다. 그 자세는 마치 활을 쏠 준비를 하고 있는 것처럼 보였다. 그 오른손 끝에 검은 어둠이 구체의 형태로 모습을 드러냈다.

두 사람이 술법을 시전한 찰나—.

시키 선생님이 발사한 흰색 섬광과 라이도우 선생님이 발사한 검은 섬광이 격돌했다.

두 빛의 충돌에 의해 발생한 빛이 용솟음치면서, 내 시야는 완전히 마비됐다.

사방이 빛으로 휩싸인 가운데, 누군가의 짧은 비명 소리가 들려왔다.

그리고 상황은 주위로 퍼진 빛의 양이 줄어들면서 진정되기 시작했다.

시야가 회복된 이후에 내가 목격한 광경은, 자세가 무너져서 무릎을 꿇은 시키 선생님의 목을 잡고 있는 라이도우 선생님의 모습이었다.

"항복입니다."

그 광경을 긍정하는 시키 선생님의 목소리가 들려왔다.

무심코 한숨이 새어나오고, 탈력감이 온몸을 덮쳐왔다. 아마 그런 반응을 보인 것은 나 혼자가 아니었던 모양이다. 다들 일제히 몸에서 힘이 빠져나간 것처럼 보였다.

라이도우 선생님이 시키 선생님의 목에서 손을 놓고, 우리를 향해 시선을 돌렸다.

지금 나는, 그들이 모의전투를 보여주기 전엔 아무렇지도 않게 마주 볼 수 있었던 그 시선이 너무나 무섭게 느껴졌다. 무심코 순간적으로 마주친 시선을 내 쪽에서 피할 정도였다.

[다음 수업에 출석할지의 판단 여부는 너희들에게 맡기겠다. 하지만 다른 무엇보다도 강해지고자 하는 마음가짐이 있다면 나는 너희들을 환영할 것이다.]

나는 그 말풍선에 적힌 글자에서 어렴풋한 마력을 느끼면서도 주눅이 들었다. 그야말로 어이가 없는 일이다. 설마 세상에 이런 존재가 있었다니.

……세계는, 넓구나.

라이도우 선생님은 뒤를 돌아보지도 않고 필드를 뒤로 했다.

나는 결정했다. 굳이 권유할 필요도 없다. 지금 나는 그의 가르침이 틀림없이 필요하니까.

"결국, 서로의 자기소개로 끝난 감은 있습니다만, 이걸로 이번 강의는 끝입니다. 다수의 속성을 동시에 구사하거나 영창을 응용한다는 강의 방침의 효과에 관해서는 파악하실 수 있지 않았을까 싶습니다. ……어라, 왜 그러시죠?"

시키 선생님이 라이도우 선생님 대신 우리에게 강의의 종료를 전달했다. 묶고 있던 머리카락도 풀고 있다. 방금 전까지 그렇게 격렬한 전투를 벌이고 있었는데도, 시키 선생님은 온화한 미소를 짓고 있었다.

마술사지만, 나보다 우월한 근접 전투 능력을 지닌 사람이다. 시키 선생님에 대해서는 경외의 감정보다 순수한 존경의 감정이 솟아난다. 두 분 다 대단한 사람들인 건 틀림없지만 말이지.

나도 시키 선생님의 말과 시선에 이끌려 그쪽 방향으로 시선을 돌렸다. 같은 학년 여자애가, 왼쪽 팔꿈치 밑 부분을 오른손으로

누르고 있었다. 그녀가 억누르고 있는 오른손 밑에서 붉은 피 한 줄기가 흘러내리고 있었다.

"아니요, 아무 것도 아녜요. 약간."

"방금 전의 모의전투로 인해 발생한 파편에 베이기라도 하셨나요?"

솔직히 말해서, 그 정도도 못 피하냐는 생각이 들었다.

아, 그러고 보니 비명은 마지막 충돌로 생긴 빛 속에서 들려왔었지? 그 순간에 날아온 파편이라면 피하지 못 하더라도 무리는 아닌가? 시야가 그야말로 완전히 마비된 상태였거든.

하지만 그녀가 시키 선생님의 말에 창피한 듯이 상처를 숨기고 있는 이유는, 아마 회피할 수 없었던 이유를 그저 자신이 멍청했기 때문이라고 착각하고 있는 걸로 보인다. 저 녀석도 장학생이니까, 자존심이 센 편이란 말이지.

"저기, 정말로 괜찮다니까요…… 앗?"

"정말로 괜찮은지의 여부는 제가 직접 확인하고 결정합니다. 저는 이래봬도 치료에도 일가견이 있거든요."

시키 선생님은 그렇게 말하면서 그 녀석의 팔을 잡고 오른손을 치우더니, 상처의 상태를 확인하기 시작했다. 시키 선생님은 당연하다는 듯한 동작으로 상처와 피로 더럽혀진 오른손을 마술로 연성한 물로 세척했다. 이 사람은 물 속성도 구사할 수 있었구나…….

뿐만 아니라 치료에도 일가견이 있다고? 너무 굉장해서 할 말이 없다.

"가볍게 베인 상처 같습니다. 심각한 부상은 아니군요."

"아, 예. 감사합니다."

"이 정도라면 굳이 마술을 사용할 필요도 없겠군요. 어디 보자…… 아, 여기 있네요."

시키 선생님이 호주머니를 뒤지다가 뭔가를 꺼내서 그녀에게 보였다. 자그마한 병이다.

"특제랄 것까지야 없겠습니다만 수제로 만든 상처 약입니다. 이렇게 상처에 바르기만 하셔도……."

"햐악!"

"차가웠나요? 죄송합니다. 깜빡했군요."

"아, 네. 아, 아니에요. 괜찮아요……."

잠시 말을 주고받더니, 시키 선생님은 소량의 약을 조금 더 상처에 바르고 문질렀다.

"아……."

"대단해!"

"이럴 수가!"

잠시 시간이 지나자, 순식간에 상처는 아물고 원래 모습을 되찾았다. 마술을 사용할 필요도 없다니…… 이거, 상당히 비싼 마법 약인 것 같은데?

응?

……수제?

제약, 연금술의 영역까지?!

와, 완벽 초인인가?

"놀라실 정도의 물건은 아니랍니다. 초보적인 상처 약을 조금 응용하기만 한 제품이지요."

초보? 이게?

이 사람이 비장의 약을 꺼내들기라도 하면, 죽은 사람이 벌떡 일어나도 믿겨질 것 같은 느낌이 들었다.

"자, 이제 괜찮을 겁니다. 괜한 부상을 당하신 셈이니 정말 면목이 없습니다."

"아, 아니요……. 감사합니다. 저기, 가격은?"

"그 말씀만으로도 충분하답니다. 이 정도의 약은 저희 점포에서 평범하게 판매하고 있는 흔하디흔한 제품입니다. 그럼, 다음 수업 때 출석하시기를 기원합니다."

시키 선생님, 방금 약은 절대로 거리의 약국에서 파는 레벨이 아니었거든요?

시키 선생님은 방금 치료한 여학생의 교복에 묻은 흙을 털어내더니, 가볍게 고개를 끄덕이고 우리에게 등을 돌렸다.

브라이트 선생님. 나 말인데, 당신에게 처음으로 감사하고 싶네요.

나를, 라이도우 선생님이나 시키 선생님과 만나게 해줘서 정말로 감사합니다.

나는 이 학원에 입학한 이후 처음으로, 스승이라고 부를 수 있는 사람과 만났다는 실감을 느끼고 있었다.

롯츠갈드 학원은 드넓은 부지를 보유하고 있다. 그 드넓은 부지를 이용한 건물의 리모델링이나 재건축이 몹시 왕성했기 때문에,

사용을 중단하고 그저 폐기를 기다리고 있는 구획들도 일정량 존재했다.

마코토가 일단은 강사이자 상회 대표로서 정착하기 시작한 것으로 스스로 판단하고 있던 이 시기—.

평소에 아무도 접근하지 않는 학원의 한 귀퉁이에서, 마코토에게 그리 반갑지 않은 활동이 표면화되기 시작했다.

"그래서, 이 돈은 뭐냐?"

"……의뢰 수행 실패에 따른 위약금입니다. 계약에 따라 정확한 금액을 지참했습니다."

"그런 푼돈은 필요 없다. 도대체가…… 강사를 지망하는 어중이들을 제거하는 작업과, 임시라고는 해도 일단 강사로 부임해버린 녀석을 제거하는 작업에 필요한 수고는 차원이 전혀 다르단 말이다. 암살자 길드랍시고 호들갑스러운 명칭을 내세우는 주제에, 너희들은 실력이 참으로 보잘것없구나."

"……물론, 해당 표적에 관해서는 저희 쪽에서 무상으로 암살을 수행하겠습니다."

"임무에 실패한 무능력자는 당연히 제거했겠지?"

"녀석은 저희 길드에서도 대단히 유능할 뿐만 아니라 우수한 실적을 보유한 어쌔신 중 한 사람입니다. 그리고 이 임무에 심상치 않을 정도의 의욕을 보이고 있기 때문에, 암살을 완수할 때까지 등용할 예정입니다."

"마술사에게 걷어차였을 뿐만 아니라 무기까지 파괴당한 녀석이 말이냐?"

그 자리에서 대화를 나누고 있는 인물들은 두 사람이었다.

그들은 창도 달리지 않은 방에서 어렴풋한 조명을 지핀 채로 대화하고 있었다.

두 사람의 관계는 대화 내용이 시사하는 대로, 의뢰인과 길드 직원이었다.

다만 그들의 대화 내용은 암살이라고 하는 대단히 위험한 내용이기에, 겉으로 드러낼 수 없는 거래인 관계로 이 장소에서 밀담을 나누고 있는 것이다.

"외람된 말씀이오나, 의뢰를 하실 때는 저런 괴물이 시험에 참가한다는 말씀은 한 마디도 하지 않으셨습니다."

"강사 채용 시험에 응시하는 자들이다. 다들 나름대로 실력자들일 거라고 말했을 텐데? 온갖 지방으로부터 몰려드는 응시자들 전원의 정확한 실력 같은 정보는 조사할 방법이 없고, 그만큼 충분한 보수도 지불한 것으로 기억하고 있다."

"……. 변명처럼 들리실 지도 모르겠습니다만 그 유명한 상위용, 인룡(刃竜) 미츠루기의 역린을 드워프 장인이 깎아내서 제작한 검인『츠루기』를 맨손으로 부러뜨리는 자가 상대일 경우엔 아무리 저희라고 해도 준비가 필요합니다."

"흥. 그 유래가 정말로 확실한 명검이라면 절대로 부러질 리가 없을 텐데? 위조품을 진품으로 착각한 채 애용하고 있던 게 아닌가?"

"그러한 사실은 결단코 있을 수가 없는 일입니다. 그 검은, 녀석의 생명이나 다를 바 없었습니다. 지금은 부상을 회복시키면서 원한을 북돋아 스스로의 이빨을 다시금 단련하는 참입니다."

"하여간, 너희들은 조속히 이번에 전술 전반 과목에 합격한 임시 강사를 제거해라. 지금 당장 이쪽의 의도를 거역할지도 모르는 녀석은 필요 없거든. 어차피 너희 같은 녀석들은 상상도 못 하겠지만, 이 롯츠갈드에서 강력한 발언력을 보유한다는 것은 그야말로 중차대한 의미를 가진단 말이다."

"물론 말씀하신대로 시행할 생각입니다만…… 정말로 즉시 착수해도 문제없겠습니까?"

"무슨 의미지?"

"지금 그를 회유하시기 위해 움직이고 계신다는 말씀을 들었습니다만?"

암살자 길드의 직원이 가만히 살펴보는 듯한 눈빛으로 의뢰인의 눈을 바라보고 있었다.

"상관없다. 너희들이 실패했을 경우의 보험에 지나지 않아."

"부하 직원까지 배치하셨는데도, 보험에 지나지 않습니까?"

"혹시 지금 나에 관해서도 파악하고 있다는 협박을 하고 있는 건가?"

잠자코 이야기를 듣고 있던 의뢰인 사내가 그 말과 함께 일어섰다.

그가 내뿜는 분위기에서 분노가 어렴풋이 느껴졌다.

"아닙니다. 그저 의뢰를 수행하기 위해 확인했을 뿐입니다."

"우리와 암살자 길드는 양호한 관계를 구축하고 있다. 앞으로도 이 관계를 유지하고 싶군."

"……예, 지당하신 말씀입니다."

"……방금 말했듯이, 어디까지나 보험이다. 애초에 녀석의 행동을 감시하기 위해 움직이고 있는 직원은 말단 사서에 지나지 않아. 내 얼굴도 모를 거다. 만일의 경우엔 한꺼번에 제거해 버려도 전혀 문제없는 인원이야. 어차피 지금은 그저 평범하고 무능한 일개 직원에 지나지 않는 여자니까."

"당신은 역시 무서운 분이시군요……. 의뢰는 즉시 착수하겠습니다. 그럼 이만."

"잠깐. 이 돈도 가져가라. 조금이라도 임무를 제대로 수행하기 위해 쓰는 편이 나을 거다."

길드 직원이 잠시 멈춰 섰다.

그는 잠깐 동안 머릿속에서 생각을 정리하다가, 잠자코 의뢰인이 내민 돈을 건네받고 방에서 사라졌다.

서로의 이름조차 호명하지 않았던 두 사람의 대화가 끝났다.

"건방진 암살자 녀석들. 그렇지 않아도 단독 실기 시험에 합격해서 강사로 채용될 정도로 대단한 실력의 소유자라는 소문이 확산되는 것을 억누르기 위해 엄청난 노력을 쏟아 붓고 있단 말이다. 대체 얼마나 속을 썩여야 직성이 풀린단 말이냐. 녀석들이 일을 제대로 끝내주기만 했다면, 다음 시험에 이쪽이 후원하는 강사를 들여보낼 수가 있었는데……."

혼자 남은 의뢰인 사내는 침착지 못한 동작으로 머리카락을 만지작거리면서 그 자리에서 움직이지 않았다.

그의 온몸으로부터 계획대로 일이 진행되지 않은 현재 상황에 대한 조바심이 엿보였다.

의뢰에 실패해서 실기 강사를 한 사람 합격시키고 말았는데도 불구하고, 암살자 길드가 파견한 사내의 말투는 이따금 자신을 도발하는 것처럼 들렸다. 그는 방금 전의 대화도 마음에 들지 않았다.

"비공식적인 임무에 쓸 만하다는 추천을 받고 암살자 길드 같은 녀석들을 고용한 것이 실수였나? 사전에 시험 응시를 방해하거나, 적당한 주변인을 인질로 잡을 수도 있었다. 너희들 말고도 방법은 얼마든지 많았단 말이다. 정말 쓸모없는 녀석들이야."

어렴풋하게 조명을 받고 있는 그의 옷은 학원에서도 흔히 볼 수 있는 종류의 것이었다.

사내는 학원의 강사였다.

그 중에서도 상근 강사 가운데 한 사람이었다.

그러나 그 직함은 그의 진정한 입장이 아니다.

그가 「우리」라고 일컬은 조직이야말로 사내의 진정한 신분이었던 것이다.

그들이 이 자리에서 암살 대상으로 거론한 상대는 당연히 라이도우, 본명은 마코토인 그 소년이다.

사내가 전투 실기 강사진을 자신들에게 유리한 형태로 편성하기 위해 계획을 추진하고 있던 차에, 마코토는 아무 것도 모르고 난입한 것이다. 그리고 그들의 의도를 거스르면서 합격을 그 손에 거머쥐었다.

사내의 입장에서 보자면 실로 유쾌하지 않은 사태였다.

그렇기 때문에, 사내는 마코토가 단독 실기 시험에 합격했다는 사실이 퍼지기 전에 그가 보유하고 있는 보조 강사에 대한 재량권을 이용해서 마코토를 실각시키려고 했다. 그러나 당사자인 마코토 본인이 본격적인 보조 강사로서 활동하려는 낌새가 없었다는 것이 오산이었다.

사내가 계획한 방해수단이 전혀 효과가 없었다.

"……하지만, 리미아 왕국 역사에 대한 강의는 내가 준비한 수업이 아니었단 말이지. 실기 강사에게 이론 수업의 보조 강사를 맡긴다니 어처구니없는 지시사항 아닌가……. 나 말고도 저 신입 강사를 방해하려는 녀석들이 있단 말인가? 제길, 큰일로 번지기 전에 처리를 끝내야만 해. 녀석의 실력에 관해 소문이 퍼지면, 시험 결과도 숨길 수 없게 되리라는 것은 불 보듯 뻔한 일이야. 묘한 카리스마를 발휘하기 전에 제거하든지 길들여야만 해."

마코토의 실력에 관한 소문은, 이미 장학생을 중심으로 확산되기 시작했다.

뿐만 아니라 상회를 보유한 젊은 자산가라는 신분까지 알려지면서 여학생들 사이에도 소문이 퍼지고 있다.

마코토가 강사로서 학생들의 인기를 끌어 모으는 것도 시간 문제였다.

이 모든 일들이, 사내의 입장에선 대단히 반갑지만은 않은 상황이었다.

사내는 못마땅한 표정으로 혼잣말을 중얼거리면서 잠시 생각에 잠겨 있다가, 큰 한숨을 내쉬더니 그제야 방을 뒤로 했다.

마코토가 도착한 이후로, 롯츠갈드에도 먹구름이 모여들기 시작했다.

그의 출현으로 인해 사건이 발생하는 것인지, 사건이 일어나는 장소가 그를 끌어당기는 것인지는 확실치 않았다.

마코토는 자신이, 강사로서는 물론이고 상회의 주인으로서도 온 힘을 다해 평화의 반대 방향으로 역주행하고 있다는 사실을 아직 깨닫지 못 하고 있었다.

3

어제 잠을 청한 시각도 상당히 늦은 편이었는데, 아직 주위가 어두침침한 새벽에 눈을 떴다.

강사로서 근무하기 시작한지 2주일이 지났다. 그동안 고테츠에 간 횟수는 10번이다. 개인적으로 당분간 찌개는 필요 없…… 아니, 그게 중요한 게 아니지.

오늘은 쿠즈노하 상회가 염원해 마지않던 첫 점포를 개장하는 날이다.

1호점보다 먼저, 렘브란트 상회가 보유한 점포의 일부를 임대하는 형태로 시작한 출장소를 츠이게에 개장한 상태라는 신기한 경력은 잠시 잊기로 하자. 복잡한 과정을 거친 끝에, 드디어 단독으로 점포를 개장할 순간이 찾아온 것이다.

토모에와 상담한 결과, 아공으로부터 숲 도깨비 두 사람을 소환하기로 했다. 토모에가 보내준 두 사람은, 하필이면 나를 공격했던 아쿠아와 에리스였다. 그 녀석이 선발한 인재들이니 믿을 만하겠지만…….

나는 그녀들이 소환된 그 순간, 두 사람의 얼굴을 보자마자 인원 변경을 고려했다. 그러나 두 사람이 진심으로 눈물을 머금고 매달렸기 때문에 일단 두고 보기로 했다.

한번 교외로 데려가 마수와 전투를 시켜 실력을 확인했는데 전반적인 능력치가 상당히 강해진 상태였다. 토모에와 미오, 그리고 왠지 코모에의 이름을 꺼내도 움찔거린다. 아마도 대단히 혹독한 수련을 경험한 것 같다.

내가 업무의 내용을 전달하고 당장 생활에 필요한 급료를 건네주자, 두 사람이 굉장히 진지한 표정으로 충성을 맹세했다.

두 사람은 아무래도 아공에서 지내던 나날에 비하면 이곳 생활이 훨씬 편하다고 생각하는 모양이다. 기분이 해이해지지 않도록 정기적으로 다잡을 필요가 있어 보이네. 지금은 종업원을 충분히 확보하지 못 한 상황이라 내가 두 사람에게 설명한 조건은 굉장히 혹독했을 텐데…….

우리 가게의 노동 조건 말인데, 1일당 10시간 노동(무수당 야근 존재)에다가 휴일은 1주일에 하루뿐이거든? 점포에 더부살이하는 셈이니 최소한의 의식주는 보장된다지만 이런 조건을 듣고 기뻐하다니 아공에서 대체 어떤 생활을 한 거야?

업무 시작 전과 점심시간, 그리고 업무 종료 후에 자유시간이 있다고 하니까 기쁜 기색을 숨기질 않더군. 그리고 식사는 외식을 하고 와도 괜찮다고 하니까 통곡을 했다. 아공에서 독방에 갇힌 채로 온종일 감시당하고 있던 것도 아닐 텐데 너무 야단스러운 반응 아닌가?

나는 어젯밤에 토모에와 미오, 그리고 시키와 함께 점포에 관한 마지막 논의를 열었다. 그 결과, 당일 날 엘드워 두 사람도 추가로 소환될 예정이다. 이 두 사람은 츠이게 출장소에도 여러 차례 파견된 바 있는 상점 스텝 경험자라고 한다. 그들의 경우엔 그저 순수하게 믿음직스러운 인재였다.

1호점의 초기 멤버는 아공에서 파견된 그들과 나, 그리고 시키 정도다. 상인 길드에서 면접이나 능력 평가 등에 관해 물어보자, 기본적으로 고용하고 나서 가르치는 방식이 일반적이었다. 사전에 피고용인의 능력을 확인하는 경우는 별로 없다고 한다.

오히려 채용 모집을 폭 넓게 실시하는 경우조차 흔치 않으며, 일반적으로 지인의 소개를 거쳐 고용하거나 사업주가 개인적인 친구나 가족을 종업원으로 고용하는 케이스가 많다고 한다. 아르바이트 모집 같은 채용 광고는 이 세계에서 일반적이지 않은 모양이다. 길드 직원이 걱정스러운 표정으로 인원을 파견시켜줄 수도 있다고 제안했지만, 지금 당장은 그럴 필요 없다는 뜻을 전달하고 사양했다.

그런 고로 여전히 (내 감각에 따르면) 인원이 부족한 상황이었지만, 내가 계획하고 있는 점포의 경영 방침을 시도하기 위해 충분한 역량을 갖춘 멤버가 모였다.

나는 이 점포의 특징으로, 우선 유흥업소나 그 손님들이 귀가하는 심야 0시쯤까지 영업하는 방침을 결정했다. 충분한 인원을 확보하면 24시간 영업하는 편의점 형태를 계획하고 있다. 다행히 이 도시에서 약품이나 잡화를 취급하는 점포의 영업시간에 관한 특별한 규제는 없었다. 단순히 대부분의 가게들이 고객의 수와 치안의 밸런스를 고려해서 저녁 무렵의 시간대, 이 도시의 경우엔 대략 18시경을 기준으로 삼아 영업을 마치고 있을 뿐이다. 말하자면 충분한 방위력만 보유하고 있으면, 점포를 열어둠으로써 밤 시간대의 고객들을 전부 독점할 수 있을 지도 모른다. 덤으로 늦은 시간대까지 영업하는 잡화점으로 소문이 나면 좋을 것이다.

하지만 0시 이후에 방문하는 고객의 수에 따라, 정말로 24시간 영업 체제를 지향할지의 여부는 재고할 필요가 있다고 생각한다. 이 세계의 경우, 심야 시간대까지 활동하는 사회인이 생각만큼 많지는 않았다. 여기는 학원 도시라는 특수한 장소이기는 하지만 그런 경향은 마찬가지였다.

그러니까 경우에 따라서 야간엔 배달 체제로 전환하는 방식도 고려중이다. 그럴 경우엔 주문을 접수하는 방법에 관해서도 고민할 필요가 있겠는 걸? 아마 여러 가지 시행착오를 거치게 되겠지만, 일단 심야 0시까지의 영업은 시장 조사를 겸해서 실시해 보기로 했다.

……아, 그리고 멤버는 아직 전원이 아니다.

토모에가 엘드워와 함께 쓸 만한 인원 한 사람을 추가로 파견하겠다고 했다. 그 토모에가 쓸 만하다고 장담할 정도니 기대해볼 가치는 있어 보인다. 그녀 본인은 일전에 여신이 나를 소환했던 전쟁터를 조사하기 위해 출장을 나갔기 때문에, 자리를 비운 상태였다. 미오도 개인적인 선약이 있다면서, 학원 도시에 그리 집착하지 않았다. 그녀도 나를 제외한 교우관계가 생기기 시작한 것이다. 정말 듣던 중 반가운 얘기였다.

일단 서프라이즈, 일 테니까요.

토모에가 의미심장한 미소와 함께 꺼낸 그 말을 떠올리면서 일말의 불안을 느꼈지만…….

나는 옷을 갈아입고 방에서 나왔다.

다른 사람들은 아직 활동을 시작하지 않은 모양이다. 아직 아무런 기척도 느껴지지 않았다.

나는 내 방이 위치한 2층 구역으로부터 1층의 점포로 이동했다.

나와 시키는 사흘 정도 전에 숙소를 체크아웃한 후, 전에 구입한 점포 건물의 2층에서 다른 종업원들과 함께 살고 있다.

2층의 방은 6개였다. 나와 시키가 방을 하나씩 사용하고, 숲 도깨비 콤비와 엘드워 2인조가 방을 하나씩 쓰고 있다. 그리고 토모에가 준비했다는 서프라이즈용 인원을 위한 방이 하나 남아있고, 나머지 하나는 빈 방이다. 창고 같은 기능은 현재로서는 1층 공간만으로도 충분했기 때문에 2층은 완전히 주거용이다. 숲 도깨비와 엘드워 종업원들의 경우, 정기적으로 교대하거나 아공으로 귀환할 예정이기 때문에 실질적인 숙박 공간으로서 기능하고 있는지는 사실 의심스러웠다.

제각각의 방은 2~3평 정도다. 아공의 방보다는 좁지만, 시키의 내부 설비 리모델링 덕분에 실내 디자인은 상당히 괜찮은 센스가 돋보였다. 나도 작업에 참가했지만, 도중에 자신의 부족한 센스 때문에 절망하고 시키에게 완전히 일임했다. 점포를 리모델링할 때도 느꼈지만, 시키는 원래 해골인 주제에 의외로 이런 분야에 센스를 발휘했다.

나는 마음을 다잡고 내 지시와 시키의 센스에 의해 완성된 점포의 내부를 체크하기 시작했다. 어젯밤 늦게까지 시간을 들여서 진열한 상품들의 확인과 재고를 파악하는 작업이다. 작업을 다른 사람들에게 떠넘기기만 해선 좋지 않거든. 늦은 시각까지 배치를 여러 가지 패턴으로 바꿔보기도 하고, 임시로 제작한 주력 상품의 진열장이 고객의 동선을 방해하지는 않는지 확인해 보기도 했다.

어젯밤과 똑같은 짓을 하고 있다는 생각이 드는데도, 그만 저질러 버리고 만다.

쓴웃음을 지으면서 손을 움직이고 있으려니, 바깥으로부터 희미한 빛이 비쳐오기 시작했다.

드디어, 시작인가?

개장 시각은 점심 무렵으로 예정하고 있으니 아직 시간이 많이 남았지만, 아침이 다가오니 정신이 곤두선다.

당분간 1호점에서 취급할 상품은 시키가 개발한 약 부문이다. 그리고 내 아이디어를 아공 사람들이 실현해낸 영양 드링크와 먹기 좋은 크기로 자른 남쪽 지방의 진기한 과일들(말인즉슨 아공산 과일들이다), 그리고 엘드워의 병장기 수리 서비스였다. 병장기에 관해서는 판매를 보류하고 수리 신청만 접수하기로 했다. 츠이게 출장소에서 병장기 작성 의뢰가 쇄도하는 바람에 일반 업무를 압박하기 시작했다는 보고를 들었기 때문에 내린 결정이다.

아공의 과일을 먹기 좋은 크기로 잘라서 원형을 알 수 없는 사이즈로 용기에 담아 판매한다는 아이디어도 츠이게에서의 실적이 영향을 끼친 결과였다.

과일 자체의 「효능」은 물론이거니와, 그 씨앗에 **약간의 문제**가 있다는 사실이 밝혀졌기 때문이다. 그렇기 때문에 「진기한 과일을 먹기 알맞은 크기로 잘라서 판매합니다」라고 얼버무리면서 사전에 씨앗을 제거한 상태로 판매하기로 했다. 마술을 사용해서 냉장 설비 등의 부문을 간단히 대용할 수 있다는 점에서 과학을 초월한 편의성을 느꼈다.

점포에서 판매할 약의 라인업은, 우선 시키가 강의 중에 은근슬쩍 시범해 보였던 상처 약, 다양한 독에 대응하는 해독약, 해열이나 진통제 등 다양한 효용을 보유한 일종의 감기약, 그리고 일시적으로 제각각 대응된 능력을 고조시키는 강화약 등이다. 시키의 보고에 따르면, 각각의 약품은 어느 정도 그 효능을 조절해서 제작했기 때문에 간신히 상식적인 범위를 벗어나지 않을 정도라고 한다. 그 얘기를 듣고 안심했다.

냉정하게 생각하자면 첫날부터 손님들이 마구 들이닥치기보다는, 서서히 입소문을 타고 평판을 확산시킴으로써 단골을 획득하는 타입의 점포라고 생각한다. 오늘은 당장 영양 드링크와 과일에 흥미를 보이는 고객을 중심으로 팔려주기만 한다면, 내일 이후의 영업을 위한 사전준비로서는 충분할 것이다. 따라서 오늘의 매상 목표는 그다지 높게 잡지 않았다. 아공의 산물들을 지나치게 대량으로 시장에 퍼뜨릴 경우, 문제가 벌어졌을 때 감당이 어렵기 때문에 1일당 판매하는 상품의 양은 정확히 정해 놓고 있다. 잘 풀리면 좋을 텐데. 정말 불안하기 그지없다.

오늘은 학원 강의도 없는 날이니, 개장 이후엔 점포에 계속 붙어 있을 것이다. 밤이 되면 아공을 방문해서 첫날 상황에 관해 토모에나 미오와 상의할 예정이다.

나는 점포 바깥으로 걸어 나와, 입구 상단 부분에 설치한 향나무 간판에 새겨진 한자 「쿠즈노하(葛葉)」를 올려다봤다. 아마 이세계인인 나밖에 모르는 글자일 것이다. 고객들이 읽을 수 없는 점포 이름 따위는 결국 마이너스로 작용할 수밖에 없겠지만 무심결에 저지르고 말았다. 후회는 안 해. 한자 바로 윗부분에 이쪽 언어로 독음을 달았으니 별 문제 없을 것이다. 아공에는 토모에나 미오, 시키를 비롯해서 몇 사람 정도는 읽을 수 있는 이들도 있다.

나무 냄새를 좋아한다는 이유만으로 간판의 재질을 정해버렸는데, 나름대로 독특한 일본식 분위기가 나서 괜찮게 보였다. 엘드워들도 건축자재로서 괜찮은 나무라고 평가했으니, 향나무는 의외로 대단한 식물인지도 모르겠다.

나는 우리의 상호가 적혀있는 간판을 보고 마음을 다잡은 후, 실내로 돌아왔다.

시각은 아침 10시경, 숲 도깨비 소녀 콤비와 시키에게 점포 내부의 청소를 부탁하고 있던 무렵이다. 엘드워 베렌 씨로부터 오랜만에 연락을 받았다.

엘드워 두 사람과 조력자 한 사람을 보낼 준비를 마쳤다는 소식이다. 나는 그의 말대로 2층에 아공과 연결되는 「문」을 열어 세 사람을 맞이했다.

엘드워 두 사람의 등 뒤에 따라온 인물의 얼굴이 보였다.

어디선가 본 적이 있는 사람이다. 그가 조력자인 걸까?

그런데 설마 휴만일 줄이야. 깜짝 놀랐다.

근데, 어디서 본 사람이더라? 으음…….

“오랜만입다, 어르신.”

상대방은 나를 알고 있는 모양이다. 하지만 나는 휴만에게 어르신이라고 불린 적은 한번도 없는데?

어중간하게 찝찝한 느낌이다. 이 감각이 힌트인 걸까? 몸이 기억하고 있단 얘긴가?

그건 그렇고 휴만이라. 그럼 또 필담을 써야겠네. 귀찮아라.

“어, 어르신? 토모에 누님한테서 이쪽으로 건너와 어르신을 도우라는 명령을 받고 왔는뎁쇼?”

토모에 누님? 점점 더 이 녀석이 누군지 짐작이 안 간다.

짧게 깎은 은발, 키는 큰 편이고 팔과 다리는 가늘다. 그 때문에 날렵한 인상을 주는 외모지만, 전체적으로 보면 튼튼한 근육질이다. 날카로운 눈매와 예리한 턱이 그리는 곡선이 특징적인 얼굴생김새와 더불어 야성적인 분위기를 자아내고 있다. 그 눈동자에 깃든 냉정한 의지의 빛 덕분에 쿨한 분위기가…… 쿨하다고?

응? 갑작스럽게 찝찝한 맛의 음료수가 뇌리를 스쳐 지나갔다……. 아, 기억이 날 것 같아.

[혹시 츠이게에서 만났던 사람인가?]

애매한 기억이긴 했지만, 대충 그런 느낌이 들어서 직접 물어보기로 했다.

"너, 너무 하심다! 혹시 저에 관해서 잊으셨슴까?!"

[미안하군. 최근에 여러 가지로 번잡해서 말이지.]

"라임임다! 라임 라떼라고요, 어르신! 예전에 어르신께서 눈감아주셨던 모험가 말임다!"

아아!

그러고 보니 그런 찝찝한 이름의 남자가 있었지! 그래, 바로 그거야. 라임 라떼. 그런 맛없어 보이는 조합의 이름이 있었어. 아~, 바로 그 사람이구나.

"……기억이 나신 모양임다?"

[그 당시에 토모에에게 사과의 증표로 검을 선물하라고 했는데, 당신이 왜 여기에 있는 거지?]

이제 기억이 난다. 내 기억이 확실하다면, 라임 라떼는 애용하던 단검이 토모에의 손에 부러졌을 뿐만 아니라 미오에게 재산을 강탈당해서 비참한 꼴을 당했다. 그래서 엘드워로 하여금 대충 적당한 검을 한 자루 제작하게 해서, 토모에를 통해 길드에 전달하도록 했다. 그리고 그는 길드를 경유해서 그 검을 입수했을 것이다.

그냥 그걸로 끝난 관계 아니었나? 혹시 토모에 녀석이 내가 모르는 사이에 뭔가 저질렀나?

"그 사건이 있은 후로, 토모에 누님으로부터 검을 받았습죠. 저 같은 놈한테는 전혀 걸맞지 않을 뿐 아니라, 본 적도 없는 클래스의 명검이라서 기겁했습다만……."

어라? 나는 토모에한테 길드에 맡기고 오라고 했는데? 엘드워한테도 너무 터무니없는 무기는 만들지 말라고 다짐을 받았거든?

"그 이후로 누님한테 여러 가지로 신세를 지고 있습죠. 가끔 길드 의뢰에 동행시켜 주시기도 하고요."

처음 듣는 얘기거든? 토모에……?

"장래가 유망하다는 황송한 말씀까지 들었습죠."

라임은 그렇게 말하면서 집게손가락으로 기쁜 듯이 코를 만지작거렸다. 그는 연이어 말했다.

"물론 저는 아직 이런 명검에 걸맞을 정도의 실력은 없습다. 하지만 그런 저 같은 놈이라도 신임해주시는 누님과 어르신을 위해서 조금이라도 보답하고 싶다는 건 거짓이 아닙다. 미력하게나마 토모에 누님의 심부름꾼 노릇을 하며 뛰어다니고 있습다!"

……. 토모에, 너 말인데 최근 여러 달 동안 대체 그에게 무슨 조교를 한 거야?

라임은 일본도 같은 검을 허리춤에서 뽑더니, 어딘지 모르게 결의에 찬 눈빛으로 칼날을 바라보고 있었다. 이, 일본도를 받기는 받았구나? 단검의 대용품치고는…… 좀 이질적인 느낌도 드네.

선명한 주홍색으로 칠한 칼집이 시선을 끌어 모으는 한 자루였다. 그가 칼집을 손으로 움켜쥐고 있기 때문에 칼자루도 외부에 드러난 상태였다. 칼자루는 마름모가 늘어선 모양이었고, 코등이는 특이한 형태의 꽃 모양을 본뜬 형태였다. 저 코등이는 토모에가 지니고 다니는 일본도와 같은 모양이군. 본 적이 있는 문양이다.

절대로 우연은 아니고 토모에가 그를 길들이기 위해 사용한 하나의 방안일 것이다. 나 참, 용인 주제에 사람의 마음을 꿰뚫어 보는데 도가 튼 녀석이라니까.

"가끔 츠이게에서 일어나는 뒤숭숭한 사건에 대해 보고를 드리거나, 수련하는데 조언을 듣기도 하고 있습죠! 정말 매일 매일이 너무 즐거워서 견디기 힘들 정돕다!"

[다행이군.]

본인이 현재 상황에 한 점도 후회가 없다는 사실이 확실하게 전해져 왔다. 그럼 문제없나?

"옙! 그래서 누님의 부탁을 받고, 쿠즈노하 상회를 돕기 위해 따라온 겁니다요. 아무쪼록, 편하신 대로 부려먹어 주십쇼, 어르신!"

라임은 단숨에 말을 마치고 무릎을 꿇고 머리를 깊숙이 숙였다.

토모에. 너 설마 이 녀석을 츠이게에서 밀정으로 써먹은 거야? 무서운 녀석이다. 토모에가 아군이라 정말 다행이야. 라임을 완전히 신용할 수 있을지의 여부는 내 마음속에서 아직 결정이 내려지지 않았지만, 적어도 토모에가 아공에 데려갈 수 있다고 판단한 인재인 것만큼은 틀림없다. 일단 믿어보기로 할까?

하지만 이 아저씨, 츠이게의 모험가 길드에서도 가장 레벨이 높은 사람이었는데? 빠져 나와도 되는 거야?

참고로 학원 도시의 모험가 길드는 본부 시설을 갖추고 있을 뿐, 의뢰를 접수하거나 할당하는 하부 조직은 존재하지 않았다. 그렇기 때문에 이 도시는 기본적으로 모험가의 돈벌이에 부적합한 장소였다.

[부려달라는 말은 고맙고 일단은 믿어볼 생각인데, 당신은 츠이

계의 모험가 중에서도 정상급 아닌가? 이런 장소에서 농땡이를 치고 있어도 괜찮은가?]

"걱정하실 필요 없습다. 전 이미 정상급도 아니고요. 지금은 토아 일행이 정상급에 쫙 이름을 올려놓고 있습죠. 그리고 저를 부르실 땐 그냥 라임이라고 편하게 불러주십쇼."

[그렇군, 지금은 토아 일행이 정상급인가?]

토모에의 꽁무니를 빨판상어처럼 딱 달라붙어서 따라다니던 그녀들도 여러 가지로 성장한 모양이다. 또다시 그녀들이 「세계의 끝」에 펼쳐진 황야를 디디는 날도 머지않을지도 모르겠다.

"예, 무슨 목표라도 있는 건지 지금 필사적으로 정상을 향해 노력하고 있습다. 그런 녀석들은 크게 성장하기 마련입죠."

[나도 그러길 바라고 있어. 모험가 선배가 하는 말이니 믿을 만하군.]

"……전 이미 선배라고 불릴 만한 신분이 아니지만요."

[무슨 뜻이지?]

"옙. 누님에게 생명을 맡긴 그 순간, 길드에 은퇴 신고를 제출했습죠."

[은퇴?]

나는 냉정을 가장하고 필담을 계속하고 있었지만, 마음속으로 굉장한 동요가 일어나고 있었다. 은퇴라니, 모험가를 때려 쳤다고?

"누님과 어르신의 대업에, 미흡하나마 저도 보탬이 되고 싶거든요. 스스로 깜짝 놀랄 정도로 후회는 없었습다."

세, 세뇌 같은 방법을 쓴 건 아니겠지?

토모에의 대업이라니, EDO 말고 또 뭐가 있나? 아니 잠깐? 사실 내 경우엔 부모님의 발자취를 파악하는 거하고 여신에게 한방 먹이는 거, 그리고 장사하는 것 정도가 다거든? 그 이외엔 목적이라고 할 만한 목적이 없었다.

토모에 녀석이 라임에게 대체 무슨 소리를 지껄인 건지 조금 겁이 나기 시작했다.

[정말로 후회하지 않는다면야 더 이상 잔소리도 필요 없겠지만…… 여기서 라임에게 시킬 예정의 업무라고 해봐야 가게 종업원 정돈데 그래도 괜찮겠나?]

대단히 낭비가 심한 기용 방법이라는 생각이 드는데? 그는 경우에 따라선 학원에 데리고 가도 그대로 써먹을 수 있을 것 같은 인재였다.

"상관 없습다. 아, 사실 누님으로부터 이 도시의 소문이나 여러가지 동향에 귀를 기울이고 있으라는 부탁을 받고 왔는데요……."

어쩔깝쇼? 라임의 눈빛이 그렇게 말하고 있었다.

이 도시에서도 밀정으로 써먹자는 건가? 흐음, 틀림없이 정보를 수집할 수만 있다면 더할 나위 없겠지. 학원 내부의 정황은 시키로 하여금 살피도록 할 수 있겠지만, 거리 쪽은 라임에게 맡기는 편이 적임일지도 모른다. 일단 숙련된 첩보원이기도 하고 숲 도깨비나 엘드워 등의 아인들로서는 담당하기 어려운 임무이기도 했다.

좋아, 그럼 아쿠아나 에리스도 라임에게 맡겨서 첩보원 수행을 시켜보도록 할까? 그는 한때 츠이게에서 활약하는 모험가들의 리더 격이자 간판 같은 입장이기도 했다. 그렇다면 부하를 부리는 것도 능숙한 편일 것이다.

[알았다. 그쪽도 부탁하지. 다만, 돈이 들 경우엔 지체 없이 보고해야 한다. 그리고 위험한 정보에 접촉하기 전엔 반드시 우리에게 보고하고 판단을 기다릴 것. 나는 무모한 행동은 피하는 성격이야.]

"알겠습다. 그럼 곧바로 청소 심부름이라도 하면서 상품들을 파악할깝쇼?"

그야말로 의외의 인물이었지만 휴만도 한 사람 확보할 수 있었다. 그것도 대활약이 기대되는 인재였다.

라임 라떼의 협력을 받아, 쿠즈노하 상회의 개장 첫 날은 무탈하게 끝낼 수 있었다. 그의 능숙한 접객 덕분에 상인 길드의 높으신 분들이나 이 지방 유력자들이 갑작스럽게 방문하는 상황에서도 시키와 내가 그럭저럭 대처할 수 있었다. 개장 첫날이니까 그야 인사차 들르는 사람들도 있는 건 당연했다. 하지만 전혀 예측하지 못했던 사태였다. 아슬아슬하네.

첫 날 결과를 종합하자면, 일단 병장기 수리 의뢰는 전혀 없었다. 학생 레벨로 운용하는 병장기라고는 해도, 역시 생명을 맡기는 장비다 보니 신용이 가장 중요한 부문이다. 이런 결과는 필연적이었다.

과일 세트는 정오를 조금 지났을 무렵엔 매진됐다. 추가 분량을 저녁에 진열했지만 곧바로 재차 매진되고 말았다. 약품 등의 품목은 개장 이후로 제각각 서서히 팔리는 추세를 보였으며, 강의 시간에 선전을 들었던 학생들이 저녁 시간대에 방문했을 때 단숨에 팔려 나갔다.

개수 제한을 설정해야 했을지도 모른다.

하지만 낯선 개념이었기 때문인지 감기약은 그다지 팔리지 않았다. 아마 실제로 환자가 발생하고 나서 효능에 관한 소문이 퍼지면 또 다른 경향을 보일 것으로 예상된다. 종합 감기약이라는 건 이세계 식으로 따지면 어떻게 보이는 걸까?

시키는 나에게서 그 개념에 관해 전해 듣고 획기적인 생각이라면서 의욕적으로 개발에 착수했다. 그러니 이 세계에서는 그다지 고안된 적이 없는 종류의 약인지도 모르겠다.

그런 만큼 초기 최하위의 매상이라는 결과는 은근히 충격적이었다. 억지로 이쪽 식의 해석을 해보자면, 가벼운 병에 효능을 발휘하는 저급한 만능약인가? 만능약이라고 갖다 붙이기엔 너무 요란스럽다는 느낌도 드니 추가적인 검토가 필요한 상황이다.

의외로 활약한 제품이 영양 드링크였다. 약을 구경하던 손님들이 높은 확률로 여러 병 구입하는 모습을 목격할 수 있었다. 낮은 가격 설정이 괜찮았던 걸까? 하지만 각종 강화약은 그다지 팔리지 않았다. 효과를 고려하자면 모험가에게 적합한 제품이니 이쪽은 츠이게에서 판매하는 편이 나을지도 모르겠다. 병장기 제작을 일시적으로 중단한 상황이라, 이 기회에 특별한 신제품의 판매를 통해 분위기를 바꾸고 싶은 참이었다. 뿐만 아니라 학원에서 이 강화약이 나돌기 시작하면 머지않아 시험 같은 국면에 사용하는 학생들로 인해 규제가 시행될 것 같다.

하여간―.

쿠즈노하 상회는 이제 막 출범했을 뿐이다.

사업상 경쟁 상대도 등장할 것이고, 취급하는 상품에 대한 의문이나 사방으로부터의 압력을 받을지도 모른다.

지금부터 시작하는 것이야말로 진정한 상회 운영이다. 평범한 10대에 지나지 않는 나와 이종족 종업원들의 실력으로 어느 정도까지 가능할지는 모르겠지만, 일단 힘내보자.

―상회의 운영은, 순조로웠다.

생각이 미치지 못 했던 것이 정말 어처구니없을 지경의 일이지만, 개장한지 얼마 안 지나서 등장한 되팔이나 사재기 등을 대상으로 불완전하게나마 대책을 강구했다.

구체적으로 말하자면 구입 수의 제한이나 되팔이들에 대한 「부탁」 등이다.

어차피 완벽하게 예방할 수는 없는 일이기 때문에 어느 정도는 그냥 넘어갈 수밖에 없었고, 가능한 범위 이내에서 대책을 시행했다. 두더지 잡기나 다름없는 추격전을 벌이면서 조바심을 내는 건 솔직히 말해서 괜한 일이라는 생각이 들었기 때문이다.

학원에서 담당하고 있는 강의도, 대충 순조롭게 흘러가고 있다.

첫 수업 이후로도 브라이트 선생님의 소개로 출석한 학생들과 남아있던 학생들의 소개를 통해 출석하기 시작한 학생들이 추가로 수

강받기를 희망한 결과, 최소한의 학생들을 확보하는데 성공했다.

……다섯 명 남은 것만도 일단 양호한 편일지도 모른다. 너무 많아도 성가시기만 할 뿐이야. 그렇고말고.

내가 담당하게 된 다섯 명의 학생들은 모두 장학생이었으며 강해지고 싶다는 목표가 뚜렷한 아이들뿐이었다. 일반적인 학생들의 입장에서 보자면, 내 강의는 내키지 않거나 너무 위험해서 그다지 바람직하지 못한 내용일 것이다.

일단 학생 모집은 아직 계속하고 있었지만 그다지 대단한 기대는 하지 않았다. 첫 수업 이후로도 남아준 기특한 학생들을 대상으로 생명이나 건강에 하자가 없는 범위 내에서 무단으로 가벼운 「실험」에 참가시키면서 강의를 진행하고 있다.

나는 강의 시간 중에는 실기에 사용하는 구역 전체에 약체화 속성의 계를 전개하고 있다. 그 덕분에 내 강의는 겉보기엔 요란했지만, 학원 측은 그다지 위험시할 정도의 레벨도 아니라고 판단을 내리고 있었다. 내가 의도한 대로의 결과였다. 신경 쓰이는 거라고 해봐야, 지금까지 효과 범위를 확대할수록 효과가 약해지던 계의 성능이 최근 들어서 손에 익기 시작했는지 효과가 강해진 것 같은 느낌이 드는 것 정도였다.

현재로서는 다른 강사들로부터의 방해 행위 같은 일도 없어서 지극히 평화롭게 수업을 진행시킬 수 있었다.

말하자면, 학원 도시에서의 생활은 순풍에 돛단 격이었다.

그러나―.

여기는 도서관이다. 나는 강의를 마친 직후엔 습관적으로 이곳을 방문하고 있다. 나는 방금 책장에서 꺼낸 책을 책상 정면에서 비교적 옆 자리에 내려놓고 의자에 걸터앉아, 그대로 푹 엎드렸다.

긴 한숨이 입에서 흘러나왔다.

나는 지금, 일종의 곤경에 처한 상태였다.

"설마 이 세계의 휴만들이 일부다처제일 줄은 몰랐어."

주신께서 제정하신 신성한 계율이라고 한다. 예, 바로 그 주신님이시지요.

혼잣말이 입에서 새어 나왔다. 아무도 일본어를 이해할 수 없다는 사실을 알고 있기 때문인지, 특히 학원에 도착한 이후로 혼잣말이 늘어난 것 같은 느낌이 든다. 지금보다 냉담한 사람들의 시선을 느끼는 것도 사양하고 싶은 참이니 의식적으로 줄여갈 생각이다.

하지만 일부다처제라니, 여신 녀석은 점점 더 가관이다. 제발 좀 웃기지 말라고.

일부다처제는 남자들에게 편리한 제도처럼 보이지만 그 실상은 전혀 달랐다.

지금까지 내 빈곤한 상상력은 일부다처제에 관해 하렘과 비슷한 느낌인 것으로 인식하고 있었다. 하지만 그 상상은 너무나 낙관적인 전망에 지나지 않았다. 정말 너무 낙관적이었어.

실제로 휴만 사회의 구조를 두 눈으로 확인하고 나서야 깨달은 사실인데, 일부다처제라는 건 마누라가 여러 명이라서 끝내주는 제도가 아니라 남성간의 격차를 노골적으로 드러내는 체제였다.

보다 아름답거나 강해야 한다. 아니면 보다 많은 재산을 보유해야 한다. ―말하자면 여성들이 우수한 남자에게 모여들 뿐이며, 모든 남자들이 하렘을 구축할 수 있다는 뜻이 아니란 말이다.

거기에 그치지 않고, 오히려 한 사람의 여성조차도 아내로 맞이하지 못하는 남성들이 증가할 가능성이 있는 제도였다. 여보세요, 여신? 너는 대체 얼마나 더 잔인한 짓을 해야 직성이 풀리는 거지? 대체 뭘 그렇게까지 선별하고 싶은 거야?

그 제도 덕분에, 내가 결혼할 수 없는 가능성이 높아져서 곤경에 처했다는 얘기가 아니다.

……그 반대였다.

벌써 이 학원에 도착한지 여러 달이 지났는데, 2주일 쯤 전부터 특이한 일이 생기기 시작했다.

여학생들의 고백을 받기 시작한 것이다.

시키의 경우엔, 개강 초기부터 여러 사람의 여성들로부터 고백을 받는 모습을 본 적이 있다.

나는 그 모습을 곁에서 바라보면서 질투나 위로를 표시할 것도 없이 그저 시키의 배부른 푸념을 흘려듣고 있었다.

그런데 상회가 궤도에 오르고 학원에서도 나름대로 실력을 인정받기 시작했을 즈음의 일이다.

학생으로부터 상담하고 싶은 일이 있다면서 호출을 받았다. 처음 경험하는 일이었다. 강의에서도 본 적이 없는 여학생이었다.

즉, 만난 적도 없는 학생이다.

"선생님은 혹시, 기혼이신가요?"

그 질문이 악몽의 신호탄이었다.

[미혼이다. 무슨 문제라도 있나?]

당연히 그렇게 대답할 수밖에 없었다.

대체 어떻게 그런 결론이 나오는지 모르겠지만, 그녀는 내 대답을 듣고 이렇게 말했다.

"그럼 세 번째 이하의 아내라도 상관없으니, 저와 결혼해주실 수 없나요?"

머릿속이 「?」로 가득 찬 순간이었다. 원래 세계에서 후배나 동아리 친구의 고백을 받았을 때와 같은 심장이 요동칠 정도의 긴장감이나 흥분은 전혀 없었다.

그저 넋을 잃었을 뿐이다. 그럴 수밖에 없는 것이, 처음 만난 상대로부터 갑자기 결혼해달라는 말을 들었으니 실감이 날 리가 없다. 그리고 뭐? 몇 번째? 이 순간엔 전혀 영문을 알 수가 없었다.

이 여학생은 어처구니없는 소리를 꺼낸 주제에 의외로 진지한 표정을 짓고 있었다. 하지만 나는 그런 그녀를 상대로 실례라는 생각이 들면서도 한숨을 내쉬고 말았다.

[미안하지만 그럴 생각은 없다.]

겨우 그런 대답을 적고 그 자리를 뒤로 할 수밖에 없었다.

다음 고백은 그날 저녁 무렵에 다른 소녀로부터 받았다. 아니, 사실 이건 고백이 아니라 첫 번째까지 포함해서 청혼이라고 할 수 있을 것이다.

그 이후로 점포에 있을 때나 외출 중, 학원에 있을 때까지 온갖 여학생들이 장소를 가리지 않고 나를 호출했다. 심할 경우엔 그 자리에서 청혼을 하는 여학생도 있었다.

재미있는 현상은 그녀들이 꼭 「n번째 아내로 삼아 주세요」라는 표현을 사용한다는 것이다. 그리고 n에 들어가는 숫자는 반드시 1 이외의 숫자였다. 대략 3에서 5가 많다.

일부다처제, 그야말로 최악이다.

상회의 주인으로서 그럭저럭 부자인데다가, 학원 강사로서의 능력도 대충 최소 조건은 만족시킨다는 관점일 것이다. 그렇다면야 일단 두 눈 딱 감고, 얼굴생김새 정도는 무시할 수 있다는 뜻인가? 그리고 제3부인 이하의 지위를 차지해서 팔자를 고치고 싶다는 거야? 그저 빌붙는 게 목적인 것만으로도 양심이라곤 찾아볼 수가 없는데, 까딱 잘못하면 친정 재건을 한답시고 돈을 요구할 것 같은 느낌이 든다. 개중에는 그런 속셈이 뻔히 보이는 여학생도 있었다.

애정을 나누거나 아이를 가지는 등의 성가신 일들은 제1부인이나 제2부인에게 맡긴 채로, 자기 자신은 아무 것도 할 생각이 없는 거잖아?

아마 실제로 큰 차이는 없을 듯하다.

한번은 외모가 굉장히 내 취향을 저격하는 여학생이 백의 차림으로 다가와서는, 연구비를 요구하고 있는 건지 결혼을 신청하고 있는 건지 분간이 안 가는 청혼을 했을 때—.

[제1부인이 되어준다면 결혼은 물론 연구비도 바라는 대로 해주지.]

그렇게 농담 식으로 대답하자, 혐오감을 숨기지 않은 무서운 표정으로 나를 쳐다보더니—.

"사양하겠습니다!!"

그리고 그녀는 마치 목숨이 경각에 달리기라도 한 것처럼 전속력으로 도망쳤다.

연속으로 사람을 업신여기는 듯한 고백을 당하면서 기분이 가라앉은 상태라서 그런 것도 있었지만, 그 사건은 참 치명적인 일격이었다.

……정말, 나더러 어쩌라고? 이건 인기 있는 게 아니라 사냥감 취급이잖아? 그냥 사람 취급을 안 당하는 상황이 더 편했다. 오히려 지금이 정신적으로 더 피곤한 상황이야.

도서관에서는 아직까지 그런 전개가 벌어진 적은 없지만 아마 시간문제일 것이다. 그러고 보니, 왜 도서관은 안전지대인 거지?

무슨 룰이라도 있나? 아니면 누군가가 견제라도 하고 있는 걸까? 하여간 고마울 따름이다.

나는 생각을 전환하기 위해 고개를 들고 책을 잡았다. 그럼, 오늘도 공부를 시작해볼까?

오늘은 점포도 쉬는 날이니까. 개장 초기엔 정기 휴일이 없었지만 일반적인 점포들은 일주일에 하루나 이틀 정도를 휴일로 설정하고 있었다. 그렇지 않아도 늦은 시각까지 영업하고 있었기 때문에, 정기 휴일 정도는 필요하다는 생각이 들었다. 그래서 현재는 강의가 있는 날을 일주일에 하루 있는 정기 휴일로 삼고 있었다.

정기 휴일에 관해 통보하자, 숲 도깨비 콤비 중 자그마한 쪽이

「글로—리아———!」라고 외치며 한쪽 팔을 하늘로 치켜 올렸다. 그 녀석은 아직도 무슨 생각을 하는지 영문을 알 수가 없는 수수께끼의 존재였다.

"어머, 오늘은 종교에 관한 책인가요? 라이도우 선생님은 정말 독서 취향이 다양하시네요. 마술, 전투, 역사, 지리, 풍속, 그리고 아인……. 지금까지 제가 확인하지 못한 종류는 문학이나 수학, 위인전 계열 정도일까요?"

[에바 양? 갑자기 말씀을 하시니 깜짝 놀랐습니다. 그리고 저 같은 작자가 읽는 책의 종류를 일일이 기억하고 계신 건가요?]

"예. 저는 라이도우 선생님에 관해서 궁금한 게 많거든요."

사서인 에바 양이 짓궂은 미소를 지어 보였다.

[좀 봐주세요. 설마 당신까지 청혼하실 생각은 아니겠지요?]

"……아아, 기진맥진하신 원인은 바로 그것 때문이었군요. 겉치레만의 사랑…… 아니, 아내가 되고 싶어 하는 여학생들이 많다고 들었어요. 정말 동정합니다, 선생님."

[지금은 학원에서도 오직 여기만이 속 편한 장소랍니다. 남의 외모를 업신여겨 놓고, 돈이 많다는 사실이 알려지니까 단물만 뽑아 먹고 싶어 하다니. 나 참, 결혼을 대체 뭐라고 생각하는 걸까요?]

"일단, 이 학원에 다니는 학생들 중에는 귀족이나 유명한 부호 가문의 영애들도 적지 않으니까요. 결혼을 연애의 연장선으로 생각하지 않는 학생들도 많을 겁니다."

에바 양은 얼굴에 지은 미소를 쓴웃음으로 바꾼 채, 나의 어이가 없는 의문에 대답했다. 그녀는 매우 박식한 것처럼 보였다. 에바 양은 이성적이면서도 틀림없는 근거에 입각한 발언만을 내뱉는 인물이다. 나는 그녀의 대화 방식이 간편하고 마음이 편했다.

[정략결혼 같은 사고방식인가요? 10대 때부터 벌써 그런 사고방식을 지니고 있다니. 귀족이나 부자들의 경우엔 일반적인 생각일지도 모르겠네요.]

"……모든 이들이 언젠가 도달하는 하나의 해결책에, 조금 더 빨리 다다른 것처럼 보이기도 하지만요."

[말하자면, 무슨 말씀이시죠? 저는 서로 사랑하는 상대와 결혼하는 것도 나쁘지 않다는 생각이 드는데요.]

사실 그냥 나쁘지 않다고 생각하는 게 아니다. 나는 사실 결혼이라는 결정은 바로 그런 관계의 사람들끼리 내리는 것이라고 생각하고 있다.

"깜짝 놀랐어요. 라이도우 선생님은 의외로 순지…… 아니, 순수하신 분이군요. 어렸을 적에는 다들 애정의 연장선으로 결혼을 고려하겠지만……. 역시 성장함에 따라 그런 감정적 요인은 다양한 이해관계와 직결되기 마련이니까요. 당연히 입에서 나오는 말 하나만 가지고 판단해 보더라도, 곧이곧대로 받아들일 수 있으리라고는 보장할 수 없지요."

그녀는 아마 순진하다고 말하려다가 표현을 바꾼 것이리라. 에바 양의 발언은 굉장히 현실적이면서도 냉정했다.

혹시 그녀도 무슨 속셈이 있어서 나에게 접근한 걸까? 만약 그렇다면, 조금 섭섭하다.

[그렇다면 에바 양이 생각하시는, 어른이 된 이후의 사랑한다는

말과 감정의 의미는 뭔가요?]

"……그렇군요. 때로는 거래의 재료가 되기도 한다고 대답한다면 선생님은 환멸하실 건가요?"

[글쎄요, 잘 모르겠네요. 하지만 독서를 계속할 기분은 아니네요. 오늘은 이만 실례하겠습니다.]

거래의 재료라. 예상 밖의 대답이었다. 지금까지 사랑한다는 말과 관련 지어 생각한 적이 없는 말이다. 그 말이, 그다지 이미지에 맞지 않는 그녀의 입으로부터 나왔다는 사실은 상당히 충격적이었다.

그녀가 손을 내밀었다. 나는 그녀에게 당장 읽을 예정이었던 책을 건네주고 도서관을 뒤로 했다.

[그래서 진, 할 얘기라는 건 뭐지?]

나는 학원에서 퇴근하다가, 한 학생과 마주쳤다.

오늘 나를 불러 세운 목소리의 장본인은 남학생이다.

그는 첫 번째 수업부터 빠지지 않고 강의에 개근하고 있는 검사 소년이다. 그는 검사이면서도 마술까지 능숙하게 사용할 수 있는 소년으로, 특히 시키의 스타일에 감명을 받은 모양이다. 나는 그가 기초 기술을 배우면서 시키에게 대련을 신청하는 광경을 여러 번 목격했다.

나는 다섯 명의 학생 가운데 두 사람의 이름은 이미 외운 상태였다. 첫 수업부터 출석하고 있는 소년 검사 진과, 또 한 사람의 소녀 궁수 아베리아다.

진의 전투 방식은 검술 메인에 서브로 마술을 사용하는 스타일이 기본이었으며, 아베리아는 마술 메인에 활을 서브로 사용하는 스타일이다. 아직 장담할 수 있는 단계는 아니지만 두 사람 다 성장의 여지는 충분하다고 생각한다. 아베리아는 실력을 추구하기도 하지만, 그 이상으로 시키에게 반한 까닭에 출석하고 있는 구석도 있단 말이지. 사랑에 빠진 소녀의 힘이 학습 능력에 보정 효과를 부여하기라도 했는지, 숙달 속도는 빠른 편이었다.

나는 진과 만난 참에, 점심 식사를 함께 하기로 했다.

참고로 아베리아 양은 지금, 미용 관리를 받고 있다고 한다.

미용 관리—.

이 단어를 학원에서 처음 목격한 순간, 나는 어안이 벙벙했다. 학원 부지에 미용 관리실이 있더라고.

상세한 얘기를 듣고 도서관에서도 조사해본 결과, 미용 관리는 여신이 이 세계에 선사한 하나의 개념으로부터 시작되었다고 한다. 그리고 아름다움을 추구하기 위한 시설로서 널리 보급된 모양이다.

그런 쓸데없는 개념을 보급하기 전에, 휴만들에게 전파해야할 기술 같은 게 따로 있지 않나? 나는 진심으로 어이가 없었다. 비슷한 이유로, 의외로 친숙한 화장품의 명칭이 이 세계에서도 통하고 있다는 사실을 깨달았다. 그러고 보니 길드에서도 화장품의 취급 예정에 대한 질문을 받은 적이 있다.

일단 현재는 취급하지 않고 있으며, 앞으로 취급할 예정도 없다고 양해를 구했지만 말이야. ……안 그래도 토모에 녀석이 입술연지나 분을 개발하자고 떠들어댈 것 같아서 불길한 마당이다. 지금도 아공 여러분에게 여러 가지로 민폐를 끼치고 있는 상황이라 이 이상은 사양하고 싶다고.

일단 아베리아 양이나 미용 관리, 화장품 같은 건 지금은 별 상관없다. 솔직히 말해서 걸고넘어질 기력도 없어.

잠깐 고민하다가, 결국 고테츠에서 점심 식사를 먹기로 했다.

시키만큼 자주 다니는 편은 아니다. 하지만 맛도 취향에 맞는데다가 친숙하다 보니 마음이 안정되거든. 진은 이 식당을 오늘 처음으로 방문하는 모양이다. 그는 신기하다는 듯한 표정으로 실내를 둘러보면서 풍겨오는 요리의 냄새에 코를 실룩거리고 있었다.

우리는 고테츠의 안쪽에 위치한 룸에 들어가서 의자에 걸터앉았다.

"아, 그러고 보니 선생님은 츠이게 출신이셨죠?"

[그래서?]

"사실은 이 학원에 다니는 학생들 중에, 지금 휴학 중인 녀석들이 두 명 있거든요?"

[흠, 계속 말해봐라.]

"장학생은 아닌데, 실력도 상당히 우수한 녀석들이죠……."

[그런 우수한 학생들이 왜 휴학을 한 거지?]

"소문으로 듣기엔 무슨 병에 걸렸다고 하더라고요."

응? 병? 츠이게 얘기부터 시작해서 두 사람의 환자에 대한 얘기가 나왔다. 그리고 대충 학생 정도의 나이.

혹시?

[혹시 렘브란트 씨의 따님 분들에 관한 얘긴가?]

"……역시 알고 계셨군요. 렘브란트 상회는 츠이게에서는 굉장히 잘 나가는 상회라는 소문이 돌아서, 어쩌면 알고 계실지도 모른다는 생각은 들었어요."

[그런데, 그게 어쨌다고?]

"정말로 병에 걸렸던 건지는 알 도리가 없지만, 아무래도 머지않아 복학하는 모양이에요. 그래서 선생님께 한 마디 충고를 드리고 싶어서."

[충고? 그런데 말이다, 진. 같은 학교 학생이 복학한다고 하는데 그리 기쁘지 않은 모양이구나. 너는 기본적으로 우수한 녀석을 존중하지 않나?]

"그야 그렇기는 해요. 그런데 선생님은 모르시는 것 같지만, 그 자매는……."

[충고할 생각이라면, 똑바로 말해라.]

왜 그렇게 말을 어중간하게 하는 거지? 무슨 말을 하고 싶은 거야?

"……성격이 정말 최악이라더군요. 그냥도 전형적인 부잣집 따님들이라 재수 없는데, 굉장한 미모까지 내세우면서 콧대가 하늘을 찌르는 성격이라고 들었어요. 거기다가 성적까지 우수하다 보니 정말 손쓸 방도가 없대요. 학생들은 물론이고 강사들까지, 정말 셀 수도 없이 많은 사람들이 걔들 때문에 만신창이 꼴로 망가졌는지 모른데요……."

…….

……어?

걔네들이 그런 성격이었단 말이야?

아니, 잠깐.

그러고 보니, 나는 그 두 사람과 제대로 대화를 나눈 적이 없었다. 도망치라는 애원을 들었을 뿐이다. 지금 굉장한 미모를 내세운다는 얘기를 들었는데, 내가 그녀들과 만났을 때는 부인까지 포함해서 세 사람 다 몬스터나 다름없었다.

일단 직접 알고 있는 렘브란트 씨가 인격자였기 때문에, 틀림없이 따님들이나 부인도 착한 사람들일 것이라고 생각하고 있었다.

전형적인 부잣집 따님들 같은 재수 없는 성격에, 그렇게 거만하다고? 정말로……?

"모르고 계셨군요. 아니, 최근에 사방에서 선생님을 노리는 애들이 많잖아요?"

진이 내 침묵을 긍정이라고 받아들였는지 동정하는 듯한 표정으로 연이어 말했다.

[그 말은 하지 말자. 머리가 아프니까.]

"그 녀석들이 복학하면, 눈에 안 띄는 편이 좋을 걸요? 두 사람 다 철저하게 미남 취향이라고 들었으니 아마 괜찮겠지만, 만에 하나의 경우도 있을 수 있으니까요. 하지만 선생님이 아니라 시키 선생님이 걔들 눈에 띄어도 강의에 지장이 생길 테니 정말 여러모로 조심해주세요. 어? 이 찌개라는 요리, 꽤 맛이 좋은데요? 처음 보는 메뉴인데 신기하네."

…….

은근슬쩍 무례한 발언을 들은 것 같은 느낌이 든다. 뿐만 아니라, 이 녀석이 정말로 걱정하는 쪽은 시키 같단 말이지.

[알겠다. 시키에게도 충고해두지.]

"감사합니다! 이 식당 말인데, 혹시 선생님 단골인가요? 멋지다, 저도 다녀도 될까요?"

[마음대로 해. 음. 이 식당은 시키도 자주 들르는 가게다. 모처럼 찾아왔으니, 아직 더 먹을 수 있다면 시키 녀석이 즐겨 먹는 메뉴라도 추가로 주문해줄까?]

"정말요?! 잘 먹겠습니다! 어라, 선생님은요?"

[나는 따로 볼일이 있다. 천천히 먹고 가라. 음식 값은 내가 지불하지.]

나는 돌아가는 길에 크림 찌개를 주문했다. 진의 무례한 발언에 대한 조촐한 앙갚음이다. 두통거리가 늘어나는 사태는 항상 난감할 수밖에 없다.

그건 그렇고, 렘브란트 자매가 그렇게 고약한 애들이라고?

정말로 그럴까? 나는 딸 바보 렘브란트 씨를 목격했기 때문인지, 그녀들이 사랑스러운 따님들일 것이라고 믿어 의심치 않았다. 혹시 렘브란트 씨는 딸들이 무슨 짓을 해도 사랑스럽다는 타입의 부모인 걸까?

어차피 머지않아 복학할 테니 금세 밝혀질 사실이다.

귀갓길 도중에 두 차례나 어처구니없는 청혼을 받았지만, 나는 점포로 돌아올 수 있었다.

◇◆◇◆◇

렘브란트 자매의 인격에 대해 성가신 얘기를 들었다.

혹시 몰라서 여러 사람들에게 물어보고 다녔는데, 학원에서 그녀들의 평판은 기본적으로 별로였다. 아니 사실, 좋은 얘기는 전혀 듣지 못 했다고 해도 과언이 아니다.

나 자신이 츠이게로 돌아가서 직접 확인해볼 수도 없는 노릇이다. 나는 토모에나 미오, 그리고 츠이게 출장소에서 활약하고 있는 엘드워 베렌에게 츠이게에서의 조사 활동을 부탁하기로 했다. 그게 얼마 전의 일이다.

그리고 오늘이 다가왔다. 토모에에 따르면, 츠이게에서 조사한 사항 이외에도 여러 가지 보고 사항이 쌓여있다고 한다. 그녀는 한번 아공으로 귀환해서 보고할 자리를 마련해달라고 했다.

……사실 나는, 최근 들어 아공에 그다지 오랫동안 머무는 일이 없었다. 아니, 정확히 말하자면 거의 없었다. 가끔 활이나 쏘러 들르는 정도였다.

아공에 거주하고 있는 누군가와 싸움이 나거나 마주치기 어려운 상황은 아니었다. 내가 아공에 가지 않는 이유는 그런 것보다 훨씬 단순한, 어떤 현상 때문이다.

“시키, 준비는 어때?”

내가 아공 방문을 기피하고 있는 것은 사실이지만 용건이 있다면 어쩔 수 없지.

“예, 문제없습니다. 저희 쪽 보고사항도 정리가 끝났습니다. 내일

하루 정도는 라임 일행에게 점포 업무를 일임해도 괜찮을 겁니다."

"……잠깐, 가게를 열어두자고?"

불안한데 일단 휴업하는 편이 좋지 않을까……?

"정기 휴일도 아닌데다가, 아직 가게를 개업한지 얼마 지나지 않았으니까요. 임시 휴업은 그다지 바람직한 선택이 아닐 것으로 생각됩니다. 만약 특별한 용건이 있는 고객이 방문할 경우, 일단 판단을 보류하도록 명령을 내려놓겠습니다. 걱정하실 필요 없습니다."

점포에 관해서는 시키의 덕을 보고 있는 부분이 많았다. 그의 말투에서 경험에 입각한 관록이 느껴졌다.

"시키 점장님의 말씀이라면 믿을 만하지. 그럼…… 갈까?"

나는 시키의 대답을 기다리지 않고, 안개의 문을 개방했다.

나는 우울한 기분을 느끼면서도 그리운 아공에 귀환했다.

바로 그 순간부터, 농밀한 냄새와 열기가 느껴지기 시작했다.

그 자리에 서 있는 것만으로도 촉촉한 땀이 맺히고, 따뜻하고 습한 공기가 폐로 들어왔다.

즉, 불안정했던 아공의 기후가 최근 들어서 고온다습한 열대 기후로 안정기에 돌입한 것이다.

그야말로 덥고 축축해서, 장마철 따위는 상대도 안 되는 불쾌한 기후였다. 가본 적은 없지만 흡사 열대우림을 연상시키는 날씨였다.

그냥 여름 날씨가 계속될 뿐이라면 그나마 다행이겠지만, 일본의 여름을 가볍게 능가하는 체감 온도는 정말 살인적으로 불쾌했다.

바로 이 기후야말로 내가 아공으로부터 멀어진 이유였다.

시시한 이유라고 생각할지도 모르겠지만 진짜 장난이 아니다!

가까운 시일 안에 이 열대 기후도 금방 변할 것이라고 생각했지만, 한 결 같이 변하려는 기색이 없었다. 이런 기후가 농업에도 영향을 끼치진 않을까?

일단 이 이상 기후에 관해선 토모에에게 조사를 명한 상태였다. 그녀는 어느 정도 상황을 파악하면 보고하겠다고 언급했다. 토모에의 경우, 긴급성이 높은 안건이 등장하면 곧바로 상담을 요청하는 성격이다. 그녀가 별 말이 없다는 것은 지금으로선 이 더위의 영향으로 인해 그다지 심각한 상황은 벌어지지 않았다는 뜻이다.

"여전히 무덥군."

"예. 학원 도시는 봄기운 덕분에 지내기 쉬운 시기이다 보니 한층 더 무덥게 느껴지는군요."

"시키는 무더운 것치고 태연한 얼굴인데?"

"저는 더위엔 그다지 영향을 안 받는 체질입니다. 라이도, 아니 도련님."

"……여기선 호칭 같은 건 아무래도 좋지 않아?"

"……미오 님이, 라이도우 님이라는 호칭을 그다지 반기지 않는지라."

시키가 쓴웃음을 지으면서 이마를 긁적였다. 사소한 일들을 일일이 신경 쓰는 성격이란 말이지.

나는 그의 대답을 듣고 가볍게 고개를 끄덕이기만 했다. 나는 엉겨 붙는 무더운 공기를 뿌리치면서 자택으로 들어갔다.

밤인데도 불구하고 이렇게 무덥다. 대체 아공의 기후는 어떻게 되먹은 거야?

◇◆◇◆◇

『다녀오셨습니까, 도련님!』

내가 토모에의 호출을 받고 현관문을 열자, 갑작스럽게 많은 사람들의 목소리들이 나를 반겼다.

깜짝이야! 심장이 마구 요동을 쳤다. 무, 무슨 일이지?!

나는 갑작스런 사태에 놀라, 멍청하게 입을 벌린 채 실내를 둘러봤다. 저택 현관에 아공의 주민들이 모여 있었다.

거의 전원에 가까운 숫자인 것 같은데?

그들은 커다란 테이블을 에워싸듯이, 종족에 관계없이 잡다하게 모여들어 있었다.

이렇게 어처구니없을 정도로 커다란 테이블이 있었나? 아냐, 없었어. 새로 만들었다는 건가? 대단하다……. 나무 밑동을 한꺼번에 잘라내서 그대로 사용…… 어?

그렇게 치면 너무 크잖아? 100명 이상이 에워싸고 있는데 아직 여유가 있다니, 그 정도로 엄청난 거목이 있었다고? 혹시 세계수(世界樹) 같은 걸 자른 건 아니겠지?

그건 그렇고 이 드넓은 현관 말인데, 이건 회의실 레벨이 아니라 왕후귀족들이 사용하는 파티 전용 현관이잖아!

나는 시선을 좌우로 돌리면서 상황을 확인했다. 다들 싱글벙글한 표정으로 나를 바라보고 있다.

그리고 토모에와 미오, 오크 일족의 에마가 나에게 다가왔다.

……토모에 녀석, 간판을 보일 필요도 없이 깜짝쇼가 성공했다는 표정을 짓고 있다.

젠장, 이 녀석은 나와 시키를 놀리면서 뭐가 그렇게 재밌다는 거야!

"……시키, 괜찮아?"

"예, 도련님."

…….

전혀 동요하는 기색이 없었다. 이 녀석은 최근 들어 가장 오랫동안 내 옆에 붙어있는 종자였다. 그런데 이 녀석도 부드러운 미소를 짓고, 나를 바라보고 있던 것이다.

어라?

허참? 이 녀석 보게?

"무사 귀환을 감축 드립니다, 도련님."

"어서 오세요, 도련님."

얼굴이 마주 닿는 거리까지 다가온 토모에와 미오가 새삼스럽게 환영 인사를 했다. 에마는 한 걸음 물러선 장소에서 깊숙이 머리를 숙이고 있었다.

"아, 응. 다녀왔어."

나는 아직도 혼란에서 벗어나지 못한 채로 다녀왔다고 대답했다.

"노고가 많았다, 시키. 미리 상의했던 대로, 도련님께 들키지 않았으니 네 녀석치고는 잘 한 편이구나."

토모에가 내 등 뒤에 대기하고 있던 시키를 바라보며 의미심장한 미소를 지었다.

"도련님, 정말 죄송합니다. 토모에가 무슨 일이 있어도 꼭 서프

라이즈를 준비하고 싶다고 난리를 치는 바람에. ……최근 들어 이쪽에 전혀 돌아와 주시지 않았으니, 가벼운 애교라고 생각하시고 용서해주세요."

미오까지—.

…….

……시키, 너도 그쪽 편이냐. 너도 한 패였냐!

아———!

정말! 제대로 당했다!

"하아아아아아아. ……정말 기절할 뻔했다고. 다녀왔어! 그리고 자주 돌아오지 못 해서 미안!"

"흠, 도련님께서는 이 더위가 그다지 마음에 안 드시는 듯하니 이해는 갑니다. 하지만 그래도 조금만 더 자주 돌아와 주시기를 모든 이들이 바라고 있다는 사실을 잊지 마십시오. 그럼, 이 잔을 받으시지요."

토모에가 나에게 잔을 건넸다. 알코올 특유의 냄새가 난다. 핑크색의 흐린 액체가 유리잔 안에서 넘실대고 있었다. 이건 내가 알기로는 츠이게에서 인기 있는 과일 술의 일종이다.

사람들로부터 모여드는 시선에 기대의 빛이 섞이기 시작했다. 아, 그렇지. 이건 말하자면 연회석이고, 내가 주인공이라는 뜻이야. 그리고 유리잔을 넘겨받은 내 임무는 하나뿐이다.

"건배!!"

나는 유리잔을 높이 들어올리고, 건배를 선언했다. 사방으로부터 환호와 유리잔끼리 부딪히는 소리가 울려 퍼졌다.

"오랜만이야. 토모에, 미오. 그리고 에마도."

미오는 어느샌가 식사를 접시에 담기 시작했다. 빠, 빠르다. 하지만 연회가 시작됐으니 마음껏 먹고 즐기는 건 아무 문제도 없다.

"정말로 너무 오랜만에 찾으셨습니다. 저희에게 조사를 명하시고 학원에서 어린애들 상대와 장사에 여념이 없으셨지요."

"……."

"다들, 도련님께서 안 계시면 허전하답니다. 도련님, 가끔이라도 좋으니 아공에 들러주세요. 부탁드립니다."

토모에와 에마로부터 잔소리가 쏟아졌다. 그야 지극히 당연한 의견이기는 한데, 그냥 날씨가 맑고 더운 게 아니라 너무 습해서 온몸에 엉겨 붙는 듯한 무더위란 말이야. 솔직히 말해서 나는 이 더위가 견디기 어려웠다.

용건도 없는데 쓸데없이 들르고 싶지는 않다는 것이 본심이다. 하지만 그녀들의 말도 일리가 있다. 앞으로는 조금 더 아공으로 돌아오는 횟수를 늘려야 하겠다는 생각이 들었다.

학원 도시에서의 지식 습득은 순조로웠다. 애초에 이 세계에 관한 모든 것을 망라할 정도의 지식이 필요하지는 않다. 원래 세계에서 별 생각 없이 살고 있던 일본이라는 나라에 관해서도 전부 알고 있던 건 아니거든.

기본적인 상식이나 필요한 지식을 확보한 후엔, 다음 단계로 진행해야할 것이다. 어디까지나 실용적인 목적을 위해 필요한 지식이니까.

도서관의 책을 읽기만 해도 내용물을 전부 복사하는 거나 다름

없다는 것은 약간 죄악감이 느껴졌지만, 판매용이 아니니까 용서해 달라고 스스로를 얼버무리고 있다. 나 스스로도 참 소인배라는 생각이 들어. 여하튼 내가 책을 읽는다는 것은 토모에가 존재하는 이상, 내용물을 복사하고 있는 거나 마찬가지였다. 말하자면 나는 복사기의, 원고를 판독하는 빛 같은 존재였다.

그런데, 미오의 말수가 적다는 것이 어딘지 모르게 불길하다. 방금 전까지 태연하게 대화를 나누고 있었으니, 딱히 위험한 상태는 아닐 텐데……. 사실 오늘은 그녀가 지칠 때까지 말 상대를 해야 하는 사태도 각오하고 있었거든.

"자, 도련님. 이 요리를 드셔보세요."

내가 그런 생각을 하고 있었다는 것을 아는지 모르는지, 미오가 손에 든 접시의 요리를 나에게 권유했다. 나, 남을 위해서 요리를 담아 오다니! 모험가나 일반 시민들과 엮이는 횟수가 늘어나서 그런가? 성장했구나, 미오!

"미오, 고마워. 헤에, 츠이게에서 먹었던 음식하고 비슷하네. 응, 양념은 츠이게에서 먹었던 것보다 진해서 내 입맛에 맞는 것 같다. 굉장히 맛있는데?"

조금만 더 양념을 진하게 쳤으면 좋겠다고 생각했던 츠이게의 요리를 개량한 음식이다. 세밀한 부분은 약간 달랐지만, 아마 출장소 직원 중에 누군가가 이 음식이 마음에 들어서 아공에서도 만들어본 것 같다.

그렇군. 이런 식으로 츠이게의 문화가 아공으로 유입되는 패턴도 가능하구나. 그 도시의 음식을 다시 먹을 수 있다는 것은 은근히 반가웠다. 학원 도시에서는 츠이게 요리가 없었기 때문에 굉장히 오랜만에 먹는 메뉴였다.

"응, 왜 그래? 미오, 네가 가지고 왔으니까 너도 먹어야지?"

"……윽."

나는 음식을 먹으라고 권유했는데, 미오는 뭔가 견디는 듯한 표정으로 두 눈을 질끈 감았다. 무슨 일이지? 오늘 미오는 정말로 어딘가 이상한데?

"미오?"

"아하하하! 도련님, 미오는 감격에 겨워하는 거랍니다!"

"토모에? 감격은 무슨 감격?"

"그게 말입니다. 지금 도련님께서 드신 음식은, 사실 미오 녀석이 정성껏 요리한 음식이라는 뜻이지요."

뭐, 뭐라고?!

"요리?! 미오가?!"

"예, 아무래도 최근 들어서 요리에 취미를 붙인 모양입니다. 츠이게의 요리사들에게 머리를 숙여가면서 요리 수행에 시간을 투자하고 있었지요. 뿐만 아니라 지금은 일본 요리를 재현하는 작업에 협력까지 해주고 있을 정돕니다. 공교롭게도 이번엔 일본 요리까지 완성시키기에는 시간이 부족했습니다만, 그 부근의 음식들 대부분이 미오가 앞장서서 만든 요리들이랍니다."

나는 토모에의 설명을 듣고, 새삼스레 테이블에 펼쳐진 음식들을 확인했다. 커다란 접시에 수북하게 담겨진 음식들과 깔끔하게 썰린 채로 보기 좋게 담겨진 과일들, 그리고 냄비에 들어있는 수

프까지…….

이 음식들을, 정말로 미오가 준비했다고?

……굉장하잖아?

아무리 취미를 붙였다고는 해도, 요리를 시작한지 몇 개월 정도밖에 지나지 않았을 텐데?

내가 요리를 배우고 이 정도의 시간이 경과했을 때의 실력을 돌이켜보면…… 음, 전기밥솥에서 나온 증기 때문에 흉한 물집이 생겨서 난리를 벌였던가? 잊고 싶은 과거였다.

학습능력의 격차에 절망했다. 그리고 미오의 놀라운 재능에 순순히 감탄할 수밖에 없었다.

이런 단기간 동안 음식점에서 먹었던 요리에 가까운 레벨로 재현할 수 있다니.

"미오, 굉장해. 정말로 맛있었어."

나는 솔직하게 감탄을 표현했다.

미오는 순간적으로 몸을 부르르 떠는가 싶더니, 지그시 감고 있던 두 눈을 천천히 떴다. 그녀의 표정은 대단히 만족스러워 보였다.

"도련님, 저는 음식을 만든다는 일이 이 정도로 멋진 일일 줄 오늘날까지 몰랐답니다."

"응? 아니, 전부터 연습했다면서? 애초에 좋아서 연습을 시작한 거 아니야?"

"……아니요, 저는 몰랐답니다. 그리고 오늘, 진정한 기쁨을 알았지요……."

"……그, 그래?"

"예! 도련님, 다음번엔 더욱 맛있는 음식을 준비하겠습니다! 그래요, 더욱! 더욱 훌륭한 음식을!"

미오는 갑자기 큰 소리로 선언하는가 싶더니 어디론가 걸어가기 시작했다. 나는 그녀가 테이블로 다가가서 음식을 먹기 시작할 줄로 알고 있었는데, 예상 외로 반대 방향을 향해 걸어가더니 그대로 현관에서 나가 버렸다.

무, 무슨 일이지?

"이거야 원, 미오 녀석. 저 꼴을 보아하니 연회가 끝난 이후의 보고 과정은 생략할 심산이로군. 뭐, 저 녀석이 보고할 일이라고 해봐야 식자재에 대한 안건을 제외하면 츠이게에서 발생한 몇 건 정도뿐이니 상관은 없나? 츠이게의 보고 사항에 관해선 이 몸도 파악하고 있으니 말이야."

"토모에? 미오는 어디로 간 거지?"

"아마도 안개의 문을 통해 츠이게로 향하지 않았을까요? 녀석이 말하기로는, 지금 츠이게에 진기한 요리 기술을 지닌 모험가가 머물고 있는 모양입니다. 그 모험가에게서 요리를 전수받는 대신, 여러 가지로 편의를 봐주고 있다는군요. 그 모험가가 가여울 따름입니다. 미오의 상태로 판단하건데, 그 모험가는 지금 이 시간부터 주방 철야 코스를 밟지 않을까 싶군요."

엄청난 민폐였다. 모험가의 입장에서 보자면, 요리 같은 건 어디까지나 취미로 익힌 기술일 공산이 크다. 하지만 미오가 여러 가지로 편의를 봐주고 있다면, 본업인 모험가로서도 소질이 있을 것이다. 일단 신경쓸 필요는 없나? 미오는 요리에 몰두하고 있는 모양이니, 그 모험가 양반에게 위해를 가할 걱정은 없어 보인다.

“미오도 보람찬 생활을 만끽하고 있는 것 같으니 다행이야.”

“관대하시면서도 황송하신 말씀입니다. 그건 그렇고, 도련님과 만나기를 고대하는 이들이 그야말로 잔뜩 기다리고 있답니다. 함께 가실까요? 보고는 그 이후에 천천히 드려도 늦지 않습니다. 아, 술은 상관없습니다만 취기는 적당한 수준으로 부탁드립니다. 시키, 네 녀석도 마찬가지다.”

“기나긴 밤이 될 것 같군.”

“저는 술을 자제하겠습니다. 오늘밤 보고는 향후의 활동에 큰 영향을 끼칠 것으로 예상되니까요.”

“시키, 네 녀석은 너무 착실하구나. 그 성정이 나쁠 것이야 없겠다만, 긴장을 적당히 풀고 약간 술도 들어가 있는 편이 좋은 생각을 떠올리는 경우도 있는 법이야. 어디 보자, 돌아가는 상황을 봐서 나중에 보고를 드릴 도련님의 방에도 음식을 조금 옮겨놓도록 하지요. 에마, 부탁해도 되겠나?”

“예, 말씀하신 대로 처리하겠습니다. 다들 오랜만에 도련님과 만나 기뻐서 어쩔 줄 모르는 것 같네요. 오늘 주량은 다 합치면 상당한 양이 될 테니, 분명히 머지않아 만취하는 이들도……. 간호에 필요한 인원도 준비해 두겠습니다.”

에마는 빠릿빠릿하게 지시를 내리면서, 엄청난 인파 속으로 들어가 모습을 감췄다. 사실 그녀도 술은 잘 마시는 편이다. 어쩌면 상당히 가혹한 역할을 맡겼는지도 모르겠다. 나중에 그녀에게도 요리와 술을 보내주라고 말해두자.

그건 그렇고 토모에 녀석, 라임을 파견했을 때도 생각했는데 정말 하세가와 헤이조[#7]처럼 행동하네. 술잔을 기울이면서 방침을 정하는 모습이 그야말로 빼다 박았다. 능력도 오니○○[#8]하고 비슷하다면야 유익한 보고를 기대할 수 있겠다만…….

“자, 도련님. 엘드워들부터 순서대로 만나보시지요. 다들 더 이상 기다리기 힘든 모양입니다. 모두들 사이좋게 놀고 있으니, 지금까지의 노고를 치하해 주십시오.”

“응, 알았어.”

이의는 없다. 다들, 정말로 열심히 분발해주고 있다. 자주 오지 않더라도 그 정도는 충분히 알고말고.

토모에의 권유 때문이 아니다. 내가 감사를 표시하는 것만으로도 충분하다면, 도리어 사람들이 기다리고 있는 장소를 돌아다니면서 인사하고 싶은 참이다.

나는 토모에와 시키를 거느리고, 안부 인사를 하려고 행렬에 서서 기다리고 있는 주민들을 향해 걸어갔다.

◇◆◇◆◇

“상당히 피곤하실지도 모르겠습니다만, 일단 보고를 시작하겠습니다. 괜찮겠습니까, 도련님?”

#7 하세가와 헤이조(長谷川平蔵) 에도 시대의 실존 인물인 무사. 도쿠가와 가문의 가신단에 소속되어 에도의 방화나 강도 등을 단속했다. 드라마 오니헤이한카초의 주인공인 오니헤이로 유명하며, 드라마에서는 방탕한 과거를 보냈던 경험으로 예리한 관찰력을 지니고 있고 의협심이 강한 인물로 묘사된다.
#8 오니헤이한카초(鬼平犯科帳) 이케나미 쇼타로의 시대 소설과 해당 작품을 원작으로 한 시대극 드라마. 실존 인물인 하세가와 헤이조가 밀정을 풀어 에도 시대의 범죄를 단속하는 내용.

"응, 물론이야. 부탁해."

연회는 아직 일부의 술꾼들 덕분에 끝나려면 멀었다. 대부분의 사람들은 만취하거나 만족했기 때문에, 지금 남아있는 이들은 하나 같이 아침 해가 떠오를 때까지 가보자는 술고래들뿐이다.

보고에 참가할 인원들은 현관을 뒤로 하고, 내 방에 모여든 상태였다.

방으로 돌아오자 적당한 양의 음식들과 술, 그리고 물 등이 놓여 있었다. 대충 야식 대용으로 집어먹을 수 있을 정도의 양이다.

그리고 내 방에서, 지금까지 조사한 사항들에 대한 보고가 시작된 것이다.

"그럼 우선, 가장 중요할지도 모르는 안건이 하나 있습니다. 도련님께서 예전에 미츠루기와 전투를 벌이셨던 지역에 관한 조사 사항입니다만."

"응, 어떤 상태였지? 중요할지도 모른다니?"

드래곤 슬레이어 소피아와 미츠루기라는 가명을 사용하는 상위 용, 랜서의 발자취나 여신의 힘을 봉인하는 반지 등에 관해서 여러 가지 실마리가 남아있을 것으로 추정되는 장소였다. 그런 곳에서 중요할지도 모르는 일이 있었다니?

"조사 도중, 용사와 마주쳤습니다."

"요, 용사?!"

용사라는 건 여신 녀석이 납치했던, 나 이외의 지구인?!

"예, 이 몸이 만난 쪽은 그리토니아 제국의 용사였습니다. 이와하시 토모키라는 이였습니다. 겉보기엔, 도련님과 비슷한 나잇대 정도로 보였지요."

"응? 그리토니아? 어라, 토모에는 리미아로 갔던 거 아니었어?"

아무리 서로 인접해 있다고는 하나, 양쪽 다 강대국이다. 토모에가 향했던 곳은 리미아의 왕도에 가까운 장소였는데, 그리토니아 쪽 사람이 어슬렁거렸다고 한다면 무슨 행사라도 있었던 건가?

"뭔가 좋지 않은 흉계를 꾸미고 있는 것으로 보였습니다. 그리고 굳이 표현하자면…… 쓰레기 같은 작자였습니다. 당장 학원 도시에 계신 도련님께 그다지 위해를 가할 일은 없을 것으로 판단하여 내버려뒀습니다만."

……난 지금, 용사에 관한 보고를 듣고 있는 거지?

"아무래도 그리토니아의 용사는 욕망에 충실한 사내인 것 같습니다. 마족과의 전쟁이 끝난 이후엔 휴만끼리 전쟁을 벌일 생각인지도 모릅니다. 그리고 그와 동행하고 있던 황녀……."

"잠깐. 황녀? 그리토니아의 용사와 황녀가 함께 행동하고 있었다고?"

"예. 두 사람의 분위기로 판단하건데, 상당히 친밀한 관계인 것으로 사료됩니다. 그 부분만큼은 도련님께서도 본받으셨으면 하는 점이었지요."

강대국의 황녀님을 건드리기라도 했다는 거야? 이와하시라는 녀석은 상당히 막 나가는 녀석인가 보군.

그리고 나이는 나하고 비슷하다면서? 이세계로 소환된 용사 중 한 사람이 나이가 가깝다는 사실이 밝혀져서 기쁜 것 같기도 하고, 그렇지 않은 것 같기도 한 복잡한 심정이다.

"그래서?"

나는 용사의 성욕을 본받으라는 소리는 못 들은 걸로 치고 토모에의 보고를 재촉했다.

"……황녀의 정신을 읽은 순간, 「총」이라는 단어를 찾아냈습니다. 뿐만 아니라 화약의 이미지도 있었기 때문에, 그들이 총을 개발하고 있을 가능성이 존재합니다. 다만, 모든 기억을 판독하지는 못 했습니다. 역시 국가 요인이라서 그런지 표층 부분 이외의 정신이나 기억에 방어 기재를 준비하고 있었기 때문이지요."

"총이라고?! 이 세계에서는 완전히 마술보다 뒤떨어지리라는 것은 명확할 텐데, 대체 무슨 목적으로?"

마력을 사용한 방어 수단을 동원하면 총의 위력을 무력화시키는 작업은 간단할 것이다. 그런 총을 이 세계에 보급시킴으로써 얻을 수 있는 이점은, 오히려 국가의 규모가 크면 클수록 줄어들 것 같은 느낌이 드는데?

그런데 그 총을, 휴만 국가들 중에서도 상당히 강력한 세력권을 자랑하는 강대국 그리토니아가 일부러 개발한다고? 대체 목적이 뭐지? 전쟁을 쓸데없이 확산시킬 뿐이잖아?

그리토니아가 총을 개발하려는 이유는 알 수가 없다. 총은 마족과의 전쟁에 완전히 무력한 무기나 다름없다. 사용방식에 따라 상황이 바뀔 수도 있겠지만, 현재로서도 휴만 군대는 레벨을 올려서 강력한 공격만 날리면 만사형통이라는 단순한 사고방식에서 벗어나지 못 하고 있다. 그런데 그런 휴만들이 전술 부문에서 몇 세대 정도는 앞서 나간 마족을 상대로 총을 유효하게 사용할 수 있으리라는 생각은 들지 않았다.

하지만 그다지 반가운 소식이 아니라는 사실은 확실했다. 아무리 멍청하다고 해도 군사 강대국의 황녀가 개발을 추진하고 있는 이상, 특별한 목적이 있다는 것은 틀림없다. 총의 개발 목적이 평화를 위한 것이 아니라는 것도 분명했다.

휴만끼리 분쟁이 벌어질 경우에 사용될 가능성도 있다. 만약 그리토니아가 소형 총의 개발에 성공하기라도 한다면, 암살을 목적으로 한 암기로서 실용성이 있나? 위장을 통해 무기로 인식되지 않을지도 몰라.

그리토니아의 용사, 이와하시라고 했나? 무슨 생각으로 총 같은 무기를 이 세계의 휴만들에게 가르쳐준 거지?

토모에는 내 질문을 듣고 잠시 동안 입을 다물고 있다가, 천천히 입을 열었다.

"……거기까지는 모르겠군요. 솔직히 말씀드리자면, 상당히 불쾌한 패거리였습니다. 기억을 확인하기도 전에, 도련님께 고하지 않고 몰래 죽여 버릴까 고민했을 정도지요. 우선 도련님의 판단을 받든 후에 처리해도 늦지 않으리라는 생각이 들어서 일단 참기는 했습니다만."

"그럼 싸우지는 않은 거지? 미안하지만, 한번 만나보고 나서 대처를 결정할 테니 그때까지는 보류해줄래?"

이와하시 토모키라? 제국의 동향까지 포함해서, 조금 신경 쓰이는군.

총의 개발 계획은, 가능하면 세상에 본격적으로 모습을 드러내기 전에 끝장내고 싶다. 자신의 세계에서 도래한 무기의 지식 때문에 이 세계에서 대량 학살이 벌어질지도 모른다니, 오싹한 얘기였다.

물론 상대가 강대국인 만큼 향후의 처신을 고려해서 작전을 준비해야 할 것이다. 그리고 애초에 총을 개발하려는 이유를 제대로 파악하질 않으면 비슷한 개발 계획이 연속해서 시작될 가능성도 부정할 수 없다.

이거야 참, 귀찮은 일이 벌어질 것 같은 예감이 드는군.

"명을 받들겠습니다. 그리고 여신의 힘이나 드래곤 슬레이어에 관한 정보 말입니다만, 거의 수집할 수 없었습니다. 일단 그 주변을 빠짐없이 수색했습니다만."

"그래? 수고했어. ……나에 관한 정보는 어땠지?"

정작 가장 중요한 쪽은 그다지 수확이 없었던 모양이다. 나는 만일을 위해서 토모에에게 나 자신에 관해서 질문했다.

그날, 나는 마족과 휴만 양쪽으로부터 목격 당했다. 리미아 국내의 정세를 알아두고 싶었다.

"……도련님에 관해서는, 전혀 정보가 확산된 바가 없었습니다. 듣자 하니, 그 직후에 대활약한 존재가 있었던 모양입니다. 거의 그쪽 소문으로 다른 모든 일들이 묻히고 있었지요."

토모에는 잠시 동안 까다롭다는 듯한 표정으로 생각에 잠겨 있다가, 내용을 정리하고 다음 내용을 언급하기 시작했다.

"대, 대활약? 대체 무슨 일이 있던 거지?"

나에 관한 정보가 묻혔다면 고마운 얘기였지만, 뒤숭숭한 정보이기도 했다.

“정확한 이미지는 생존자들로부터도 파악할 수 없었습니다만, 전쟁터에 호수를 만들 정도의 흉악한 일격을 날려 전투를 강제로 끝내버린 존재가 난입했던 모양입니다.”

“호수를 만들었다고?”

“예, 주변의 여러 강들을 휩쓴 끝에 드넓은 호수가 탄생했더군요.”

“그 괴물은 또 뭐야?! 소피아보다도 최악이잖아. 사실은 여신의 소행이었던 거 아니야?”

“풉!”

왜 웃음이 터진 건데?

“토모에?”

“아니, 실례했습니다. 그 존재 말씀입니다만, 외모에 관해서도 다양한 억측이 난무하고 있는 관계로 수수께끼에 휩싸여 있습니다. 그저, **마인(魔人)**이라고 불리고 있다는 사실만을 파악할 수 있었습니다.”

난 거기서 소피아나 랜서와 함께 난리법석을 떨고 있었기 때문에 휴만과 마족 양쪽에서 내 얼굴을 목격한 이들은 적지 않을 것이다. 그런 내 존재감이 흐려질 정도로 무지막지한 녀석이 그 전쟁터에 있었단 말이야?

……나, 정말 용케도 살아남았구나.

“마인이라. 설마 그런 터무니없는 괴물까지 그 전쟁터에 있었다니. 이거야 지금보다 더욱 실력을 쌓지 않으면 위험하겠어. 시키, 너도 바쁜 건 알지만 수련을 게을리 하지 말라고?”

"아, 예! 물론입니다, 도련님!"

뭐지? 왜 또 괜히 어려워하는 거야? 깜짝쇼는 아까 전에 끝났으니까 태연하게 서 있으면 되는 거 아니냐?

"그런 고로 마인 덕분에 현재 조사가 난항을 겪고 있습니다. 그러다 보니 여신의 힘을 봉인했다는 장치에 관해선 현재, 어찌할 도리가 없는 상태입니다. 다만, 염화에 관해서 유익한 정보를 발견했기 때문에 내일 이후로 다시 출타해서 조사해볼 계획입니다."

"유익한 정보?"

"마족으로부터 획득한 정보입니다. 소문에 따르면, 마족들이 획기적인 개념을 개발했다고 합니다. 비밀 통신 등에 이용하는 특수한 염화가 존재한다더군요. 도련님께서 원하시는 염화의 개량에 괜찮은 실마리가 될 것으로 사료됩니다. 출장지에서 얻은 수확은 대충 이 정도군요."

"헤에, 틀림없이 신경 쓰이는 얘기네. 특수한 염화라고? 아니 잠깐, 토모에? 대충 이 정도라고 끝낼 게 아니라 밀정하고 라임이라든가 츠이게나 렘브란트 가문의 따님들에 관해선 어떻게 된 거지?!"

"아, 그쪽 말입니까? 밀정에 관해선, 꼭 츠이게뿐만 아니라 휴만의 내정을 알기 위해서는 휴만을 부리는 편이 편하니까요. 라임의 경우엔 성장할 가망이 보여 제1호로 삼았을 뿐입니다. 최근에 도련님께서 명하셨던 렘브란트의 딸 두 사람에 대한 정보는, 그 둘이 거리에 나타나지 않는 관계로 대단한 정보는 입수할 수 없었습니다. 오랫동안 와병 중이었기 때문에 정보 그 자체가 많지 않았고, 간단하게 그 부모로부터 정보를 입수할 수 있지 않을까 싶어 직접 만나봤습니다만 딸 자랑을 늘어놓을 뿐이었습니다. 기억을 엿보려고 해도 어처구니가 없을 정도로 미화된 기억들뿐이더군요. 하이고, 정말 눈 뜨고 봐주기 어려웠습니다. 따라서 도련님께서 들으신 정보의 진위 여부는 모르겠습니다. 어차피 머지않아 직접 만나실 터. 그때 판단하셔도 늦지 않습니다. 기껏 휴만 계집 두 명 정도야 별반 문제 삼을 것까지는 없지 않을까요?"

병 때문에 외출을 못 해서 정보가 없다는 말인가? 좀 더 상세히 확인해 보려고 해도, 토모에는 렘브란트 자매의 악평조차 들은 바가 없다고 한다.

부모님 곁에 있을 때는 본색을 숨기고 있는 건지도 몰라.

"학원에서 위염을 호소할 정도로 만만치 않은 문제이기는 하단 말이지. 그리고 휴만의 내정을 알기 위해서 휴만을 부린다고? 그야 정말 지당하신 말씀. 사실 라임이 합류한 이후로 학원 도시의 정보가 정말 빠르게 모여들더군. 정말로 큰 도움이 되고 있어. 고맙다, 토모에."

"……지금, 미오 녀석의 심정을 약간 알 것 같은 느낌이 들었습니다. 과분하신 말씀, 정말 황송할 따름입니다. 라임은 이 몸이 책임지고 단련시킨 녀석이니까요. 요즘은 몬드와 대련해도 승률로 앞서고 있지요. 마음껏 부려먹으시면 됩니다."

감사하는 마음에 거짓은 없다. 토모에는 내 의도를 예기치 못한 방향으로 곡해하는 경우도 많았지만, 실질적으로 가장 든든한 일꾼이기도 했다.

토모에는 미오의 심정을 알겠다면서 기쁜 듯이 눈을 가늘게 뜨고 입 꼬리를 올린 채로 미소를 짓고 있었다. 그녀의 미소는 평소 보이는 모습과의 갭 때문인지 한층 더 흐뭇하게 느껴졌다.

그리고 그리운 이름을 들었다. 바로 몬드다.

숲 도깨비 종족의 병력을 지휘하던 근육 사부의 이름이다.

그 사람과 만난 지도 시간이 꽤 흘렀는데, 아마 분위기가 상당히 바뀌지 않았을까 싶다. 아쿠아와 에리스조차 휴만을 상대로 접객할 수 있을 정도의 레벨까지 성장했으니까 말이다. 그건 그렇고, 라임은 숲 도깨비 최강 전사에게 필적할 정도로 강해졌단 말이야? 거기까지는 나도 몰랐다.

"음, 그럼 이번엔 우리가 보고할 차롄가?"

"아니, 사실은 그 전에 말씀드릴 일이 하나 더 있습니다. 아공에 관한 중요한 보고사항이지요. 그리고 그쪽의 중요한 보고사항은 거의 다 시키로부터 전해 들었습니다. ……듣자 하니, 요즘 상당히 인기가 많으신 모양이군요?"

토모에가 방금 전까지 짓고 있던 흐뭇한 미소가 아니라, 히죽대는 듯한 썩은 미소를 지어 보였다.

"그건 중요한 게 아니라 제일 소용없는 보고잖아? 이미 들었다면 괜찮겠지. 그럼 아공에 관한 중요한 보고를 들어볼까?"

시키 녀석은 이번 깜짝쇼를 계획하느라 꽤 자주 토모에하고 만난 모양이다. 나하고 비교도 안 될 정도로 바쁜 것처럼 보였는데, 대체 이 녀석은 언제 잠을 자는 거야?

……밤늦은 시각까지 독서를 하는 모습도 본 적 있으니, 혹시 밤을 꼬박 새는 날도 꽤 있는 거 아냐?

"예, 아공에서 일어나던 불규칙한 기후 변화의 원인을 알아냈습니다. 대처도 아마 곧장 착수 가능할 것 같습니다."

"……!"

드디어!

아공이 출범했을 당시부터 안고 있던 문제 가운데 하나였던 이상 기후의 원인을 드디어 밝혀냈다고 한다. 때로는 여름이 됐다가 겨울이 되기도 하고, 건조하다가 습해지기도 하는 분주한 기후가 드디어 안정되는 건가!

아무리 더위나 추위에 내성이 있는 초인 스펙이라고 해도 잇따라서 날씨가 변하는 건 불쾌했다. 그리고 주민들 중에서도 어린이나 노인들이 컨디션을 망치는 경우도 많았다. 그야말로 최우선적으로 해결하고 싶은 문제였다.

"기후 변화의 원인은……."

토모에의 보고가 계속됐다.

"나?!"

나는 토모에의 보고를 듣고 무심코 고함을 질렀다.

내 목소리가 방 안에 낭랑하게 울려 퍼졌다. 이미 잠든 이들을 깨우기도 미안하다. 나는 입을 막은 채로 토모에에게 다음 내용을 재촉했다.

"정확히 말씀드리자면, 도련님께서 계시는 장소나 안개의 문을 통과하신 장소가 아공의 기후에 영향을 끼치고 있는 것으로 추측됩니다."

"그럴 수가……. 도련님께서 이 세계의 기후를 결정하고 계셨다니. 하지만 그 말씀대로라면, 하루 동안 기후나 온도가 급격히 변하는 경우도 생길 수 있다는 겁니까?"

시키가 물었다.

"음, 그 정도로 급격한 케이스는 드물다. 아무래도 하루 중에 정해진 시간이 있고, 그 시점에 도련님께서 마지막으로 문을 사용하신 장소에 따라 대략적인 기후가 결정되는 것 같다."

"그렇다면 낮에 츠이게에서 머무시다가 밤에 학원으로 이동하실 경우엔……."

"아직 정확한 원리는 알 수가 없다. 좀 더 확실한 정보는 도련님께서 시간을 내주셔서 실제로 시험해봐야 파악 가능할 터. 실제로 도련님께서 현재 계신 장소가 원인인지, 문을 개방하신 장소가 문제인지도 결론이 나지 않았다. 이 몸이 그 원인을 안개의 문이라고 추측하는 이유도 아직 확고한 근거는 없다."

"……흠, 정말 중대사로군요. 당분간 학원 도시 쪽은 제가 중심적인 역할을 수행하면서 일을 수습하겠습니다. 강의 시간을 제외한 나머지 시간 동안, 도련님께서 토모에 님 쪽으로 이동하실 수 있도록 일정을 조정하겠습니다."

토모에와 시키가 여러 가지 상담을 시작한 모양이다.

내 경우엔, 토모에가 언급한 사실에 너무 놀라서 정상적인 의견이 전혀 나오지 않았다. 완전히 머릿속이 새하얘진 느낌이야. 그럴 수밖에 없는 게, 겨우 나 한 사람이 세계를 돌아다닌다고 기후까지 변한다고? 날씨라는 건 원래 위도나 경도나 풍속이나 조류나

자전이나 공전 같은 온갖 다양한 요소가 뒤얽힌 결과로 인해 정해지는 건데…….

아공의 기후가, 내 위치나 그에 준하는 요소로 인해 결정된다고?

마, 맘 편하게 여행도 할 수 없다는 뜻이잖아?

그 가설이 사실이라면, 최근의 이 빌어먹게 불쾌한 무더위는 학원 도시의 위치가 문제라는 건가? 아니, 위치가 문제가 아니라 그 장소에 내가 있다는 게 문제겠지만 말이야.

"당장 시도해볼 수 있는 대책 말인데, 안개의 문을 어딘가 날씨가 좋아지는 장소에 고정해서 그 이후에 문을 사용하지 않으면 되지 않나?"

나는 간신히 떠올린 아이디어를 입에 담았다. 안개의 문을 사용할 수 없다는 것은 상당히 큰 타격이지만, 어쩔 수 없는 노릇이다.

그리고 최악의 경우, 토모에에게 안개의 문을 개방하는 역할을 맡겨서 상회의 물자를…… 아니, 그럴 수도 없다. 이 녀석은 조사를 추진하고 있는 도중이다. 그쪽은 염화의 개량에 관계가 있기 때문에 중단시키고 싶지 않다.

"아닙니다. 도련님께서도 안개의 문을 사용하지 못 하시면 불편하실 테니까요. 추가로 조건을 좁혀 나가면서 원인을 제대로 파악한 후에 대처를 고려해야 합니다. 이미 몇 가지 방법을 고안해 놓았으니 문제없습니다."

토모에는 내 제안을 그 자리에서 즉시 기각했다.

"토모에 님의 말씀이 옳습니다. 다행히 오늘날까지 안개의 문을 사용하면서 외부로부터의 간섭을 받은 적도 없고, 사용을 중단할 경우엔 재료 조달에 큰 지장이 생길 것으로 예상됩니다. 그렇다고 해서 토모에 님을 계속 확보하고 계시는 것도 효율이 떨어질 테니까요."

지당한 의견이다. 시키의 말대로 여신의 간섭은 물론, 그녀에게 신앙을 바치는 신전으로부터 특별한 반응은 없었다. 여신은 아직 안개의 문이나 아공에 관해 모를 공산이 클 것이다.

"원인을 어떻게 파악할 건데?"

구체적인 방법이 궁금했다. 문제가 문제인 만큼, 가능한 한 조속히 해결하고 싶기 때문이다.

"제가 가장 먼저 시험해보고 싶은 방법은, 도련님께서 여러 개의 문을 개방하신 연후에 그 모든 문들을 완전히 소멸시키지 않고 표식을 남겨두실 경우에 일어나는 현상을 관찰하는 겁니다. 어떤 문이 기후에 영향을 끼치는지, 혹은 도련님께서 계신 학원 도시의 기후가 그대로 영향을 끼치는지 확인하는 거지요."

"흠. 만약 그 문들 중 하나가 아공의 기후에 영향을 끼쳐 변화가 발생할 경우, 문의 장소 때문이라는 가설이 유력해지겠군요."

"바로 그거다, 시키. 그리고 시행의 횟수를 늘리면 늘릴수록, 원인을 파악하기도 쉬워질 거다. 일단 도련님께서 츠이게에 계실 때부터 염두에 두고 있던 사항이다. 도련님께서 숙박하시는 도시와 그 시점의 아공 기후까지 기록해 놓고 있었지."

"역시 토모에 님이십니다."

츠이게 시절부터 가설을 확립하고, 그 이론을 증명하기 위한 데이터까지 수집하고 있었다고? 난 그냥 이상한 기후도 다 있네 하고 넋 놓고 있었을 뿐이거든? 시키의 찬사가 내 심정을 대변해주고 있었다.

"그럼 내가 다시 한번 제각각의 도시에 전이로 방문하기만 하면 되는 거야?"

"도련님, 그리 하시면 또다시 여신에게 발각 당할지도 모르는 일입니다. 제가 이미 여러 장소에 문을 개방해 놓았으니, 동행하시면서 그 자리에서 직접 문을 재개방해주시기만 하면 문제없습니다."

"으, 그랬지. 전이는 위험할지도 몰라. 미안, 그럼 부탁해."

"예. 내일 제가 출발할 때 따라오시지요. 그리고 밤이 되면 학원도시로 복귀하신 후에 휴식을 취하셔도 될 겁니다. 모래 아공의 날씨가 보이는 양상이 최초의 시행 결과로 나타나는 셈이지요. 저도 매일 아공에 돌아올 수 있도록 유의하겠습니다."

나는 약간 자기혐오를 느꼈다. 전이 마법진은 위험할지도 모른다는 사실을 알고 있었는데도 불구하고, 생각 없이 지껄이고 말았다.

아마 토모에는 다른 계획과 이 실험을 동시에 진행할 생각인 것 같다. 그녀의 처리능력이나 사고방식은 본받을 만하다.

"상당히 많은 문을 남기게 될 텐데, 경비는 괜찮겠어?"

"도시 순찰을 일시적으로 중단시키고 리자드와 아르케들을 문 주변에 배치하겠습니다. 일단 아공 측에 존재하는 문의 위치도 약간 이동시켜서 판단재료로 삼을 계획입니다. 모험가들은 당분간 아공에 들이지 않을 예정입니다."

"응, 그래. 소문은 충분히 퍼진 상태니까 문제없을 거야. 분석은 나도……."

"분석은 저와 에마, 그리고 몇 명 정도의 전문가를 선출해서 진행하겠습니다. 감히 도련님께 괜한 수고를 끼치지 않고도 얼마든지 해결 가능한 일입니다. 도련님께서 열심히 독서에 시간을 투자해주신 덕분에 아공의 장서들도 상당히 증가했고, 두뇌 노동이 가능한 인원들도 늘어났으니까요."

학원에서 읽었던 책들 말이야? 그것도 벌써 출력 가능한 매체로 변환시켜서 정리했다고? 가히 소름 끼칠 정도로 신속한 업무 속도였다. 과로로 쓰러지지 않을까 걱정되는 레벨이야.

그리고 내가 소용없는 존재가 될 것 같은 막연한 불안감이 느껴졌다. 다들 너무 우수해.

"제가 필요하시면 언제든지 불러주십시오. 개인적인 호기심을 자극하기도 하고, 조금이나마 도움이 되고 싶습니다."

그러고 보니 시키도 풍부한 지식 수준을 자랑하는데다가 연구 같은 부문이 취미였지?

"아니다, 네 녀석은 토양 개량이나 누룩 등의 연구 등에 이미 착수하지 않았나? 일단 그쪽에 전념하도록. 그리고…… 아공의 과일들에 대한 문제도 남아있다."

"음, 그러고 보니 그렇습니다. 그 문제는 결국 소극적인 해결 방법밖에 없었으니까요."

"츠이게 주민들에 한정된 얘기가 아니라, 사실 고객들이 가지고 돌아간 과일의 씨를 심는 것 정도야 얼마든지 예상 가능한 사태였지."

"예. 설마 그 과일들이 그렇게 흉악하게 자라날 줄이야. 그야말로 예상 밖의 사태였습니다."

흉악하게—.

일전에 츠이게의 교외에 아공으로부터 가지고 돌아온 과일의 씨를 심은 자가 있었다. 참고로 사과였다.

아공의 과일은 상당히 비싼 가격으로 거래되고 있었다. 따라서 누군가가 그 과일을 근처에서 재배하려고 시도하는 것은 자연스러운 행동이었다. 토모에의 말마따나 얼마든지 예상 가능한 사태였는데, 당시의 나는 상상조차 하지 않았다.

일단, 자라나기는 자라났다고 한다. 그러나 우리가 실제로 확인한 성장 상태는 고작 몇 센티미터 정도였기 때문에, 그 사과가 그 토지에서 다 자라서 결실을 맺을 수 있을지의 여부는 알 수 없었다.

그런데 싹이 돋아난 상태에서 불과 몇 센티미터 정도밖에 성장하지 않았는데, 그 근방에 흉악한 영향을 초래한 것이다.

우리가 그 사실을 파악한 것은, 모험가 길드를 통해 접수한 조사 의뢰 덕분이었다.

사과를 심은 지역 주변의 토지가 급속하게 수척해지고, 주위의 마력 자체도 희미해지는 이상 사태가 발견된 것이다.

아공의 농작물이나 식물은, 이 세계에서는 주위의 토지로부터 엄청난 영양분과 마력을 흡수함으로써 자라난다고 한다.

현대 사회에서도 땅의 영양분을 급속한 속도로 소비하는 농작물이 존재한다는 얘기는 들은 적이 있었지만, 그 현상의 장난 아닌 버전인 것 같다.

그 사실을 깨달았을 때는, 이미 아공의 과일은 이 세계에도 상당히 확산된 상태였다. 어쩌면 지금도 누군가가 그 씨를 소유하고 있을지도 모른다.

그 이후로 아공의 주민들과 논의를 거쳐 과일의 반출은 자제하도록 방침을 전환했다. 하지만 완전히 금지하지는 않았다. 어쩌면 완전히 금지하는 편이 나을지도 모르겠지만, 나름대로 생각이 있었기 때문에 그렇게 하지 않았다.

식물 자체에 죄는 없으니 사과의 싹은 아공으로 가지고 돌아와 집 앞 뜰에 다시 심었다.

"그 얘기를 듣고 생각이 났네. 시키, 학생들을 대상으로 한 실험의 경과는 어떻지?"

우리는 아공의 농작물에 대해서, 시키가 제시한 가설에 의거한 실험을 학원에서 실시하고 있었다. 일종의 인체 실험이기는 하지만 이미 아공 주민들에게 명확하게 나타나고 있는 효과가 휴만에게는 어떻게 나타나는지 확인하기 위한 테스트였다. 아마 그들의 건강에 악영향은 없을 것이다.

만약 이상한 낌새가 보이기라도 하면, 시키가 즉시 치유할 계획이다.

"……사실은, 현 시점에서 이미 아공 주민들과 거의 마찬가지의 결과가 나오고 있습니다. 기본적인 신체능력에 좌우되는 측면도 있어 보이기 때문에 일단 속행할 예정입니다만, 상당히 흥미로운 결과입니다."

"그래? 건강에 문제는 있어 보여?"

"아닙니다, 오히려 몸에는 좋은 쪽일 겁니다. 더없이 영양소가 풍부한 과일이니까요."

아공의 주민들에게서 확인된 특별한 변화—.

일전에 시키와 토모에가 지적함으로써 조사를 시작했는데, 아무래도 오크나 리자드를 중심으로 신체능력이 향상되고 있는 모양이다.

정밀한 조사를 거쳐, 그 원인은 식생활인 것으로 판명됐다.

개개인에게 나타나는 영향은 제각각이지만, 특히 과일의 섭취로 인해 능력이 조금씩이나마 향상되고 있다는 사실이 밝혀졌다.

다만 전사가 아닌 이에게 육체 강화는 큰 효과가 없었으며, 마력이 강하지 않은 이에게 마력 강화는 효과가 없었다.

적성이 있는 분야에서 가장 효율적인 효과를 거둘 수 있다고 한다.

그 상태를 확인한 시키가, 휴만을 대상으로도 실험을 해보자고 제안했다. 하지만 강화의 한계가 명확하지 않은 휴만 종족이 상대인데다가, 아공 주민들과 동일한 결과가 나오리라는 보장도 없는 실험이었다. 나는 위험할지도 모른다는 예감이 들어서 처음엔 거부했다.

그런데 몇 번 정도 학원에서 강의를 진행하다 보니, 학생들 중에서 강화약에 집착하는 아이들이 나타나기 시작했다. 나는 그런 모습들을 확인하고 일찌감치 결론을 내리기 위해 학생들을 대상으로 넌지시 의식 조사를 실시했다. 그리고 최종적으로 나도 그 인체 실험에 찬성했다.

결과는 지금 시키의 보고에 따르면, 아공 주민들과 거의 마찬가지라고 한다.

말인즉슨, 아공의 과일은 휴만에게도 능력치 상승 아이템으로 작용한다는 뜻이다.

이거야, 앞으로 아공에서 농작물 종류는 반출 안 하는 편이 좋을지도 모르겠는데?

"거의 마찬가지라는 얘기는, 좀 다른 경향이 있단 말이야?"

"예. 휴만종 쪽이 오크나 리자드에 비해 성장 폭이 큰 것 같습니다. 실험 초기부터 섭취하고 있는 진 같은 경우엔 이미 마력치가 30% 정도 향상된 상태입니다. 이 수치면 기초 능력치가 크게 웃도는 아르케종과 거의 비슷한 정도입니다."

"효과가 크다는 건가? 성장의 한계치는 아직 아공 주민들에게서도 나타나지 않는단 말이지. 만약 휴만들에게 이 사실이 알려지면 문제가 생길지도 몰라."

"예, 당분간은 재능이 결실을 맺었다는 식으로 얼버무려야 할 겁니다. 다행히 도련님께서 진행하시는 강의는 여러 가지 의미로 어처구니없는 주장을 관철할 수 있을 만큼 상식을 초월한 내용이니까요."

토모에가 감탄한 표정으로 입을 열었다.

"능력 강화 작용은 휴만도 마찬가지라? 아공의 식물이 지닌 마력을 비축하는 습성은 정말 놀랍군요. 일단 과일들은 일시적으로 반출을 전면 중단하도록 명해놓겠습니다. 이러한 효능을 깨닫고, 거기에 실험을 진행시킬 수 있을 정도의 양을 확보하기 위해서는 상당한 비용이 필요할 것으로 예상됩니다. 아마 이런 짓을 시도하는 자들은 아직 없지 않을까요?"

"그 결과가 확실하다면, 재산을 노린 청혼에다가 화제의 강의라고 소문이 나서 점점 더 많은 학생들이 몰려든다는 말인가? 하하하, 밝은 미래가 기다리고 있구나.”

학원 도시에서도 앞으로 행사가 늘어나는 시즌이 다가오고 있었다.

앞으로 점점 더 바빠질지도 모르겠네.

4

토모에가 어젯밤에 제안한 아공의 기후에 대한 테스트를 마치고, 나는 시키와 에마를 데리고 아공을 순시하고 있었다.

각 부문에서 진행하고 있는 작업의 리더 격인 사람들이 몰려와서 농사일이나 건축, 새롭게 발견된 사물 등에 관해 제각각 보고했다.

내가 도시의 확장 상황에 관해 질문하자, 필요한 시설들은 거의 다 완성된 상태였다. 지금은 용도에 따라 구획을 나누면서 지역을 정돈하는 과정을 추진하는 도중이라고 한다. 일단 도시가 완성된 후의 구획 정리는 어려울 테니, 사전에 끝내자는 의도일까? 주민들의 수에 비해, 건설된 도시의 규모가 좌우지간 엄청나게 크다. 구획 정리 작업은 그야말로 자유자재일 거야. 이건 혹시, 주민들을 늘리라는 무언의 압박인가?

내가 모험가를 초대하기 위한 미니어처 버전의 도시를 건설해달라는 엉뚱한 건설 계획을 도중에 우겨 넣었는데도 불구하고, 벌써 그 단계보다 몇 걸음이나 앞선 부분까지 착수한 상태일 줄이야.

정말 대단하다. 이것 좀 해줄래? 벌써 끝났습니다. 대충 그런 템포로 업무 보고가 가능하다는 건 굉장히 이상적인 환경이다.

농업 분야는 시키가 합류한 이후로 토양에 여러 가지 가공이 가능해진 덕분에 효율이 현격하게 상승했다고 한다.

내가 농업 분야 쪽에 제안할 수 있는 아이디어라고 해봐야 간단한 논의 조성 방법이나 다모작(多毛作) 같은 교과서나 사회 견학의 영역을 벗어나지 않는 기초적인 상식 정도였다.

뿐만 아니라 아예 잘못 알고 있는 지식도 존재할 것이다. 전문가가 아니니까 어떤 방식이 유용한 지도 알 리가 없다.

그러니까 명확하게 시키 쪽이 나보다 아공에 크게 공헌하고 있다는 생각이 들어.

물론 밭일에 종사하는 오크들은 나보다 훨씬 오랫동안 농사를 해왔기 때문에 경험을 통해 이미 알고 있는 경우도 많았다. 같은 장소에서 동일한 농작물을 연속으로 재배하면 품질이 떨어진다고 한다. 연작 장해(連作障害)라고 했나?

애초에 그들은 얼마 전까지만 해도 상상을 초월하는 불모의 대지에서도 죽을힘을 다 해서 농사일에 종사하시던 분들이다. 기본적으로 나보다 믿음직스러운 것은 당연했다.

"그러고 보니, 에마? 시키가 흙을 가공하기 시작한 이후로도 놀리고 있는 밭에 아직 클로버 종류를 심고 있던데?"

예전에 나는 클로버 종류의 풀이 밭의 흙을 비옥하게 만드는 작용이 있다는 사실을 오크들에게 가르쳐준 적이 있다. 나는 로테이션에 따라 그 풀들을 묵히고 있는 밭에 심어보자고 제안했던 것이다.

지금은 근본적인 토질 개량이 가능한 상황이니까 필요 없는 작업일 것이다. 혹시 그렇게 단순한 원리가 아닌 건가? 화분의 경우엔 주사액 한방에 대부분의 문제는 해결이 가능하지만, 원예와 농업은 서로 은근히 다른 구석이 많으니까 괜히 끼어들기도 애매한 상황이다.

"예. 기본적으로 아공의 농작물들은 성장 속도가 대단히 빠르기 때문에, 계절에 따라 심는 수법을 도입하기 어려운 구석도 있답니다. 그래서 경작 횟수에 따라 로테이션을 짜고 있었지요. 시키 님에게 여쭤본 결과, 토질이 개량된 상황에서도 밭을 휴식시키는 의미는 충분히 존재한다는 대답을 들었기 때문에 예전과 다를 바 없이 클로버를 심고 있습니다. 그리고 미관상 아름답다 보니 작업에 참가하고 있는 아이들의 놀이터로 활용할 수도 있어서요, 꼭 없앨 필요까지는 없지 않느냐는 의견이 상당했습니다. 다행히 농작물의 수확량은 현재로서도 충분히 비축 가능한 양을 확보할 수 있으니까요."

놀이터라. 일본에 살던 당시에도 몇 차례밖에 본 적이 없는 광경이지만, 사방에 클로버 같은 작은 꽃들이 핀 광경은 분명 아늑한 느낌을 준다. 그런 실용적이지 않은 이유로 남겨두는 것도 괜찮을지도 몰라.

아, 듣고 보니 그렇군. 계절의 순환이 확실치 않은 상황에서는 다모작의 로테이션 같은 건 그다지 의미가 없는 건가? 역사 교과서 같은 데서 얼핏 본 정도의, 어렴풋한 지식으로 말을 꺼내고 말았다. 지금까지 이 방법이 통했던 것도 성장 속도가 빨라서 겨우 효과가 생겼던 건지도 모른다. 에마도 경작 횟수에 관해 언급했다.

내 기억이 확실하다면, 콩을 심었을 때도 거의 한달 만에 풋콩 정도가 아니라 정상적인 콩의 수확 시기를 맞이했다. 나는 별 생각 없이 온도나 빛의 양을 조절해서 성장을 앞당길 수 있을 지도 모른다고 애매한 소리를 주워 섬겼을 뿐인데, 그야말로 눈 깜짝할 사이에 1개월 남짓만 가지고 농작물을 수확하는 체제를 갖추더란 말이지. 정말 깜짝 놀랐다. 그야말로 토모에의 진면목을 확인한 것 같은 느낌이 들었다.

"그래…… 계절 말이지? 그쪽은 잠시만 기다려줄래? 지금 조사하고 있는 참이거든."

"아, 아니요! 그런 의미로 드린 말씀이 아닙니다!"

이번엔 내가 말실수를 저질렀다. 질책할 생각따윈 전혀 없었는데.

"미안. 지금 얘기는 신경 쓰지 마. ……그건 그렇고 방금 전의 설명을 들어 보니, 수확량이 상당히 늘어난 것 같은데?"

"예, 시키 님이 지시한 조절의 결과로 지금은 평균 2주일 정도의 속도로 수확이 가능한 상태입니다……."

2주일?!

씨를 심고 2주일만 있으면 수확이 가능하다고? 원래 1개월 만에 수확하는 것도 충분히 빠른 속도였다. 그렇다면 아공은 지금 식량이나 토지 문제가 없는 상태란 말인가? 황야로부터 이주를 원하는 종족들의 목소리가 많다는 보고도 들었다. 이제 슬슬 주민들을 늘리는 것도 괜찮을 성 싶다.

나는 변태를, 아니 천재를 보는 시선으로 시키를 쳐다볼 수밖에 없었다.

그는 마치 별 것 아니라는 듯한 표정을 짓고 있었다.

"저는 도련님께서 말씀하셨던 방안을 기초 삼아, 흙 속성의 마술로 가능한 조치를 알기 쉽게 정리한 후에 오크들에게 전달했을 뿐입니다. 이미 현재의 경작 면적만으로도 자급자족하기에는 충분한 상황입니다만, 향후를 고려하여 개량을 계속할 예정입니다. 주로 품종 개량을 중점적으로 연구하고 싶은 참입니다."

그냥 발견된 당시의 야생 품종들조차 이미 식용으로 충분히 적합한 상태니까 굳이 무리할 필요까지는 없을 텐데.

아직 밭으로 조성하지는 않았지만 충분한 평수의 예정 지역이 존재하기 때문에 경작 면적을 늘려서 수요에 대응해도 전혀 문제없는 상황인 것 같다.

"……시키. 의욕적인 것도 좋지만, 잠은 제대로 자는 거지?"

"잠잘 시간도 아깝다고 생각하는 동안에는, 잠을 자지 않더라도 몸에 이상이 발생하지는 않는답니다. 도련님."

"진지한 표정으로 농담 따먹기는 그만 하자……."

시키는 진심으로 하는 소리인지도 모르겠지만, 일단 농담인 걸로 치자. 에마도 쓴웃음을 짓고 있었다.

"아, 저기 말인데요. 도련님, 지금 말씀드렸듯이 밭이나 논에서 시행하고 있는 농사일 쪽에 그다지 큰 문제는 없습니다만……."

"응?"

"사실, 도련님의 의견이 필요한 농작물이 있어서요."

그녀는 그렇게 말하면서 나와 시키를 재촉했다.

뭐지? 새롭게 발견된 식물 중에 무슨 문제라도 생긴 거야?

우리는 눈앞에 펼쳐진 드넓은 밭으로부터 발길을 돌렸다.

작업 중이거나 휴식을 취하고 있던 오크 들이 머리를 깊숙이 숙이며 우리를 배웅했다. 우리는 에마의 뒤를 따라갔다.

우리는 에마의 안내를 받아 도착한 장소에서 여러 그루의 식물들을 목격했다. 아마도 발견된 이후에 뿌리째 뽑아 여기에 옮겨 심었을 것이다.

2미터, 아니 3미터 정도는 되어 보이는 커다란 식물이다. 열대지방을 연상시키는 실루엣인데, 이건 아마…….

내가 그 정체를 파악하기 위해 관찰하고 있으려니, 친숙한 열매가 맺혀 있는 것이 보였다.

음. 그러니까 이건, 그거구나?

그런데 숲 도깨비들이 왜 여기에 있는 거지? 그들은 채집 작업에도 참가하고 있는 걸까? 그리고 이유는 모르겠지만 코모에도 따라왔다. 평소 같으면 내 얼굴을 보자마자 아장아장 걸어올 텐데, 지금은 숲 도깨비들 곁에서 문제의 식물을 바라보고 있었다.

"이건, 바나나잖아? 아공에 바나나까지 존재할 줄이야……."

개인적으로 바나나는 약간만 추워도 자라지 않는, 환경에 민감한 식물이라는 이미지였다. 그런데 아공 같은 어처구니없는 기후의 장소에서도 이 정도로 커다랗게 자라나다니, 어이가 없었다.

실제로 나무에 열려 있는 모습은 나도 처음 본다. 바나나도 의외로 굳센 면모를 지니고 있는지도 모르겠군.

"예. 도련님의 기억에 따르면, 이 열매는 바나나라는 과일이고 따뜻한 장소에서 자란다고 했는데요……."

에마가 곤혹스러운 표정을 짓고 있었다. 자세히 보니 숲 도깨비들과 코모에도 몹시 들뜬 표정이다. 이건 대체 무슨 조화지? 평소에 토모에가 숲 도깨비들을 호되게 다루고 있다는 인상이 남아있어서, 코모에가 그들과 비슷한 상태라는 사실에 위화감을 느꼈다.

"응, 지금의 아공과 같은 고온다습한 장소에서 자란다고 하더라고. 근데?"

"도감을 확인해봤습니다만, 바나나는 속살 부분에 검은 씨를 가지고 있다고 하더군요. 그런데 숲 도깨비 여러분이 발견한 개체에서 그런 씨는 전혀 눈에 띄지 않습니다."

도감이라니 식물도감 같은 건가? 내가 그런 책도 읽었던 적이 있단 말이야?

아, 혹시—.

"응, 혹시 말인데. 원래 씨가 있었다는 얘긴지도 모르겠네."

"씨가 있었다고요? 씨가 없으면 새로운 개체를 기를 수도 없을 텐데, 어떤 방식으로 번식하는 거지요?"

"응? 그게 말이야, 번식에 관해선 잘 모르겠는데 먹는 사람들의 편의에 따라 품종이 개량된 식물도 있거든. 이 바나나는 그런 종류가 아닌가 싶어."

아공은 그냥 자연 상태에서도 맛있는 무, 당근, 토마토 등을 생

산해내는 장소다. 기본적으로 맛있는 농작물들은 품종 개량이 되어있는 모습으로 발견됐다. 사과나 배, 복숭아도 마찬가지다.

그러니까 우리의 편의에 걸맞게 품종 개량을 마친 상태의 농작물이 발견되더라도 이상하지 않은 상황이라고 적당히 생각하고 있었다.

……문제가 생겼다. 바나나를 번식시키는 방법에 대해 대답할 수가 없다.

"틀림없이, 맨손으로 간단하게 껍질을 벗겨서 먹을 수 있을 뿐만 아니라 맛도 대단히 훌륭하더군요. 하지만 도련님의 말씀대로라면, 지금 있는 개체들이 말라죽은 후엔 그대로 절멸할 수밖에 없다는 뜻인가요?"

숲 도깨비가 에마의 말을 듣고 비장한 표정을 지었다. 너희들은 왜 그렇게까지 슬퍼하는 거지? 아, 코모에도 눈물을 글썽이고 있잖아?

"그, 그럴 수는 없습니다!!"

숲 도깨비가 비통한 고함을 내질렀다.

"으, 으윽."

코모에가 드디어 오열하기 시작했다.

다급한 표정으로 그럴 수는 없다고 말해봐야 나더러 어쩌라고.

"……실은, 숲 도깨비 여러분이 이 바나나를 최초로 발견한 장본인인데요. 그, 굉장히 마음에 든 것 같이 보이는지라……."

그들이 가장 좋아하는 과일이기라도 하다는 거야?

내가 확인을 위해 숲 도깨비에게 시선을 돌리자, 그는 고장 난

장난감처럼 머리를 들었다가 숙였다가 마구 흔들고 있었다. 코모에도 마찬가지였다. 토모에와 똑같은 미각을 지니고 있는 게 아닐까 싶기도 했지만 외모부터 어리다 보니 역시 취향이 다른가보다.

“저희들은 이렇게 맛있는 과일을 본 적이 없습니다. 처음으로 이 바나나를 먹었을 때의 그 쾌감! 저 한 송이와 똑같은 가치의 보물 따위는 이 세상에 없습니다!”

숲 도깨비가 소리 높여 역설했다.

“바나나는 꿀맛. 정말 좋아해요. 훈련이 끝난 후엔 이게 최고!”

코모에도 눈동자에 강한 의지를 담은 채로 중얼거렸다.

……그냥 맛있다는 것도 아니고 쾌감이라고? 마약 같은 느낌이 들어서 듣기에 언짢다. 코모에가 이 정도로 자기주장을 내세우는 일도 흔치 않았다. 의외로 내성적인 아이라서 상당히 진기한 광경이었다.

하지만 훈련에 참가할 때는 그 내성적인 성격이 다행히(?) 거꾸로 작용하는 바람에, 말없이 응징을 날리면서 가끔 토모에나 미오보다도 무시무시한 모습을 선보인다고 한다.

“그, 그래?”

“그런 연유로! 저희들도 발견된 나무를 간신히 무사한 상태로 가지고 돌아와서 여러 가지로 조사하고 있습니다만, 씨 비슷한 모양조차 발견할 수가 없었습니다. 이, 이대로 가면 저희들은 바나나를 잃게 됩니다!!”

그러니까, 그들이 탐색하고 있던 지역에서 바나나는 그다지 많이 발견되지 않은 모양이군.

금단 증상인가? 숲 도깨비는 그런 단어가 자연스럽게 떠오를 정도로 온몸에 경련을 일으키면서 부근에 심어 놓은 바나나 나무에 매달렸다. 얼핏 보기엔 개그였지만, 그다지 웃기지는 않았다. 표정이 더할 나위 없이 진지한데다가 당장 울음이라도 터뜨릴 것 같다. 그 얼마 되지도 않는 바나나를, 코모에가 훈련을 끝낼 때마다 순조롭게 소비하고 있단 말이지? 숲 도깨비들의 입장에서 보자면 2중의 공포일지도 모르겠다.

"아, 기억났다. 아마 바나나는 한 번 열매를 맺은 후엔 말라죽는 걸로……."

"……?! 으, 으아? 아아아아아이아?!"

"……우윽?!"

숲 도깨비가 바야흐로 아무런 의미도 없는 비통한 외침을 내질렀다. 그는 머리를 감싸 안고 한탄하기 시작했다. 남의 말을 가로막으면서까지 통곡할 일인가? 말문이 막힌 듯한 코모에가 좀 귀엽네.

그건 그렇고, 씨를 심는 방법 이외에 번식시키는 방식이라…….

나는 시키에게 시선을 돌렸다.

하지만 그는 고개를 가로저을 뿐이었다. 사실 당연한 반응이다. 그는 어디까지나 흙 속성의 전문가일 뿐이지, 딱히 식물 분야의 전문가는 아니기 때문이다. 흙 속성 마술을 농업에 응용하기 시작한 것도 아공에 합류하고 나서 처음으로 시도하는 방식이라고 했다.

무슨 좋은 방법이 없나?

파인애플의 경우, 잎사귀 옆에서 솟아나는 조그마한 싹을 사용해서 번식시키거나 옮겨 심을 수 있는 것으로 알고 있다. 하지만 바나나도 마찬가지라는 보장은 어디에도 없단 말이지. 참고로 파인애플 쪽은 텔레비전 정보다.

같은 열대 과일이니까, 가능하지 않을까?

음…….

"역시 1년 만에 말라버리는 나무였군요. 사실은 그럴지도 모른다는 의견도 많았습니다."

에마의 표정도 몹시 유감스러워 보였다. 숲 도깨비들 정도는 아니겠지만, 맛이 훌륭하다는 인식은 공통인 모양이다.

무슨 수를 써보고 싶기는 한데.

……파인애플 싹과 마찬가지로 확실한 보장은 없지만, 인공적으로 나무와 나무를 접착시키는 접붙이기도 일단 씨를 사용하지 않는 재배방법으로 고려할 수 있을 것이다. 식물끼리의 친화력 같은 요소도 문제가 될 테니, 반드시 가능하리라는 보장도 없다. 뿐만 아니라 내가 알고 있는 방식이라고 해봐야 그저 몇 종류에 지나지 않는다. 그래도 일단 필요한 기술로서 말을 꺼내볼 가치는 있을 거야.

"응, 저기 말인데? 확실하지는 않거든? 하지만 내가 알고 있는 방법 중에……."

나는 싹을 사용하는 방법과 접붙이기에 관해 에마와 숲 도깨비들에게 설명해줬다.

에마의 경우엔 굳이 고르자면 접붙이기 쪽에 관심을 보였지만 숲 도깨비는 모든 내용을 그야말로 하나도 빠짐없이 경청하고 있었다. 어쩐지 숲 도깨비가 내 얘기를 진지하게 경청하고 있다는 상황이 신선하게 느껴지는군. 코모에도 고개를 열심히 끄덕이고는 있는데, 이 소녀의 경우엔 「글쿠나—」라는 레벨일 것이다.

숲 도깨비는 단 한 마디 말도 빠뜨리지 않겠다는 결의에 찬 표정으로 설명이 끝나자마자 에마에게 접붙이기에 관해서 협력을 요청했다. 뿐만 아니라 그는 바나나를 맨 처음으로 발견한 장소에 이미 싹이 존재할지도 모른다면서 동족에게 연락한 후, 뛰어오르듯이 달려 나갔다. 코모에도 그의 뒤를 따라 내달렸다.

"여기에 처음 왔을 때의 숲 도깨비들과 이미지가 상당히 달라졌는데?"

"토모에 님이나 미오 님, 그리고 코모에 님이 상당히 심혈을 기울여서 단련시키고 있는 모양이니까요. 예, 그야말로 정말……."

"하, 하하하……."

"도련님, 대단히 흥미로운 말씀을 해주셔서 정말로 감사합니다. 접붙이기는 저희들 쪽에서도 여러 가지로 활용이 가능해 보이니 몇 가지 실험에 응용해볼 생각입니다."

"마음대로 해. 그건 그렇고, 파인애플 싹에 관해선 도감에 실려 있지 않았어?"

"예. 도감이라고는 하나, 결국 도련님께서 훑어보신 항목 이외의 부분은 백지 상태니까요. 서책 그 자체가 아니라, 기억으로부터 복원한 기록이니 어쩔 수 없는 일입니다."

그야 기억을 기초로 복원한 내용이니까, 기억하지 못하고 있는 부분이라면 몰라도 본 적이 없는 부분은 공백이라 이거지.

그건 그렇고 설마 숲 도깨비들이 바나나를 좋아할 줄이야…….

아마 바나나는 아공 이외의 장소에 날 리가 없을 텐데, 이 이상 자기네들 약점을 늘려서 뭘 어쩔 생각인데?

훈련 과정에서 토모에에게 바나나를 몰수당해, 울면서 훈련에 참가하는 광경이 벌써부터 눈에 선하다. 어디까지나 불쌍한 그들의 포지션은 변함없었다.

근본적인 해결책이 될 리가 없겠지만 에마한테 나중에 몬드에게 바나나나 갖다 주라고 부탁해놔야겠다.

다음으로 방문한 장소는 드워프의 작업장이었다. 여길 찾아온 건 정말로 오래간만이다.

그들의 전문 분야가 꼭 불을 사용하는 대장간 일만은 아니지만, 여기가 다른 장소보다 덥다는 것은 사실이다. 그러니까 정말 반드시 필요한 용건이 없을 땐 발길이 멀어지고 만다.

요즘은 그냥 보고만 필요할 경우엔, 그들에게 출석을 부탁하는 경우가 많았다.

"도련님 아니십니까? 어젯밤엔 다들 저택을 방문하여 즐거운 시간을 보냈습니다. 감사하기 이를 데 없습니다."

"즐거우셨다면 다행이네요, 장로."

"초대해주실 때마다 새로운 식자재나 요리가 늘어나는 바람에 생각지도 않게 계속해서 발길을 옮기게 되더군요. 어젯밤 음식이 설마 미오 님께서 손수 만든 요리였을 줄이야. 정말 혼비백산할 일이 아닙니까?"

"최근엔 그쪽이 취미라고 하더라고요. 괜찮으시다면 앞으로도 상대해주셨으면 해요. 머지않아, 토모에 녀석도 끼어들어서 술을 시식해달라면서 달려들지도 몰라요. 드워프 분들 경우엔 그쪽이 취향에 맞을지도 모르겠네요."

"오오! 술 말씀이십니까! 그야말로 듣던 중 반가운 말씀입니다! 벌써부터 기대가 되는군요. 그때까지는 기어코 지금 맡고 있는 일들을 일단락 지어야겠어요."

"아하하하, 기대하셔도 좋을 걸요? 그런데 장로, 에마에게 들었는데, 오늘은 무슨 급한 용건이 있다면서요?"

엘드워 종족의 장로는 겉보기에도 나이가 많아 보이는 할아버지다. 드워프라기 보다는 체구가 작은 다른 아인 종족으로 착각할 정도였다.

겉보기와 다름없는 온화하고 마음씨 좋은 할아버지지만, 일단 대장장이 일을 시작하기만 하면 자기 키보다 훨씬 큼지막한 망치를 거뜬히 휘두르니 드워프의 장로가 틀림없다. 다른 그 누구보다도 도구가 묵직하거든.

내 말투는 연장자인 그를 상대할 때는 자연스럽게 정중해지곤 했다. 그냥 편하게 말하려고 해도 이 버릇만큼은 고칠 수가 없었다. 정신 레벨로 각인이 되어 있더군.

"그래서 일부러 작업장을 찾아오셨단 말입니까? 아니, 별 대단한 일이 아니라 미오 님이 반입한 소재에 조금 걸리는 구석이 있어서요. 그건 그렇고, 에마 님? 주문하셨던 도구 말입니다만, 어느 정도 마무리된 상태이니 보고 오시겠습니까?"

장로가 그렇게 말하면서 뭔가 뒤적거리기 시작했다. 에마가 고개를 끄덕이더니 나에게 머리를 숙였다.

"도련님, 잠시 다녀와도 될까요?"

"물론이지."

"그럼 실례합니다."

내가 그녀를 보낸 후에 시선을 장로에게 되돌리자, 그는 그 소재를 책상 위에 올려놓았다. 그 소재는 마물의 잔해였다.

"응?! 이, 이건!"

시키가 반응을 보였다. 왠지 엄청나게 놀란 모양이다.

"이 잔해는 며칠 전에 미오 님의 기모노가 파손됐을 때, 함께 반입하신 물건입니다."

"미오의 기모노가?"

황야의 입구 언저리에서 얼쩡대는 마물 중에 그런 녀석이 있었단 말이야?

미오 녀석의 기모노에 흠집이 생긴 적은, 내 기억이 확실하다면 사이즈 앤트가 백여 마리 둥지에서 솟아났을 때 찔끔 산을 맞고 녹았을 때 정도였는데.

"예, 등 쪽 부분이 갈기갈기 찢어졌습니다. 다행히 미오 님의 몸은 건재했습니다만."

"……?!"

뭐?!

미오 녀석이 등을 당할 정도의 상대라고?! 시키도 상당히 놀란 모양이다. 그야 그렇겠지. 미오는 방심만 안 한다면 탐지 능력은 물론 방어력도 굉장한 수준이거든.

아니, 어라? 건재하다고?

"……예, 상처라고는 전혀 없었습니다. 저희 장인 일동은, 대단한 허탈감을 느꼈지요."

"말하자면, 옷만 당했다는 얘긴가요?"

장로는 내 표정을 보고 내가 가진 궁금증을 곧바로 짐작했다. 그는 두통을 참는 듯한 동작으로 이마에 손가락을 갖다 댄 채 설명하기 시작했다.

"공격을 당한 순간에 곧바로 재생하셨는지, 원래부터 부상 자체를 입지 않았는지까지는 여쭤보지 못 했습니다. 하지만 확실한 것은 미오 님은 무사하셨습니다. 도련님께서 그 일에 관해 들으신 적이 없다하심은, 정말로 아무런 상처도 없었기 때문에 대단치 않은 일로 판단하신 게 아닌가 싶습니다. 그 일이 있은 후로 저희들은 보다 방어구로서의 기능을 강화하고 몸을 제대로 지킬 수 있는 작품을 제작하기 위해 여러 모로 검토하고 있습니다. 그런데 그 과정에서 이 소재에 문제가 있었습니다. 이게 바로 기모노를 파손시킨 실물입니다만."

"굉장히 강력했나요?"

미오 녀석, 아마 대미지가 없었으니 그냥 넘어갔을 것이다. 요리보다 더 중요한 얘기잖아? 거기다 그 녀석은 혹시, 방어구라는 개념에 관해서 제대로 이해하지 못 하고 있는 거 아니야? 미오가 장인 여러분에게 요구 사항을 제대로 전달해서, 정확히 필요한 방어구를 제작할 수 있도록 한 마디 설교가 필요할 것 같다. 옷과 마찬가지의 감각으로 만족하다니 열심히 일한 장인들이 불쌍하잖아? 옷이라는 건 어디까지나 일상복이고 오크 종족이 일부러 토모에와 미오를 위해서 짜 맞춘 특제였다. 그쪽도 물론 나름대로 굉장히 힘든 작업이기야 하지만, 드워프들이 제작하고 있는 쪽은 방어구다. 생명을 지키고 공격을 막아내기 위한 장비니까 그냥 옷하고는 전혀 다르다고.

"아닙니다. 아마 소재 자체는 그저 평균적인 수준에 지나지 않을 겁니다."

평균적인 수준이라. 장로의 관점에서 평균적이라는 얘기는 나름대로 고급스러운 레어 아이템이라는 뜻이다.

"……."

시키가 잠자코 입을 다물고 있었다. 별 일 다 있네. 소재나 병장기 같은 분야에도 관심이 있는 주제에 말이지. 그 지팡이를 받았을 때도 굉장히 좋아했잖아?

"미오 님으로부터 말씀을 전해 듣고, 소재와 기모노를 조사한 결과입니다만…… 적응 능력이 높은 타입의 마물이 성장에 따라 운 좋게 강대해진 케이스라는 의견이 대세였습니다. 하오나, 성장하는 과정의 초기에 바람 속성의 정령을 흡수한 흔적이 있습니다. 그것도 필시 중위 정령 정도의 존재를 잡아먹은 것 같습니다. 원래부터 황야에는 바람 속성의 정령이 아주 적은 개체 수밖에 존재하지 않는 걸로 알고 있습니다. 거기다 중위 정령정도 되는 존재는, 저도 평생 동안 구경해본 적이 없습니다. 일반적인 마물의 전투력을 감안하면 아무리 쇠약한 정령이라고 해도 포식하거나 흡수할 수 있을 리가 없습니다. 어디까지나 개인적인 의견에 지나지 않습니다만, 제3자가 개입한 듯한 작위적인 느낌을 받았습니다.”

“작위적이라고요? 누군가가 의도적으로 그런 마물을 창조했다는 말씀인가요?”

어디선가 정령을 잡아와서 마물에게 먹여 성장시켰다는 건가? 참 뒤숭숭한 얘기였다.

“미오 님이 그 마물과 마주친 장소는 황야의 외곽입니다. 츠이게로부터 뻗은 도로 가운데 하나였다고 합니다. 말하자면, 황야를 가로지르는 산맥을 넘어왔다는 뜻이지요.”

“그렇다면, 미오가 그 녀석을 처리한 덕분에 인명 피해는 적었다는 건가요?”

“아마 그럴 겁니다. 숲 도깨비들이 근방을 탐색했으나, 마족 이 두드러지는 움직임을 보인 기색도 없었습니다. 원인이 확실치 않은 상황이라 불안한 기분을 떨칠 수가 없더군요.”

“맞는 말씀이네요. 우리 뜰 앞에서 무슨 수작질을 벌이고 있을지도 모른다는 건 유쾌한 얘기가 아니니까요. 알겠습니다, 곧바로…….”

알아보지요. 대충 그렇게 말을 이으려고 했던 그 순간—.

시키가 조용히 한쪽 손을 들었다.

“시키 님?”

“왜 그래, 시키?”

“……저, 접니다.”

“뭐가?”

"그 실험을 실행한 장본인은, 다름 아닌 접니다!"

"" "……엥?""

나와 장로의 목소리가 하모니를 일으켰다.

"도련님을 뵙기 전의 일입니다만, 그 숲 도깨비의 몸을 빌리고 있던 당시에 진행시키던 여러 가지 실험 가운데 하나였습니다. 바람의 중위 정령을 몇 마리 정도 잡아와서, 그…… 약화시킨 후에 저항이 불가능한 상태로 만들었지요. 그리고 어떤 마물로 하여금 포식하도록 유도한 적이 있습니다."

"……."

"정령을 흡수함으로써 기존의 정령이 지닌 능력에 도달하거나 그에 가까운 변화가 일어나는 결과를 기대하고 시도한 실험이었습니다만, 고작 그 무기인 낫의 위력을 강화하는 정도에 그친 실패작이었지요……. 흥미를 상실한 나머지 그대로 유기한 채 까맣게 잊고 있었습니다."

버렸다고? 왜 그렇게 위험한 짓을 하는 건데?

"오호, 그 괴물을 창조하신 분은 시키 님이셨군요. 음, 원인을 파악하니 10년 묵은 체증이 해소된 것 같습니다. 이제 미오 님의 방어구 개량에 아무런 근심도 없이 착수할 수 있겠군요."

"면목이 없소, 장로."

"괜찮습니다. 그 소재도 이름 모를 모험가의 무기에 사용했습니다만, 베렌의 수행에 몹시 보탬이 됐습니다. 미오 님께서도 다시금 똑같은 일이 재발할지도 모른다고 일단 마음에 두시기는 하셨던 모양이니, 안심시켜드릴 수도 있고요."

"……?! 설마 미오 님께 고할 생각인가?"

"……음? 아, 그러고 보니 이 사실을 있는 그대로 고하면 시키 님께서 혼이 나실 지도 모르겠군요. 도련님, 이 일을 어떻게 처리하면 좋겠습니까?"

장로가 시키를 걱정하면서 나에게 판단을 촉구했다.

"……시키."

"아, 예."

"……일단, 한 번 혼나고 와. 기모노가 엉망진창으로 망가진 건 사실이니까."

"……?! 아아……."

깜빡이[#9] 시키. 그가 설마 이런 포지션에 서게 될 줄이야.

하지만 그 위치에 정착할 일은 없을 것이다. 적어도 나는 그렇게 생각하니까 힘내, 시키.

나와 장로는 이 세상이 끝나버린 듯한 표정을 짓고 있는 시키를 곁눈질로 바라보면서, 서로 고개를 끄덕였다.

굉장히 오랜만에 롯츠갈드로 돌아온 것 같은 느낌이 들었다. 사실 따지고 보면 불과 며칠 만에 돌아온 셈이다. 토모에의 추측을 기반으로 진행한 기후 변화에 대한 조사 때문에, 최근엔 아공에

#9 깜빡이 하치베(八兵衛) 시대극 미토 고몬의 등장인물인 가공인물. 도적 출신. 싸움보다는 사람들을 구하거나 증인을 데려오는 인물이라는 이미지. 기본적으로 개그 캐릭터의 역할이다.

머무는 시간이 길었다.

천재 사무라이 유사품의 추리는 거의 정확했던 모양이다. 보고 다음날부터 시작한 실험으로 인해 아공의 기후는 지금까지보다 훨씬 자주 변화하는 양상을 보였다.

주민들에게도 사전에 실험에 관해 공표했기 때문에 큰 문제는 일어나지 않았다.

실험의 결과, 아무래도 내가 개방한 마지막 문이 아공의 기후에 영향을 끼치고 있는 것 같다는 사실이 밝혀졌다. 아마 거의 확정이라고 볼 수 있을 것이다.

마지막 문에 관해 좀 더 자세히 말하자면, 토모에와 나 이외에 미오도 사용할 수 있는 표식을 남긴 상태의 문이다. 시키가 이제 슬슬 자신도 사용할 수 있을 것 같은 느낌이 든다고 했다. 믿음직스러운 발언이다.

그러니까, 매번 깔끔하게 소멸시키면서 사용하는 문의 경우엔 영향이 없을 가능성이 높다고 한다.

두 가지 문은 약간 번거로운 영창을 포함시키거나 무영창으로 개방하거나 하는 차이밖에 없기 때문에 그다지 불편하지도 않았다. 학원에 개방하는 문을 표식이 없는 버전으로 바꿨기 때문에, 현재 아공의 기후는 초여름에 가까운 온화한 날씨였다. 비교적 비가 많이 내린다는 게 단점이지만, 리자드 등의 종족은 오히려 그런 날씨가 취향에 가까운 모양이다. 그러나 그들이 정말로 선호하는 쪽은 열대 기후였기 때문에 조금 미안하기도 했다. 혹여 기분 상하지는 않았기를 바란다.

토모에는 다시금 조사를 위해 여행을 떠났다. 그녀는 여러 장소에 포인트를 설치하고 돌아다니면서, 반드시 4계절이 순환하는 장소를 찾아내고야 말겠다며 강한 의욕을 보였다. 아공이 일본과 유사한 4계절을 얻을 날이 가까워진 것 같은 느낌이 든다. 토모에는 나와 달리, 수집한 데이터를 기반으로 삼아 그 결과를 예측할 수 있는 인재였다. 그녀의 두뇌라면 입수한 기후 정보의 패턴을 분석해서 희망하는 기후를 만들어낼 수도 있을 것 같다.

오늘은 학원에서 강의를 하는 날이다. 아공의 여러 가지 문제가 해결된 덕분에 이쪽으로 돌아와도 별 문제는 없었다. 당분간 다시 이쪽 중심의 생활을 시작할 예정이다.

참고로 미오는 기간 한정으로 요리를 배우고 있었다. 지금은 이동 시간조차 아깝다는 듯이 츠이게에 계속 체류하고 있다. 잠을 자고 오는 건지 철야하고 있는지는 모르겠는데, 돌아오지 않는 날도 상당히 많다고 한다. 한번 빠지면 갈 때까지 가는 게 그야말로 미오다운 모습이었다. 대체 무슨 요리를 배우고 있는지는 모르겠지만 굳이 서두르지 않아도 머지않아 선보일 테니 기대될 따름이다.

"라이도우 님, 최근 며칠 동안의 영업은 특별한 문제없이 순조로웠다고 합니다. 종업원들의 성장도 몹시 만족스럽군요."

시키가 휴식 기간 동안의 매상 보고를 확인하면서 만족스러운 표정으로 언급했다. 그도 몇 차례 정도 롯츠갈드에 돌아오기는 했지만 기본적으로 아공에 머물고 있었다. 그런 상황에서도 점포에 별 문제가 없었다는 사실이 기쁜 표정이다. 물론 나도 기쁘다.

"그건 그래. 인원을 교체하더라도 근무하고 있던 사람들에게 신인 교육까지 맡길 수 있다면, 점포 영업도 상당히 편해지겠지. ……
시키. 이건 좀 다른 얘긴데, 렘브란트 씨의 따님들 쪽은 어때?"

"예, 미오 님이 편지를 맡아두고 계셨던 사안 말이군요."

"응. 츠이게를 출발한 날짜로 계산해보자면, 지금쯤 도착했을 거야. 무슨 정보는 없나?"

"특별한 정보는 없는 것 같습니다. 학원에서도 그저 복학이 머지않았다는 정도밖에 알아낼 수 없었습니다. 일단 유력한 자산가의 딸이니까요, 함구령을 내린 상태인지도 모릅니다. 라임도 거리에서 그녀들에 관한 정보는 입수하지 못 했다고 하더군요."

"그래? 일단 복학한 후에 한번 인사하도록 하자. 그러고 보니, 오늘 강의에 필요한 신청서는 이미 제출했다고 했지?"

"예, 이미 허가도 받았습니다. 사전 확인도 끝났으니 크게 문제가 될 일은 없을 겁니다."

시키는 정말 착실하단 말이지. 만약 다음번에 실수를 저지르더라도 너그럽게 넘어가기로 하자. 일전의 마물에 대한 일로 미오한테 약간 구박을 받은 상태이기도 하고.

좋아, 오늘 강의가 끝나면 시간이 비는 학생들도 불러서 고테츠나 한번 갈까? 진도 찌개가 마음에 든 듯하고, 어쩌면 다른 학생들 중에서도 음식 취향이 맞는 애들이 있을지도 몰라. 음식으로 낚으려는 생각이야 전혀 없지만 가끔은 부드러운 모습을 보여줄 필요도 있을 거야.

나는 강의가 시작하기 전에 연락 사항을 확인하기 위해 학원에서 주어진 책상이 있는 방으로 향했다. 임시 강사를 위해 준비된 직원실 같은 장소다. 공간에 여유가 있는 편인지 신청을 하니까 시키의 책상도 준비해주더군.

강의가 잡혀있는 날이나 도서관이 소란스러울 때의 피난소 정도로밖에 사용하지 않기 때문에 그다지 자주 오는 장소는 아니었다.

"어이쿠. 이거야 또……."

무심코 목소리가 새어 나왔다. 책상 위에는 상당한 양의 서류와 편지가 쌓여 있었다. 여유를 가지고 강의 두 시간 전에 미리 왔는데, 이거야 대강 훑어보기도 시간이 모자라겠는데?

"대단한 양이군요. 우선 제가 분별 작업을 시작하겠습니다. 필요한 서류부터 확인하시지요."

[그렇게 하자. 고백 종류는 필요 없으니까, 기본적으로 처분한다고 생각해.]

"알겠습니다."

다행히, 시키의 책상에는 러브레터 몇 통 정도밖에 없었기 때문에 안심하고 맡길 수 있다. ……다만, 저 녀석의 책상에 놓여 있는 편지들은 묘하게 기합이 들어간 겉포장이 많아서 누가 저런 편지를 보내는지 조금 신경 쓰인단 말이지. 나한테 오는 편지들과 비교하면, 근본적으로 진심이 담긴 정도가 다르다.

오호, 줄어든다. 줄어들어.

시키가 무질서하게 쌓여있는 종이의 산을 깔끔한 솜씨로 분류하기 시작했다.

누군가가 감탄하는 목소리가 들려왔다. 아마 오늘 강의가 잡혀있는 다른 강사일 것이다. 후후후, 부럽지? 하지만 시키는 우리

애니까 안 줄 거거든?

아니나 다를까, 곧장 쓰레기통으로 직행하는 편지들도 많았다. 터무니없는 청혼도 이 정도까지 오면 더할 나위 없을 정도의 민폐 행위라는 생각이 든다.

직접 확인해야 할 서류도 몇 장 정도 섞여있었기 때문에, 나도 체크를 시작했다.

어디 보자, 학생들의 수강신청이군. 확인해야 할 대부분의 서류는 거의 이쪽 종류였다.

그러고 보니 사무 쪽 직원한테 들은 적이 있다. 개강하고 나서 어느 정도 시간이 지나면, 수강신청의 접수 여부에 따라 수강생들을 선별할 수 있다고 한다. 인기 강사를 제외한 나머지 교사들의 입장에서는 그다지 의미가 없고, 대부분의 사람들이 전부 OK하다 보니 거의 유명무실한 시스템이었다.

하지만 내 입장에서 보자면 반가운 제도였다. 명확하게 실력이 부족하거나 다른 의도인 것이 뻔한 학생들이 몰려와도 곤혹스러울 뿐이거든. 서류 기입 사항을 확인함으로써 거부할 수 있다니, 이 만큼 간단한 해결 방법도 흔치 않다.

……여학생들이 많다. 전공이나 특기 분야도 나와 전혀 관계없어 보이는 학생들의 서류가 잔뜩 쌓여있다. 이런 식으로 인기가 많은 건 정말로 사양하고 싶네요.

옙, 불합격. 이쪽도 불합격. 얘도 필요 없어. 아, 남학생이다. 아까워라, 조금 더 단련한 후에 찾아오렴. 옆에서 볼 때는 정말 대단한 인기남으로 보일지도 모르겠다. 학생 모집에 애를 먹는 선생님들의 입장에서는 거절 란에 표시를 하고 있는 내 모습이 이상하게 비칠지도 몰라. 하지만 저도 현재 학생 수 5명에 지나지 않는 비인기 강사랍니다.

응? 보조 강사 신청? 이건 뭐지?

내용을 확인해 보니, 나에게 보조 강사로서 강의에 참가해 달라는 취지의 서류인 것 같다. 까맣게 잊고 있었다. 나는 일주일에 두 차례까지 보조 강사로 강의에 참가할 수 있는 자격이 있었지. 이용할 생각이 전혀 없었거든.

강의 내용은 어떤 것들이지?

격투술. 저는 마술사에다가 상인이라고 분류된 강산데요? 새로운 방식의 영업 방해가?

도끼 격투술. 도끼라는 단어에 호기심이 생기기는 하는데, 이하 동문.

회복제약 실기. 시키가 필요하다 이 말이지?

리미아 왕국 역사. 영문을 모르겠다.

멀쩡한 걸 찾아볼 수가 없네.

나는 그것들을 책상 가장자리에 제쳐두고 한숨을 내쉬었다. 뭐, 하나하나 제대로 검토해 본 것도 아니니까 보조 강사에 관한 서류는 일단 가지고 돌아갈까?

응? 또 수강 신청이네. 어디 보자, 이건 또 누구야?

나는 성명 란으로 시선을 옮겼다.

시프 렘브란트와 유노 렘브란트 두 사람이다.

……렘브란트 씨의 따님 분들이 확실하다. 벌써 복학했구나? 소

문이라는 건 역시 신빙성이 그다지 높지 않은 모양이다.

아니, 자세히 보니까 아니다. 수강 신청 날짜를 확인해 보니, 두 사람 다 오늘부터 복학할 예정이다. 복학하고 나서 처음 받는 수업으로 내 강의를 선택한 것이다. 그럼 오늘은 수업 난이도를 약간 낮춰볼까? 모르긴 몰라도 재활 과정 같은 게 필요할 테니까.

하지만 이번 수업은 사전에 기존 학생들에게 예고했던 특별 강의였다. 이 강의를 위해 사전에 신청했던 필드 이용 서류도 이미 통과된 상태란 말이지……. 수강을 신청한 다른 학생들 중에서 필요한 능력치를 만족시킨 것으로 보이는 학생은 1명이다. 차라리 그 학생과 렘브란트 자매는 따로 떼어놓고 내가 직접 가르치면 문제없나?

신청서에 기재된 수치에 따르면, 렘브란트 자매의 능력은 학생들 중에서도 상당히 높은 편이었다. 진의 말마따나 우수한 학생들이다. 문제는 그 능력을 지금도 유지하고 있는지의 여부였다. 나는 두 사람이 한 때 정말로 위독한 상태였다는 사실을 알고 있다.

언니인 시프는 나보다 나이가 많았다. 그녀는 19세다. 전형적인 마술사라는 인상을 받았다. 특기 속성은 흙과 불이다. 호오, 속성을 두 가지 적는 학생은 사실 꽤 흔치 않단 말이지. 거기다, 흙 속성 쪽은 정령의 가호까지 갖추고 있다. 시키가 가르쳐줄 사항이 많을지도 모르겠다.

동생은 15세였다. 오오! 얘는 활을 쓰는 구나? 그리고 창까지 다룬다고? 활과 창이라니, 이쪽도 상당히 흔치않은 조합이다. 설마 사전에 나와 시키에 관해 조사를 마치고 허위로 작성한 건 아니겠지? 마술은 초보 레벨에다가, 사용하는 술법은 주로 강화 계열이라고 한다.

나는 렘브란트 씨에게 상당히 신세를 진데다가 두 사람 다 능력적인 측면에서 일단 문제가 없어 보이니 수강을 허락할 생각이다. 하지만 나나 시키를 의식해서 허위 사실을 적은 게 아닌가 싶어서 신경 쓰였다. 언니 쪽은 흙 속성의 정령으로부터 가호를 받았다고 적혀 있는데 아무리 허위를 작성하려고 해도 이렇게 대담하게 나올리는 없단 말이지. 하지만 동생 쪽이 능숙하게 다루는 무기가 활과 창이라는 건, 솔직히 말해서 적잖이 의심이 간다. 학원에서 강의를 시작한 이후로 활 시범은 한 번도 선보인 적이 없기 때문에, 아마 부친으로부터 입수한 정보일지도…….

참고로 아까 언급했던 또 한 사람의 학생도 여학생이다. 취향으로 고른 게 아니야. 현재 내 강의는 남학생 네 사람과 여학생 한 사람이라는 인원으로 진행하고 있다. 홍일점인 아베리아가 여학생을 늘려달라며 투덜대고 있고(그런 주제에 정말로 여학생이 합류하면 시키에게 추파를 못 던지도록 견제한단 말이지), 딱 반반씩이라는 밸런스가 알맞지 않을까 싶었을 뿐이다. 서류에 기재된 정보가 정확하다면, 새로운 여학생도 내 강의를 지망하는 동기가 확실한데다가 능력도 상당히 높은 편이다. 그리토니아 제국 부근의 약소국 출신으로 전입 온지 얼마 되지 않았다고 한다. 여러 가지 강의를 시범적으로 받아보고 있는 기간인 것 같다. 개인적인 목적이나 성격에 적합하지 않아서 강의를 계속 받지는 않을 가능성도 있지만, 장학생인 만큼 향상심만은 갖추고 있을 것임이 분명하다.

나는 시키에게 부탁해서 그녀들의 수강 신청을 허가한다는 취지의 서류를 사무실로 전달하게 했다. 하지만 지금 수강 신청을 접수하더라도, 그녀들의 경우엔 오늘 수업에 참가하기는 힘들지도 모르겠다.

"라이도우 선생님, 잠시 시간 괜찮으신가요?"

시키가 사무실로 떠나고 나서 즉시, 자리에서 일어선 강사 가운데 한 사람이 나에게 말을 걸었다. 별 일 다 있네.

[무슨 용무라도?]

"실은, 라이도우 선생님의 점포에서 취급하고 계신 상처 약 말씀입니다만."

[예, 틀림없이 상처 약을 취급하고 있지요.]

"곧 다가오는 여름방학을 사이에 두고 학원제가 시작될 때까지의 기간 동안, 제 강의에서도 위험한 실기가 늘어나서 말입니다. 가능하시다면 10개 정도 변통해주실 수 없을까요?"

아, 알아들었다. 학원제가 다가오면 위험하다는 논리는 잘 모르겠지만, 매일 점포를 왕래하면서 10개를 비축하기보다는 나에게 직접 부탁해서 한꺼번에 입수하고 싶다는 얘기야. 지금은 판매개수를 제한하고 있는데다가, 기본적으로 상처 약을 비롯한 약품 종류는 일반인들의 경우엔 그다지 빈번하게 구입하는 제품도 아니란 말이지. 대량으로 구입하려고 너무 자주 왕래하는 손님들의 경우, 라임이나 숲 도깨비 콤비가 대처하고 있다. 하지만 학생들의 부상을 회복시키는 의도라면 나도 당연히 환영하고말고.

[아, 그러셨군요. 알겠습니다. 강의를 위해 구비하실 생각이라

면 기꺼이 준비해 드려야지요. 내일이라도 점포를 방문해주세요.]

"정말 감사합니다!! 아아, 다행이다. 쿠즈노하 상회의 평판이 널리 퍼져서, 저도 시험 삼아 사용해본 적이 있습니다. 그런데 정말 효능이 대단하더군요. 가능하면 일종의 보험으로 준비해두고 싶은 참이었습니다만, 인기가 너무 많다 보니 필요한 양을 갖추기가 어려워서……."

[그다지 많은 양을 준비하지 못 해서, 늘 고객 여러분께 폐를 끼치고 있습니다.]

판매개수를 제한한 덕분에, 되팔이나 사재기를 방지할 수 있었다. 하지만 사정상 많은 양이 필요한 고객들의 경우엔, 역시 불편할 것이다. 치료소 가운데 몇 군데에서도 상비 약품으로 갖추고 싶다는 요청을 받은 바 있다. 일단 지금은 검토 중이라는 명분으로 얼버무리고 있지만, 만약 학원에서 상비하고 싶다는 소리가 나오면 대처가 곤란할 것이다. 그런 상황이 찾아올 경우, 사실은 지금까지도 얼마든지 제작이 가능하지 않았냐는 반발에 직면할 수도 있다. 하지만 만약 그런 얘기가 나온다면 상당히 대규모의 거래로 확대될 공산이 크다. 그러면 아마 나한테 그 얘기가 오기도 전에, 이권에 연루된 누군가가 방해 공작을 펼칠 테니 걱정할 필요는 없지 않을까.

"아닙니다! 그 정도 효과라면 판매 제한도 당연한 조치지요. 가격도 명확하게 저렴합니다. 사실 수업에서 그 상처 약을 사용할 만한 사태는 그다지 쉽게 일어나지 않으니까요, 10개 정도만 변통해주셔도 학원제까지 충분하고도 남을 겁니다."

[괜찮은 효과를 유지할 수 있는 기간은 3개월 정도이니 주의해 주세요. 다른 물품들도 양심적인 가격으로 판매하고 있으니, 점포 쪽도 재이용 부탁드립니다.]

"알겠습니다, 반드시!"

강사는 나에게 말을 걸었을 때만 해도 비교적 굳은 표정이었지만 상당히 밝은 표정으로 변해서 자리로 돌아갔다. 상처 약을 10개나 보험으로 준비하고 싶다니, 저 사람은 상당히 인기가 많은 강사일지도 모르겠다.

일단, 라임에게 부탁해서 그가 정말로 방금 설명했던 용도에 맞게 약을 사용하는지 확인해볼까? 설마 새로운 수법의 되팔이는 아니겠지? 좋아. 방금 전엔 반사적으로 내일이라고 말했지만, 앞으로 이런 일이 생기면 며칠 정도 여유 있는 날짜를 가르쳐주고 그동안 신원을 확인하는 식으로 해야겠다.

시키가 돌아왔다. 시간도 딱 제 시간이야.

그럼 강의하러 가자.

제대로? 8명이 출석했더군요.

아니, 사실은 기존의 5명조차 남아있을지도 그다지 자신이 없었다.

다음엔 재미있는 걸 하지, 하고 지난 주 예고했거든.

방금 전에 수강 신청을 허가했던 추가 인원 세 사람까지 합류했다는 사실은, 사무 부문의 처리 능력과 전달 시스템이 변태적인 수준이라는 얘기겠지. 학생의 레벨은 차치하고서라도 롯츠갈드의 시스템 쪽은 정말 엄청난 것 같다. ……어쩌면 학생들의 레벨이 문제가 아니라 휴만들 중 대부분이 별 볼 일 없을지도 모른다. 실은 그런 무지막지한 예상도 살짝 한 적이 있었지만요.

소피아 같은 괴물도 있으니, 모르긴 몰라도 상위권은 굉장할 것이다. 하지만 어쩌면 중간 레벨 이하는 그럴 수도 있다는 얘기야.

[오늘부터 수강생이 세 사람 늘어났다.]

나는 말풍선에 간결한 문장을 표시하고 세 사람에게 시선을 옮겼다. 지금은 학생 8명이 나와 시키를 앞에 두고 서로 마주 보는 형국이었지만, 가벼운 손짓으로 세 사람을 불러냈다. 렘브란트 자매는 서로 얼굴 생김새가 굉장히 비슷했다. 역시 피는 속일 수 없다는 건가? 하지만 헤어스타일과 분위기가 명확히 다르다보니, 인상 자체는 비슷하지 않았다. 잠깐 시선이 마주친 순간, 두 사람이 반갑다는 듯이 미소를 지어 보였다. 하지만 그 반응도 순간적이었다. 곧바로 진지한 표정을 짓고 다섯 명의 학생들과 대면했다. ……그렇게 성질 더러운 애들로 보이지는 않는데? 어디까지나 학생의 본분을 지키고 있는 태도였다.

하지만 진이나 아베리아 쪽은 자매의 태도가 예상 밖이라는 듯이 의아한 표정을 짓고 있었다. 잠자코 서 있을 뿐인데도 주목당하다니, 대체 렘브란트 자매의 악명이라는 건 어느 정도였던 거야?

[세 사람은 각자, 자기소개를 시작하도록.]

순서는 우선 자매부터 시작해서, 나머지 한 사람이 마지막이다. 그 이후에 기존의 다섯 사람도 그녀들을 상대로 자기소개를 해야겠지.

"처음 뵙겠습니다, 시프 렘브란트입니다. 오늘부터 복학입니다만, 예전부터 저희를 알고 있는 분들도 계실지도 모릅니다. 병으로 휴학하고 있었기 때문에, 컨디션이 회복될 때까지 민폐를 끼칠지도 모릅니다만 잘 부탁드립니다. 종족은 보시다시피 휴만이고, 특기는 공격 마술 중에 흙과 불 속성입니다. 흙 속성 쪽은 정령의 가호를 보유하고 있습니다."

시프가 마지막으로 고개를 가볍게 숙이자, 부드러운 금발이 함께 내려왔다. 천성적인 생 머릿결 덕분에, 긴 머리카락이 흐르는 모습은 굉장히 아름다웠다. 저번에 만났을 때는 머리카락이 거의 없는 거나 다름없는 상태였다. 완전히 딴 사람이군. 아가씨라는 단어가 딱 어울리는 미인이다. 반대로 전투 하는 모습을 상상하기가 어렵다. 일단 근접 전투는 안 할 것 같아.

"처음 뵙겠습니다! 유노 렘브란트입니다. 시프 렘브란트의 동생이고, 언니와 마찬가지로 오늘부터 복학입니다! 이유는 마찬가지로 투병이었습니다. 아직 원래 컨디션으로 움직일 수 있는 상태는 아니지만, 최선을 다 해서 회복시키겠습니다! 종족은 물론 휴만이고, 특기는 물리 전투 쪽입니다! 하지만 보시다시피 체구가 작아서, 최전방에서 앞장서서 싸우기보다는 중후방 쪽에서 원호 공격을 날리는 쪽이 적성에 맞습니다. 무기는 창과 활을 상황에 따라 구사합니다. 마술은 강화 계열을 중심으로 사용하지만 능숙한 편은 아닙니다. 잘 부탁합니다!"

유노는 본인도 인정하고 있는 대로 체구가 작았다. 아마 150센티미터 전후일 것이다. 점점 더 활과 창이 특기라는 소리가 믿어지지 않는다. 이 세계의 활은 기본적으로 대형이 주류거든. 하지만 신청 서류뿐만 아니라 자기소개에서도 선언하고 있으니 거짓일 리는 없나? 으음.

상황에 따라서 무기를 사용한다는 얘기는 파티에 따라서 적합한 쪽을 쓴다는 소린가? 양쪽을 휴대한 채 걸어 다닐 수도 없을 테니까 당연한 얘기였다. 손재주가 괜찮은 편이겠네. 그리고 첫 인상은 매우 활발했다. 머리카락은 언니와 똑같은 금발이지만, 활동적인 성격을 상징하듯이 어깨에 닿지 않을 정도로 짧게 깎은 헤어스타일이 인상적이다.

"처음 뵙겠습니다. 후스크 왕립 학원으로부터 전입한 카렌 폴스입니다. 전입한지 얼마 지나지 않아 모르는 게 많다 보니, 많이 가르쳐주시면 감사하겠습니다. 종족은 휴만이고 두드러지는 특기가 없이 거의 다 평균적인 수준입니다. 마술 중에서는 흙 속성이 가장 능숙합니다만, 다른 속성도 적당한 수준으로 사용할 수 있습니다. 잘 부탁드립니다."

…….

휴만이라.

나는 카렌의 자기소개를 들으면서, 다른 학생들의 반응을 관찰했다. 다섯 사람은 오히려 렘브란트 자매가 자기소개를 할 때 긴장하고 있던 것 같이 보였다. 성격이 최악이라는 평판 때문일 것이다. 진, 그녀들의 태도가 예상 밖이라 당황한 건 알겠는데 그 표정은 두 사람한테 실례 아니냐?

그건 그렇고, 이 카렌이라는 여학생…….

마술로 본모습을 위장하고 있는 것 같다. 그러니까 다른 학생들이 별 위화감도 없이 받아들이고 있는 거야. 그런데 나한테는 그녀의 모습이 휴만과 전혀 다른 외모로 보이거든.

시키에게 시선을 돌리자, 그도 내가 당황하는 이유를 파악하고 있다는 듯이 고개를 끄덕였다. 나와 시키가 파악할 수 있다는 얘기는, 틀림없이 환술을 사용하고 있다는 뜻일 것이다. 그녀 본인이 사용하고 있는지, 아니면 특별한 도구의 작용인지는 모르겠다.

당장 카렌을 추궁한다고 해도 강의 시간을 한 차례 낭비할 뿐인데다가, 그녀 때문에 내가 피해를 입은 것도 아니거든. 강의가 끝난 다음이나, 형편이 마땅치 않으면 그녀의 오늘 예정이 끝난 다음에라도 자세한 얘기를 들어볼까? 순수하게 강의를 받는 게 목적이라면 문제는 없다. 아마 무슨 성가신 일에 연루되리라는 예감이 드는 게 문제야.

[그런 고로 다들 사이좋게 지내도록. 그리고 렘브란트 자매, 미리 말해두지만 아무리 내가 아버님과 친밀한 사이라고 해도 가산점 등의 특혜는 일절 없으니 명심하도록.]

기존의 다섯 사람에게 자기소개를 시킨 후, 전원과 마주 보고 선언했다. 어차피 그녀들과 내가 서로 아는 사이라는 사실은 언젠가 알려질 일이니, 미리 확실하게 선을 그어두는 편이 낫다. 두 사람은 똑똑한 목소리로 대답했다. 응, 역시 착한 애들이잖아?

[오늘 강의는 미리 예고한대로 특별한 내용을 준비했다. 하지만 새롭게 합류하는 세 사람이 당장 참여하기에는 역시 자극이 심한 내용이야. 따라서 이번 시간엔 이례적인 조치로, 분할 수업을 실시한다. 그럼 시프와 유노, 카렌은 일단 대기한다. 나머지는 따라

와라.]

나는 세 사람에게 기본적인 설명 등을 전달하는 역할을 시키에게 맡기고, 다섯 명을 이끌고 약간 거리가 떨어진 장소까지 이동했다. 이쪽도 잠시 후 시키에게 맡길 수밖에 없겠지만, 준비 과정은 내가 담당해야 하기 때문이다.

다섯 사람은 표정이 굳은 상태였다. 아마도 긴장과 집중으로 인한 반응일 것이다.

"선생님? 오늘은 대체 무슨 수업이죠?"

진이 질문했다. 이 녀석은 걸핏하면 실력이 최우선이라고 공언하면서도, 다른 사람들을 잡아끌면서 중심적인 역할을 하는 성격이다. 그는 현재, 학생들의 리더 역할을 맡고 있었다. 말투는 과격하지만 성격은 좋은 녀석이야. 나하고 나이도 동갑이니 만나는 방식이 달랐다면 좋은 친구가 됐을지도 모른다.

[실전 훈련이다.]

"설마, 선생님하고요?!"

다섯 사람의 표정이 일제히 일그러졌다.

[아니, 상대는 내가 아니다. 너희들은 내가 지금부터 소환하는 존재와 싸우게 될 것이다. 죽자고 덤벼들면 오히려 죽지 않을 수도 있다. 인생이란 건 의외로 그런 식이더군. 최악의 경우엔 시키가 회복시켜줄 테니 안심해라. 전멸할 경우엔, 그 횟수에 따라 페널티다.]

"소, 소환하신다고요?"

[그래, 나는 사실 소환술을 사용할 수 있다.]

「소환술**도** 사용할 수 있다는 게 정확한 표현 아닌가요?」라든가 「대체 몇 번이나 전멸할 내용이지?」라든가 「다음 강의는 전부 쉴 수밖에 없나……」 같은 비통한 대사들이 난무했다. 그럴 리가 있냐? 내가 다른 강사 분들께 폐를 끼치는 짓을 할 리가 없잖아! 전원이 다, 다음 강의가 시작할 때까지는 육체적으로 무사히 나갈 수 있을 거야!

참고로 죽자고 덤벼들면 의외로 죽지 않을 수도 있다는 말은 내 활 선생님이 자주 입에 올렸던 대사였다. 「의외로」라는 소리가 몇 번이나 뇌리를 스쳤는지 모르겠네. 사실 지금 생각해 보면 웃기는 얘기지만 말이야. ……일단 목숨은 붙어있으니까.

나는 대충 웅얼거리면서 안개의 문을 개방했다. 내 눈 앞에 안개 덩어리가 출현했다. 그리고 뿌연 안개 속에서 그림자 하나가 나타났다. 미스티오 리자드맨 한 사람이다.

학생들이 숨을 죽였다. 저급한 리자드맨조차 집단 전투에서는 굉장히 위협적인 상대로 알려져 있다. 그런데 그들의 눈앞에 나타난 미스티오 리자드맨은 명확하게 평범하지 않았다. 그는 아름다운 푸른 비늘로 온몸이 덮여 있고, 검과 방패에 경갑옷으로 무장하고 있었다. 학생들도 그가 강적이라는 사실을 깨달을 정도의 실력은 갖추고 있었다. 나는 이미 눈에 익었지만, 빛의 각도에 따라 녹색 빛을 띠기도 하는 비늘은 정말 눈부시게 아름다웠다.

"선생님? 이 리자드맨 말인데요, 본 적도 없는 모습인데 대체 얼마나 강력한지……?"

흠, 단검을 주무기로 사용하는 소년이다. 그는 직접 근접 전투를 수행해야 하는 입장이니 아마 상대에 관한 정보가 대단히 궁금할 것이다. 하지만 거절한다.

[비밀이다. 그와 전투를 벌이면서, 제각각 파악한 정보를 나중에 레포트로 제출하도록. 다른 학생들과 상담은 가능하지만 오류는 그대로 본인의 감점으로 계산한다. 제출한 내용은 본인의 책임이라는 사실을 잊지 마라.]

"저기, 최소한 종족 명칭이라도……."

궁수인 아베리아가 질문했다. 내가 그런 걸 가르쳐줄 리가 없잖아? 이 학원은 방대한 장서를 자랑하는 도서관을 보유하고 있으니까 알아서 찾아봐. 사실 나도 도서관에서 그들에 관한 서술을 열람한 적은 없지만, 설마 없기야 하겠어?

[비밀이다. 그는 내 친구 중 한 사람인 파랑도마뱀 군이다. 그럼 시작하도록. 시키가 여기에 도착할 때까지 죽기라도 하면 목숨을 건질 수가 없으니 조심해라.]

"오늘은 잘 부탁해. 브레스는 금지야. 힘은 20% 정도로 조절해. 기술적인 역량은 딱히 맞춰줄 필요 없어."

나는 미스티오 리자드 전사와 엇갈리면서 살짝 귓속말로 속삭였다. 그는 살짝 고개를 끄덕이면서 승낙했다. 나는 곧바로 시작된 학생들의 사투 소리를 BGM으로 삼으며, 시키와 세 사람이 기다리고 있던 장소까지 돌아갔다.

[시키, 설명은 끝났나?]

"세 사람에게는 기초적인 강의 방침까지 설명을 끝낸 후에 대기하고 있던 참입니다. 그럼 이만 저는 저쪽으로 이동하겠습니다."

[부탁해.]

"서두르지 않으면 아마 큰 부상을 입을 테니까요. 실례하겠습니다."

시키가 쓴웃음을 지으면서 사투, 아니 특별 강의 현장으로 급행했다. 이제 학생들의 안위도 문제없을 것이다.

렘브란트 자매와 카렌이 아연실색한 표정으로 저쪽에서 벌어지고 있는 강의 현장을 바라보고 있었다. 지금 당장 너희들에게 저런 걸 요구하진 않으니까 안심해라.

[어디 보자. 너희들은 오늘부터 강의에 참가하는데, 조수인 시키가 어느 정도 설명은 했을 거다. 간단히 말해서, 사용 가능한 속성을 늘릴 것. 신속한 술법의 발동이 가능하도록 단련할 것. 이러한 기술들을 유효하게 구사하기 위해 상황에 따라 순간적이면서도 올바른 판단을 내릴 수 있도록 할 것. 당장 이 세 가지가 나의 강의 방침이다.]

"평균적인 능력치를 올리라는 말씀이신가요?"

카렌이 한 마디로 요약했다. 음, 짧게 말하자면 바로 그게 정답이야. 하지만 평균이라는 단어의 의미는 간단하지 않거든?

[그래. 장점을 죽이고 평균적인 능력치를 올리는 게 아니라 단점을 보완하고 장점까지 살리면서 평균적인 능력치를 올리는 게 목적이다. 시프의 경우엔 물이나 바람, 암흑 속성이 당장 해결해야 할 과제다. 유노의 경우엔 다루기 쉬운 속성을 발견하고 무속성의 술법을 익혀야겠지. 카렌은 두드러지는 특기가 없다고 했으니 전체적인 수행이 필요하다. 당연한 얘기지만, 세 사람 다 새롭게 익

힐 그 수단들을 제대로 구사하기 위한 두뇌도 단련해야 할 거다.]

세 사람도 내가 하고자 하는 말을 알아들었는지, 분위기가 단숨에 진지해졌다.

[오늘은 세 사람이 팀을 짜고 나와 전투 훈련이다. 전투 훈련이라고는 해도 너희들이 나를 공격할 뿐이야. 무슨 수단을 써도 좋다. 나는 그 과정에서 너희들의 전투 경향과 과제를 지적하겠다. 보다시피 필담이니까, 정신을 집중하고 놓치지 말도록 해. 지적한 사항이 개선되지 않는다면, 두 번째부터는 공격을 힘으로 제압하겠다. 부상을 입을 수도 있다는 사실을 잊지 마라. 그럼 5분 후에 시작한다. 준비를 갖추도록.]

다른 학생들도 수업 초기에 모두 경험한 과정이다. 마지막엔 다들 절망적인 표정을 짓더라고. 지적에 대응한다고 해도, 곧바로 수정할 수 있는 사항과 수정할 수 없는 사항이 있단 말이지. 그럭저럭 훈련을 계속하다 보면 대응 불가능한 사항을 지적당하기 시작해서 결국 걷잡을 수 없이 사용할 수 있는 공격 수단 자체가 줄어든 끝에 선택지가 완전히 0이 되고 만다. 학생들이 지니고 있는 공격 수단의 한계치를 예상해서 교전 시간과 남은 강의 시간을 계산하는 것도 상당히 어려운 작업이었다.

5분이 지났다.

뭐, 당연한 얘기였다. 세 사람의 배치는 예상대로였다. 최전방을 담당하는 역할은 없다. 내 쪽의 반격이 공격을 방해하는 기술 이외에 없는 상황에서, 세 사람 다 괜히 별로 능숙하지 못한 근접 공격 포지션을 선택할 리는 없었다.

[와라.]

짧은 말풍선이 전투 시작의 신호탄이었다. 세 사람 가운데 카렌과 시프가 소리 높여 영창을 시작했다. 나는 이미 그녀들이 사용할 마술의 대략적인 규모를 예상할 수 있었다. 역시 영창 마술은 위력과 맞바꿔서 희생하는 요소가 너무 많아.

유노는 곧바로 나를 향해 첫 번째 화살을 쐈다. 창이 아니라 활이다. 두 사람의 마술에 말려드는 사태도 고려했을 것이다. 상대가 반격을 한다면, 언니를 지키기 위해서라도 창을 선택했을지도 모른다.

화살이 내 어깻죽지를 향해 날아왔다. 그녀의 시선은 내 가슴을 향하고 있었으니 나쁘지 않은 실력이다. 아주 약간밖에 빗나가지 않았다. 하지만 기본적인 완력이 부족하다. 위력이 약해. 뿐만 아니라 원거리 공격 무기이다 보니 마력을 사용한 강화가 그다지 효과가 없었다.

화살은 당연히 장벽에 가로막혀 튕겨져 나갔다.

"으에?!"

[위력이 약하다. 애깃거리조차 되지 않아. 좀 더 힘을 집중시켜라. 그리고 그 거리에서 가슴을 겨냥했는데 빗나가는 건 언어도단이야.]

만약 다음 차례에 똑같은 실수를 저지른다면 장벽으로 막아내기 전에 처리할 뿐이야. 오늘은 불로 태워볼까?

두 번째 화살이 날아왔다. 여전히 그리 강한 편은 아니지만 준비동작 덕분에 위력은 상승했다. 일단 얘는 근력 강화가 필수 과제일 것 같군. 활에 마력을 부여하는데 정신이 팔려서 육체 강화 쪽은 소홀했다. 이 정도의 실력은 황야에서 통하지 않는다. 물론 아무리 친가가 가깝기로 서니, 렘브란트 씨의 따님이 황야 레벨의 전투에 참가할 리가 없지.

하여간, 다시 한 번 장벽으로 튕겨냈다.

"으윽?!"

[육체 강화와 화살에 마력을 부여하는 작업은 세트로 생각해라. 다음 공격부터는 태운다.]

어, 마술의 발동이 느껴졌다. 시프와 카렌의 공격이다.

카렌의 경우엔 조금 더 빠르게 술법을 완성시킬 수 있을 듯한 느낌을 받았는데, 일부러 시프의 속도에 맞춘 건가? 하긴 동시 공격이 대처하기는 더 힘들지. 물론 양쪽의 술법이 서로 간섭하는 경우도 있으니까 꼭 그런 것만도 아니지만 말이야.

의도적으로 영창 속도를 조절했다면 실력에 어지간히 자신이 있는 모양이다.

"뎀 레이!"

"프로스트 브레이크!"

불과 물인가? 카렌이 일부러 술법의 발동을 조절할 생각이었다면 굉장히 도전정신이 왕성한 녀석이군. 하지만 나는 두 가지 술법의 조성 과정을 영창만 듣고도 거의 판단할 수 있었기에 당연히 술법의 종류까지도 파악하고 있었다.

시프가 사용한 술법은 열 광선을 발사하는 기술일 것으로 예상하고 있었다. 표적을 관통시키는 게 목적인 술법일 것이다. 그리고 막아내더라도 사선상에 폭발을 일으키는 특성을 지니고 있는 것 같다.

카렌이 사용한 술법은 아마 상대를 주변과 함께 얼려버린 다음에 파괴하는 기술일 것이다. 이번엔 시프의 술법이 발현된 직후에 발동하는 건가? 지금 내 주위에 모여들고 있는 냉기는 카렌의 술법으로 인한 영향인 것으로 예상된다.

나는 시프의 술법을 장벽으로 막아냈다. 장벽 너머로 마력이 축적되는 반응이 느껴졌다. 폭발을 일으켰다. 예상했던 대로, 산들바람 레벨로 경감된 그 여파가 내 얼굴을 쓰다듬고 지나갔다. 소형 장벽으로 방어하는 이상, 이 정도의 부산물은 어쩔 수 없지.

카렌의 술법이 절묘한 시간차를 두고 완성됐다.

훌륭한데?! 오늘 처음 만나는 상대와 처음으로 술법 타이밍을 맞춘 것이라는 사실이 믿어지지 않을 정도다. 놀라운 센스였다.

나는 날카로운 소리와 함께 얼음 속에 갇혔다.

정확히 표현하자면, 얼음이 내 몸에 닿을락 말락한 거리까지 전체적으로 뒤덮고 있었다. 자세히 보니 유노도 거의 한계에 가깝게 활시위를 잡아당기면서 공격 타이밍을 기다리고 있었다. 나쁘지 않은 센스다. 화살을 낭비하지 않기 위해 열심히 겨냥하고 있구나.

[훌륭하군. 술법의 시간차 발동은 카렌의 센스인가? 대단한 실력이야. 시프의 술법도 폭발을 일으킴으로써 상대방의 시야를 마비시키는 효과까지 고려한, 실전에 적합한 기술이야. 두 사람의 과제는 우선 시프의 경우엔 속…….]

내가 아직 설명을 하고 있는 도중인데도 불구하고, 얼음감옥이 카렌의 목소리에 반응하면서 화려하게 파괴되기 시작했다.

[시프의 경우엔 속도가 너무 느리다. 열 광선을 고속화시키거나 추적 술식을 부여하도록. 카렌의 경우엔 상대가 술법의 발동을 금방 알아차릴 정도로 주변의 변화가 두드러지는 게 약점이다. 그리고 위력이 약해. 이런 술법은 명중시키기 어려울 뿐만 아니라, 명중을 시켜도 파괴력이 너무 어중간하다.]

"저렇게 자그마한 장벽으로 전부 막아내다니?!"

"……주변 환경의 변화는 제대로 은폐한데다가 위력도 적당히 증폭시킨 상태였는데?"

[유노, 지적한 사항이 개선되지 않은 공격은 제압한다고 경고했다. 활로 더 이상 방도가 없다면 창이라도 꺼내 와라. 사전에 논의를 거친 연후에 공격을 시작하면, 아군의 공격에 휘말릴 일은 없을 거다.]

나는 유노가 빈틈을 노릴 의도였는지 옆 방향으로부터 뒤늦게 발사한 화살을 불꽃으로 태워 버렸다. 화살은 내가 전개한 장벽에 도달하지도 못하고, 갑작스럽게 타오른 끝에 재로 변했다. 그만큼 활시위를 잡아당긴 상태로 잽싸게 장소를 이동한 것은 상당히 놀라운 동작이었지만 말이야.

"아, 아직 멀었어요!"

"이번에야말로!"

"조금, 본 실력을 내볼까?"

시프, 유노, 카렌의 입장에서는, 이번 훈련은 철저한 패배 경험으로 남을 것이다. 하지만 나는 좌절 같은 건 빠르게 경험한 후에 재기하는 편이 낫다고 생각해.

만약 한 번 더 도전하고 싶다는 생각이 든다면 다음 주에도 또 나와라.

나는 인정사정없이 세 사람의 공격을 막아내고 제압하면서 끊임없이 지적했다.

[그럼, 오늘 강의는 여기까지다. 다음 선생님의 강의에도 지각하지 말도록.]

나는 다섯 사람의 시체들과 세 사람의 폐인 예비군에게 강의의 종료를 전달했다. 오늘은 정말 실컷 공격들을 제압했다. 내가 담당하고 있던 쪽은, 마지막 5분 동안 거의 아무 것도 못 하는 상태였다.

시키가 담당하고 있던 쪽도, 미스티오 리자드를 상대하면서 그야말로 너덜너덜하게 깨졌다고 한다. 실전에 익숙하지 않은 탓도 있겠지만 네 번 정도 전멸했다는 보고를 받았다. 말인즉슨, 시키가 일단 전투를 중단시키고 네 차례나 재시작시켰는데도 엉망진창으로 당한 모양이다. 파랑도마뱀 군이 트라우마로 남는 건 아니겠지? 앞으로도 그로 하여금 리미터를 조금씩 해제하게 하면서 주기적으로 너희들 연습 상대를 부탁할 예정이거든.

파랑도마뱀 군은 아직 극적인 변신이 잔뜩 남아있으니까, 다들 열심히 해봐라.

[잠깐, 카렌 폴스? 너에게 사소한 용건이 하나 있는데, 이 시간 이후의 예정을 물어봐도 되겠나?]

"오, 오늘은 선생님 강의뿐인데요?"

그녀는 지친 기색을 숨기지 못 하면서도 지체 없이 대답했다. 오늘은 이 수업만 듣고 끝이라고? 아침 첫 시간만 듣고 하교한다니, 우아한 시간표로군. 하지만 잘 됐다. 오늘 아침만 해도 한가한 학생들을 불러 모아서 점심 식사라도 쏠 생각이었는데, 이번엔 카렌만 불러서 시키와 함께 셋이서 식사 시간을 가지도록 하지. 렘브란트 자매 쪽은, 나중에 사무실에서 숙소를 확인하고 나서 안부 인사를 가도 늦지 않아.

[그거 다행이군. 신경 쓰이는 점이 있었거든.]

"서, 설마 아직도 지적 사항이 남아있나요?"

[그래, 다행히 시간도 많다고 하지 않았나? 따라오도록.]

"……아, 예."

좋아.

나는 그녀의 의사를 확인하고, 카렌을 거의 끌고 가다시피 잡아당기면서 필드를 뒤로 했다. 평소엔 다섯 명의 학생들과 반성 시간을 가진 후에 시간을 거의 끝까지 활용해서 단련하는 식으로 강의를 진행했는데, 오늘은 비교적 빨리 끝난 편이다.

다섯 명 쪽이 상당히 지쳐 있거든.

이런 식으로 말하는 것도 좀 야비할 지도 모르겠는데, 그들도 내 험담을 배출하고 싶을 거란 말이지. 나는 그들의 눈빛을 대충 훑어보고 그 심정들을 헤아릴 수가 있었다. 따라서 나는 자상하고 부드러운 시키 선생님에게 그들의 사기 진작을 일임하고 이 자리를 떠나는 거랍니다.

윗사람이 없는 자리에서 푸념을 늘어놓는 것도 아랫사람들이 숨을 돌리기 위해서는 필요한 일이라고 생각해. 사실 자상하고 부드러운 시키 선생님이 너희들의 일거수일투족을 남김없이 나에게 보고하고 있다는 건 몰라도 된다.

뭐, 마음껏 푸념을 늘어놓으렴. 다다음주는 또다시 특별 강의니까.

카렌이 내가 짓고 있는 미소를 눈치채고, 움찔거리면서 몸을 떨었다.

◇◆ 시키 ◆◇

"시키 선생님!! 오늘은 정말 기어코, 마침내 죽는 줄 알았다고요!"

"도마뱀무서워도마뱀무서워도마뱀무서워……."

"저 리자드맨은 대체 뭐지?! 어처구니없을 정도로 피하고 빠르고 세고 단단하고! 레포트를 쓰려고 해도 전부 「굉장하다」로 끝나잖아아아아아아아!!"

"거의 용이나 다름없어……."

"그럼 라이도우 선생님은 드래곤 서머너라는 거야? 아니지, 그렇게 귀여운 레벨이 아닐 거야. 만약 누가 나한테 라이도우 선생님하고 드래곤 서머너 중에 한쪽을 적으로 고르라고 물어오면 망설이지 않고 드래곤 서머너를 선택할 테니까."

"언니~."

"유노, 우는 소리 내지마. 거의 다 예, 예상했던 거잖아……? 라이도우 선생님의 실력이 대단하다는 건!"

이거야 원, 마코토 님께서 말씀하셨던 대로였군.

나는 학생들을 바라보면서 마음속으로 탄식했다.

내가 보기에도 미스티오 리자드는 상당히 힘을 조절한 상태였다. 무장은 그들이 평소에 즐겨 사용하는 무기가 아니었고 브레스도 물 · 바람 속성 중에 어느 쪽도 사용하지 않았다. 본래 그들이 자랑하는 민첩성은 온데간데없었으며, 종족이 지니고 있는 최대의 특징이라고 할 수 있는 집단 전투 능력은 애초에 혼자서 발휘할 수 있는 종류의 능력이 아니다.

단언하건데, 오늘 그가 보여준 전투력은 황야에서도 약한 부류에 속하는 마물과 비슷한 정도였다. 그런데 장래가 유망하다는 휴만 젊은이들 다섯 명이 한꺼번에 덤벼들어서, 내가 네 번이나 전멸 판정을 내리게 될 줄이야. 정말 한심할 지경이 아닌가.

마코토 님께서는 그들이 너덜너덜하게 깨질 것이라고 정확하게 현재 상황을 예측하셨지만, 나는 곧바로 합격 수준까지 만족시키지는 못 하더라도 나름대로 버틸 수도 있지 않을까 싶었다. 아무래도 마코토 님께서 명령하신 대로 그들을 부드럽게 대하는 동안, 평가까지 지나치게 후해진 모양이다. 반성해야겠군.

"진정하세요. 라이도우 님께서는 물론이시고 그 리자드맨도 여러분을 상대하면서 본 실력은 전혀 발휘하지 않았답니다. 여러분이 도저히 넘을 수 없는 벽을 설정하시는 분이 아닙니다. 그 사실만큼은 제가 보장하겠습니다."

"절대 그럴 리가 없어요! 시키 선생님, 아무리 생각해도 라이도우 선생님은 우리를 가지고 놀면서 즐기고 계신 것 같이 보인다고요!"

"진, 하지만 오늘 당신은 전혀 본 실력을 발휘하지 못 했답니다. 상대가 몬스터인데다가 명확하게 실력으로 앞서는 상대라서 조금 긴장하고 계셨던 게 아닌가요?"

아마도 긴장이라기보다는 위축이라는 표현이 적합할 것이다. 미스티오 리자드는 아직 위압 효과를 발휘하는 고함 소리조차 사용하지 않았는데, 역시 그들은 아직 미숙했다.

"그야…… 틀림없이, 그럴 지도 모르지만요."

"물론 라이도우 님께서 엄격하신 것은 사실입니다. 그만큼…… 여러분에게 기대를 품고 계신 거지요. 저로서는 조금 부러울 정도랍니다."

"시키 선생님, 혹독하게 당하시는 쪽이 취향이신가요? 그럼 저도……."

"아닙니다, 아베리아. 제 경우엔 오래도록 주인의 기대를 받은 적이 없어서 그런 거랍니다. 여러분은 주인님으로부터 하나하나 과제를 제시받는 입장이니까요, 저로서는 약간 선망에 가까운 감정을 느끼고 있는지도 모릅니다."

감사의 말씀은 항상 아끼지 않으시지만, 마코토 님께서 나에게 과제 등을 제시하는 일은 적었다. 그런 관계가 아니라고 한다면 그뿐이겠지만, 나도 학생들과 접하시는 주인님을 보면서 조금 부럽게 느낄 때도 있다.

나는 그들이 입을 모아 내뱉는 마코토 님이나 강의에 대한 불만을 때때로 질타하거나 타이르기도 하고, 동조하거나 위로하기도 하면서 달랬다. 벌써 이 작업도 꽤 익숙해진 편이다. 오늘은 역시 평소보다도 넋두리가 많았다.

그런데 새롭게 참가한 렘브란트 자매 두 사람의 경우, 불만을 거의 입에 담지 않았다. 처음으로 참가하는 수업인 만큼, 마코토 님을 상대하면서 처절한 좌절을 경험했을 텐데?

두 사람은 호흡을 이미 호흡을 완전히 가다듬고, 장비를 점검하고 있었다.

"시프 학생, 그리고 유노 학생. 어떠셨나요? 수강을 계속하실 수 있을 것 같나요?"

"아, 저기. 시키, 선생님이셨죠? 괜찮아요. 저하고 유노는 다음 주에도 출석할 테니까요."

"응, 지금부터가 시작인 걸! 절대로 포기하지 않을 거야!"

흠, 놀랍군. 딱히 위로할 필요가 없는 모양이야. 두 사람은 심지가 강한 듯하다. 그녀들의 눈동자에 깃든 의지는 꺾이지 않았다. 아니, 이미 다시 일어서기 시작했나? 어느 쪽이건 간에, 나약한 성격이 아니라면 이쪽으로서도 편해서 좋을 따름이다.

음. 소문으론 문제가 많은 자매라는 평이 많았다는 게 믿기 어렵군. 그저 가르칠 보람이 있는 학생들로 보일 뿐이다.

아마도 시각은 저녁이나 밤이 될 테지만, 마코토 님과 함께 상회의 주요 거래처 쪽 따님들이라는 입장의 그녀들과도 만나게 될 것이다. 나 역시 양호한 관계를 구축하고 싶은 참이다. 음, 그러기 위해서는 사무실에서 두 사람의 숙소에 관해 물어볼 필요가 있겠군. 아마도 마코토 님께서는 직접 고테츠로 향하셨을 테니, 이런 작업은 내가 담당할 일이다.

자세히 보고 있으려니, 다섯 사람도 한 자리에 모여 강적에 대한 분석을 시작한 것 같다. 문제아들이군. 다음 강의를 빼먹을 생각으로 가득해 보이는걸.

"시프, 그리고 유노의 의견도 물어보고 싶은데 괜찮을까?"

아베리아가 두 사람을 불러 들였다. 시프와 유노는 미스티오 리자드와 직접 상대한 적은 없다. 하지만 다섯 사람은 자신들이 그에게 느꼈던 인상에 대한 신선한 의견이 필요한 모양이다. 두 사람에게 끼치는 민폐를 고려하지 않은 얕은 생각의 소치이기는 하나, 일단 의욕만큼은 환영할 만하다.

지금의 다섯 사람에게서 강의 전에 보였던 어색한 감정은 느껴지지 않았다. 양쪽 다 심하게 당했다는 동질감도 작용했을 것이다. 당장 오늘 수업만으로 친해질 리는 없겠으나, 관계를 시작하기 위한 계기 정도는 되지 않았을까 싶다. 지저분한 소문보다도 지금 당장 자신들에게 필요하다고 생각하는 일을 우선적으로 믿고 실행할 수 있다는 것은, 그들의 젊음 덕분일 것이다.

"응, 저희라도 괜찮다면 꼭 끼고 싶어요!"

"만일을 위해 다음 시간을 비워둬서 다행이다, 언니!"

오호, 일단 엄격하다고 소문난 강의에 대한 대책은 미리 나름대로 준비한 상태였다는 건가? 그건 그렇고 정말 올곧은 미소를 짓는 소녀들이군. 저런 표정을 짓는데도 음험한 성격이라면 천성적인 마성(魔性)을 지녔다고 밖에 판단할 수 없겠으나, 아마도 소문 쪽이 잘못된 것으로 여겨진다.

본격적으로 마코토 님의 특별 강의에 대한 검토가 시작됐다. 마코토 님께서 조언은 필요 없다고 말씀하셨으니, 나는 잠자코 듣고 있을 수밖에 없다. 그들의 순수한 의욕은 배우는 이로서 바람직한 모습일 것이다. 병아리 나름대로 의지를 보이는 모습은 기특하기도 하다.

그런 의도라면 어쩔 수 없지. 다음 시간 강의에 불참하는 일에 관해서는, 이번엔 너그러이 넘어가도록 하지.

나는 아무 말도 없이 필드를 떠나 사무실에서 용건을 마친 후, 마코토 님과 합류할 장소로 향했다.

지금부터 약간 불쾌한 대화가 시작될 지도 모른다. 나 자신도 마코토 님의 명령으로 유지하고 있던 온화한 미소가 굳어지기 시작한 것을 느꼈다.

—그 계집, 대체 무슨 목적으로 이 학원 도시를 찾아왔단 말인가?

[여기다.]

나는 그녀를 고테츠로 안내했다. 개점 직후에 찾아왔기 때문인지, 손님은 아직 아무도 없었다. 앞으로 한 시간 정도 지나면 점심시간 손님들이 들이닥칠 테니, 말하자면 지금은 폭풍전야라고 할 수 있다.

쿠즈노하 상회로 데려가도 문제는 없었지만, 일단 우리가 거점으로 삼고 있는 장소에 갑자기 신원이 수상한 녀석을 데리고 갈 생각은 안 들더라고. 그래서 애당초 식사하러 올 예정이었던 고테츠 식당에서 대화를 시도하기로 했다.

시키가 학생들의 심리 케어를 끝내고 렘브란트 자매의 주소를 알아낸 후에 여기로 합류한다고 치면, 딱 알맞게 점심시간이 찾아올 것이다. 찌개 주문은 시키가 온 다음에 하자. 오기 전에 미리 다 먹어 버리면 미안하니까.

나는 계를 사용해 빈틈없이 방음 처리를 실행했다. 이제 실내의 대화 소리가 밖으로 샐 염려는 없다.

흐음, 그녀는 내가 전개한 계를 파악한 기색이 없었다. 아마도 그녀의 종족도 계를 감지할 수는 없는 모양이다.

이 여학생에 관한 사항은 자료를 보고 재확인했다. 역시 수상한 녀석이다.

“라이도우 선생님, 이제 슬슬 말씀해주실 수 없나요? 신경 쓰이는 점이라는 건 대체 뭐죠?”

카렌이 강의 때문에 기진맥진했던 표정을, 표면상 그러한 사실을 드러내지 않는 냉정한 가면으로 감춘 채 나를 가만히 바라보기 시작했다. 실제로 이런 단시간 동안에 정신적 피로를 회복시킬 수 있을 리가 없으니 허세를 부리고 있다는 것은 명백했다. 하지만 같은 나이대의 학생들과 비교해서 그런 기술을 너무 능숙하게 구사하고 있다는 생각이 들었다.

그리고 그녀의 실력도 문제였다. 지금까지 학원에서 만난 학생들 가운데 톱 클래스였다. 아니, 학생으로 보기엔 그 실력은 너무 위화감이 넘칠 정도였다. 익숙하지 않은 상대와 협력해서 술법을 구사할 수 있을 뿐만 아니라, 그 위력과 영창 속도까지 전부 다 수준이 달랐다. 나는 훈련 중에 그녀의 술법을 제압하면서 은근한 도발을 통해 강력한 공격을 시도하도록 유도했는데, 그럼에도 불구하고 아마 모든 실력을 드러내지는 않았을 것이다. 그녀의 그런 자세는, 바로 지금부터 내가 진을 비롯한 학생들에게 가르치려고 마음먹고 있는 방법론이다. 아마 이 학원에서도 굉장히 이단에 속하는 자세일 것이다. 「실력을 감춘다」라는 방법론이야. 시키로부터 짧게 조심하라는 염화가 날아왔으니, 그 녀석은 이 여학생에 관해 아는 게 있을지도 모른다.

강의 과정에서 확인한 바로는, 나 혼자서 적당히 몰아붙일 수 있는 수준이었다. 후반전에 들어서는 약간 정색하더니 자매가 눈치채지 못 하는 레벨로 여러 가지 공격을 시도해 왔다. 본 실력을 감춘 상태에서조차 그 전투력은 탁월한 수준이었다.

[사실은 네 실력이 도무지 부자연스러웠거든.]

"제 실력이요?"

[그래, 학생 레벨이 아니야. 거기에 그치지 않고, 명확하게 실전에 익숙한 이가 마술을 구사하는 방식이었지.]

"저, 고국에서는 이래봬도 군 소속 마술사로 근무하고 있어요. 토벌 임무도 여러 차례 참전한 적이 있고요. 의심스러우시다면, 상세한 소속까지 말씀드리지요."

카렌은 막힘없이 자신의 경력에 대해 대답했다. 왕국군 어쩌구 저쩌구라는 상당히 긴 명칭을 자랑스럽다는 듯이 밝혔다.

이만큼 자신만만하게 둘러대는 모습을 보면, 그녀의 경력 자체는 정말로 존재할지도 모른다. 그녀의 목적이 대체 얼마나 오래 전부터 어느 정도의 규모로 계획된 것인지에 따라 다르겠지만…….

내 생각에, 아마도 그녀가 내세우는 경력의 원래 주인인 카렌 폴스는 이미 이 세상 사람이 아닐 것이다. 그리고 지금 그녀가 환술을 사용해 위장하고 있는 모습은, 그 고인의 모습을 그대로 본뜬 것이 아닐까?

그녀는 고인으로 위장한 채 학원에 잠입했다.

용의주도하게 중소 국가에 침입한 후에 출세하고 왕립 학원에 입학하고 나서 군에 입대했다가 롯츠갈드에 전입하는 복잡한 경력을 만들기 보다는 그런 경력의 인물과 뒤바뀌는 편이 훨씬 간편하거든. 특히 그 인물이 고향에서 떠난 상태일 경우엔 말할 것도 없겠지.

[나는, 네가 정말로 카렌 폴스인지 의심하고 있다. 나도 카렌 폴스의 경력은 확인했다. 네 말마따나 우발적인 사정으로 인해 종군 경험이 있고, 그 입장은 지금도 유지된 상태더군.]

"거기까지 알고 계신데, 대체 어디를 의심하고 계신 거죠? 저는 틀림없이 카렌 폴스 본인입니다. 아, 혹시 선생님, 말씀은 그렇게 하시면서 저에 관해서 여러 가지 알고 싶으셨을 뿐인가요? 혹시 그렇다면 저……."

[역시 부자연스럽군. 일반적으로 정말 본인이냐고 의심한 상대에게 그런 대응을 한단 말인가? 좀 더 분노를 보이는 게 정상 아닌가?]

나는 카렌의 말을 가로막았다. 딱히 그녀에게 분노를 느낀 것이 아니다. 그저, 언제까지나 그 모습을 유지한 채로 연기한다는 것은 죽은 이에 대한 모독이라는 생각이 들었을 뿐이다.

어쩌면 내 예상이 전부 빗나갔을 가능성도 있다. 하지만 그녀의 태도는 더할 나위 없이 의심스러웠다.

“너무 황당무계한 말씀이라서 화도 나지 않더군요.”

[우발적인 사정으로 인한 종군, 카렌 폴스는 혹시 그 시기에 뒤바뀐 건가?]

“후후, 선생님. 실력은 틀림없이 대단했어요. 하지만 이렇게 영문 모를 말씀만 꺼내시는 분일 줄은 몰랐네요. 전 선생님의 강의에 더 이상 출석할 생각은 없어요. 식사도 필요 없고요. 이만 실례하지요.”

카렌은 표정에 여유를 유지한 채로, 내 건너편 자리에서 일어섰다.

[카렌, 왜 내가 너를 의심하고 있는지 신경 쓰이지 않나?]

보통은 본인이냐고 추궁을 당한다면 이유가 신경 쓰이지 않을까? 물어보지도 않고 떠나려고 할까? 그런데 그녀는 추궁하기는커녕 이 화제를 피하려고 하는 것처럼 보였다. 지금도 이 자리에서 떠나려고 하는 와중이다.

그녀는 자리에서 일어선 채, 감정을 읽기 힘든 애매한 미소를 짓고 있었다. 방금 전엔 아직 여유가 남아있다고 판단했지만 지금 보니 일종의 교섭 테크닉 가운데 하나일지도 모르겠다.

“……궁금하긴 하네요. 실력이 부자연스럽다는 것만으로 본인이 아니라는 말씀은 너무 극단적이라는 생각이 들어요. 이유를 가르쳐주실 수 있나요?”

물론이다. 거기까지 얘기할 마음을 먹고 식사를 구실 삼아 불러

낸 거거든.

[네가 위장하고 있는 모습이 나에게 비쳐 보이기 때문이다.]

"후후, 그 말씀은 혹시 나에게는 진정한 네 모습이 보인다는 작업 문구신가요?"

[말 그대로의 의미다.]

"죄송해요, 모처럼 말씀해주셨지만 고백은 거절……."

[뿔은 없지만 그 파란 피부는 틀림없어. 마족이 무슨 용무로 학원에 잠입했나?]

카렌의 말이 도중에 멈췄다. 나는 그녀가 순간적으로 경악하며 두 눈을 크게 뜨는 모습을 놓치지 않았다. 그녀는 곧바로 입가에 매력적인 미소를 지었으나, 아마도 얼버무리기 위한 의도일 것이다.

사실은 츠이게와 학원 도시에서, 스파이가 쿠즈노하 상회에 침투하려고 시도했던 적은 지금까지 여러 차례 있었다. 그 때마다 토모에 선생님과 시키 선생님으로부터 실전 방식으로 스파이의 수법이나 습성에 관해 배울 수 있었다. 나 자신은 별로 와 닿지 않았지만, 그녀가 보이는 이런 식의 태도는 기본적으로 동요를 숨기고 스스로의 속마음을 진정시켜서 다잡기 위한 의도라고 한다.

이 태도로 봐서는, 이대로 도망치지는 않을 것 같다. 시키가 올 때까지 시간을 벌 수 있을 듯하군. 그 녀석이 도착할 때까지 미리 밥이라도 먹고 있는 편이 나을 뻔했다. 사실 마음속으로 상당히 조바심이 났다.

"농담이 심하시네요. 제 어디가 마족으로 보이는 거죠?"

빙글, 카렌이 내 앞에서 돌아 보이면서 포즈를 취했다. 하지만 그 모습은, 의식적으로 술법의 영향을 받지 않고서야 파란 사람 이외의 그 무엇으로도 보이지 않았다.

[전부다. 파란 피부와 붉은 눈. 머리카락은 금발이군. 휴만으로 보이지는 않아. 말해두지만, 내게 어설픈 환술 따위는 통하지 않는다.]

"……."

[너는 카렌을 죽이고 그녀로 둔갑했다. 그렇지 않나? 뿔이 없는 진기한 마족이여.]

"……."

카렌이 말없이 내가 말풍선에 띄운 글자의 후반 부분에 살짝 반응을 보였다. 얼굴 근육이 약간 경련을 일으킨 것처럼 보였다. 그렇다면…….

[내 질문에 대답해라, 뿔 없는 마족.]

"……설마 이렇게 빨리, 대놓고 들통이 날 줄이야. 라이도우라고? 특이한 강사도 다 있네."

[인정하는 건가?]

"그래, 내 목적 같은 건 가르쳐줄 생각 없지만. 나는 카렌 폴스가 아니야. 네 말이 맞아. 하지만 이것만은 말해둘게."

[뭐지?]

"두 번 다시 나를 뿔 없는 마족이라고 부르지 말아줄래? 죽여 버리기 전에."

카렌의 가면을 벗은 마족 여성의 윤곽으로부터, 희미한 기척이 사라졌다. 아마 위장 술법을 거둔 것으로 보인다. 그리고 그녀는 동시에 강렬한 살기를 내뿜기 시작했다. 소피아의 살기보다는 그나마 양호했지만, 사실 여성의 분노라는 건 그 자체만으로도 거북하다.

솔직히 약간 여성 기피 성향이 있다는 건 인정하겠는데, 여자 쪽이 드센 집에서 자랐기 때문에 이제 와서 해결하기도 힘들 것 같다는 생각이 든다. 뭐, 받아넘길 수 없을 정도도 아니니 일단은 무시하자.

[카렌 본인은, 역시?]

"그래, 네 추측은 거의 다 맞았어. 하지만 내가 직접 죽인 건 아니거든? 카렌이란 아이의 동료가 저지른 소행이야. 나는 그 아이의 경력이 안성맞춤이라 슬쩍했을 뿐이야."

[그래? 동료의 소행이라. 카렌 폴스도 가엾은 소녀로군.]

사실 나는 카렌이 어떻게 죽었는지에 대해서는 별로 흥미가 없었다. 그저 예상이 적중했을 뿐이며, 나는 카렌 본인을 알지도 못한다. 휴만이 같은 휴만의 손에 죽임을 당하는 일도 그다지 신기한 경우랄 것도 없다. 현대 사회에서도 사람을 죽이는 장본인은 거의 다 사람이니까.

눈앞의 마족이, 그 현장의 실행범이나 목격자들을 어떻게 처리했는지는 상상이 간다. 휴만과 마족은 전쟁 중이니 알아서 했겠지.

"어머? 의외로 냉정하네. 뭐, 카렌이라는 아이도 신동이라고 불리던 반면에 원한을 많이 사고 있던 것 같아. 그건 그렇고 나도 물어봐도 될까? 넌 휴만이야?"

[질문의 의도를 모르겠는데, 나는 휴만이다.]

“헤에, 휴만이라……. 하긴 너희 종족도 제각각 사정이 있겠지. 하지만 별 일 다 보겠네. 마족을 찾아내기만 하면 인정사정없이 두 눈을 시뻘겋게 물들이고 달려드는 게 너희들 방식인데.”

[나는.]

아아, 쓸데없이 필담을 쓰는 것도 귀찮다!

“나는 인종 차별 반대파라서 말이야. 피부가 파랗더라도 상관없어. 의사소통만 가능하다면야 휴만이 아니더라도 신경 쓰지 않아.”

“……?! 너 혹시 마족의 언어를 구사할 줄 아는 거야? 하지만 인종 차별 반대파라는 단어는 처음 듣는 말이야. 네 말투로 판단하자면, 대화만 통한다면 외모는 신경 쓰지 않는다는 의민가?”

“대충 그런 뜻이야. 그런데, 나는 너를 뭐라고 부르면 될까? 카렌만큼은 사양하겠어. 고인의 이름이니까. 아직 너에게 물어볼 얘기가 많거든.”

“그럴 필요는…… 없을 거야.”

여자는 약간 유감스럽다는 듯이 눈을 가늘게 떴다. 동정하는 듯한 표정으로 보이기도 한다. 표정의 변화에 따라 어깨를 움츠리는 동작이, 그녀의 성숙한 분위기에 비해 귀엽다는 인상을 연출했다. 나는 무의식중에 넋을 잃고 그 모습을 바라보고 있었다.

“……?”

“마족과 평범하게 대화를 나눌 수 있는 휴만이라니, 꽤……. 아니, 상당히 호기심을 자극하기는 해. 하지만, 알고 있겠지? 나는 너를 처리해야만 해. 임무의 장애물이거든. 그러니까 이름을 가르쳐줄 필요도 없다는 뜻이지.”

"그 계집의 이름은 로나. 가문의 이름은 버렸다고 들었습니다. 마왕군의 마장(魔將) 중 한 사람이지요, 라이도우 님."

"……?!"

"시키구나."

제3자의 목소리가 고조되는 실내의 살기를 산산이 흩어 버렸다. 마치 차가운 냉수가 땅바닥에서 피어오르는 여름날의 열기를 사그라뜨리는 듯했다. 그의 난입이 그야말로 순간적으로 일어났다는 사실도, 마치 냉수를 뒤집어쓴 듯한 착각을 불러 일으켰다. 로나는 시키의 존재와 발언을 확인하고, 벌써부터 전투의 기척을 내뿜기 시작했다.

늦었군. 하지만 이제야 겨우, 여러 가지 대화를 나눌 수 있을 듯하다. 시키 녀석, 역시 그녀를 알고 있었던 모양이다.

로나? 가문의 이름을 버린 뿔 없는 마족이라니, 미스테리어스한 분위기의 여성이로군. 솔직히 말해서, 어덜트한 그녀가 입고 있는 학원 교복은 그저 코스프레로 보일 뿐이다. 눈을 어디다 둬야 될지 모르겠다. 약간 느슨하게 입고 있기 때문에 쓸데없이 그런 느낌이 강했다.

거기다 무려 마장이라는 마족 간부라고 한다. 마족 진영의 인물이라는 의미로 보면, 나와 마족의 첫 번째 대면인 셈이다.

역시 귀찮은 일이었다.

살기는 줄어들었으나, 여전히 넘치는 긴박감이 실내를 지배하고 있었다. 시키가 구두 소리를 내면서 식탁까지 걸어와, 걸터앉았다. 나는 원래부터 앉아있는 상태였다. 로나 양은 카렌의 모습으로 물러나려고 했을 때 일어선 후로 그 자세를 유지하고 있었다.

로나는 시키의 날카로운 시선에 주눅이 들은 듯이, 작게 한숨을 내쉬고 다시 자리에 앉았다.

이렇게, 고테츠 식당에서 기묘한 회식이 시작된 것이다.

"쿠즈노하 상회, 내가 듣기론 얼마 전에 개장한 잡화점이야. 아이온의 츠이게에도 가맹점, 아니 출장소가 있다고 했나?"

"잘 알고 계시네요."

"사돈 남 말하네. 라이도우, 너 강사로 일할 때의 필담하고 이미지가 상당히 다른데? 어느 쪽이 본색이지?"

"이쪽이에요. 시키, 미안한데 그 찌개 좀 약간만 떨어뜨려줄래? 달콤한 냄새가 여기까지 풍겨오거든. 그런데 로나 양? 사돈 남 말이라니요?"

"잘 알고 계시다면서? 내 이름은 아주 일부밖에 모르는 기밀 사항이거든. 신장개업한 상회의 정보 수집 능력이 어설픈 국가를 능가하다니 말이 돼? 잠깐, 이거 맛이 괜찮은데?"

"으아앗?! 로나, 그건 내가 나중에 먹으려고 아껴둔 건더기였단 말이다! 마족이 파란 건더기를 먹으면 동족상잔 아닌가!"

"너는 대체 누군데 나한테 부담 없이 반말을 지껄이는 거지? 그리고 파란색이니까 동족상잔이라는 논리는 난생 처음 듣네. 아, 이것도 맛있겠다. 응, 꿀맛이야!"

"붉은색은 괜찮다고 한 적 없다! 오, 으오오……. 네 녀석은, 이번 식사를 최후의 만찬으로 삼고 싶은 거냐?"

"진정해, 시키. 추가로 주문하면 되잖아. 어, 로나 양? 여기 닭고기도 잘 익었는데요?"

"라이도우, 넌 정말 눈치가 빠르구나? 소금 간이 정말 최고야! 이 음식 조리방법이라도 배워서 돌아갈까?"

"라이도우 니임……."

고테츠의 룸 내부는 상당한 혼란에 뒤덮여 있었다.

마족 로나 양은 찌개 요리의 조리법도 알 리가 없었지만, 일단 음식 자체는 마음에 든 듯하다. 하지만 시키와 그녀는 그야말로 상극인 모양이다. 시키, 너 말인데? 솔선해서 찌개를 주문하고 식사라도 하면서 얘기를 나누자고 제안한 주제에 제일 불편해 보이는데 대체 어쩌자는 거야?

울고불고 매달려도 소용없다고. 추가로 주문해도 좋으니 제발 한심한 목소리는 그만 내라.

시키는 로나 양과 나름대로 면식이 있는 걸로 보였지만, 정체를 밝힐 생각은 없는지 본래 정체에 관해서 언급하지는 않았다. 그녀의 입장에서 보자면, 시키는 굉장히 경계해야 할 상대로 비치고 있는지도 모른다. 그런 속마음을 겉으로 드러내지 않는 걸 보면, 역시 만만치 않은 상대였다.

그녀는 찌개가 정말로 마음에 들었는지 처음에 주문한 냄비의 내용물은 눈 깜짝할 사이에 자취를 감췄다. 결국 추가 주문까지 포함해서 식사를 우선하기로 했다.

"하아아아아아, 실컷 먹었다! 정말 오랜만에 배불리 먹었어!"

"그럼, 얘기를 계속해볼까요?"

"대화를 나누자고? 하지만 2대1 상황이라 죽이기도 힘들겠고, 내가 너무 불리한 거 아니야? 나는 우선 쿠즈노하 상회에 관해 알고 싶은데?"

"동등한 조건에서 교섭이 시작되는 경우 자체가 그리 많지는 않을 걸요? 애초에 로나 양은 이런 상황이 익숙하실 것 같은데요?"

"우물우물……. 라이도우 님 말씀대로다, 로나. 계략이나 음모, 함정이나 속임수 같은 건 네 녀석의 주특기가 아닌가?"

시키, 이제야 간신히 정상적으로 먹기 시작했구나. 분위기 파악은 못 하고 있지만 고테츠의 찌개는 그의 소울 푸드다. 묵인하도록 하자.

"……정말, 어디까지 알고 있는 거지? 츠이게에 출장소가 있다고 했으니…… 황야에서 우리 쪽 부하 중에 누가 꼬리라도 잡힌 건가?"

"헤에, 황야에서도 마족의 작전이 진행되고 있었군요? 금시초문이네요."

애초에 로나라는 이름부터 그저 시키가 알고 있었을 뿐이다. 우리는 아직 대외적으로 내세울 만한 정보 수집 능력은 구축하지 못한 상태였다.

토모에가 여러 가지로 암약하고 있으니, 점포를 개장한 장소에 한해서 머지않아 대충 적당한 수준의 정보 수집 체제를 구축할 수 있을 듯한 예감은 든다.

"쿠즈노하는, 아이온의 첩보기관이야?"

그녀의 대답은 노코멘트였다.

그러고 보니, 츠이게는 일단 아이온에 소속된 도시였지. 중앙으로부터 파견된 공무원들이 구제불능일 정도로 무능해서 실질적으로 상인들의 자치 도시나 다름없는 상태이다 보니 그다지 그런 감각은 강하지 않았다. 츠이게는 실질적으로 상인 길드와 모험가 길드가 운영하고 있는 듯한 느낌이다.

"그럴 리가요? 저희들은 특정한 소속이 없습니다. ……휴만은 물론, 마족하고도 무관해요."

그러니까 이 학원 도시에 가게를 개장할 생각이었다고. 그러고 보니 진심을 입 밖으로 내뱉은 건 처음이다.

물론 지금까지 마왕군 소속의 인물과 대화를 나눈 적은 없었기 때문에 고작 국가에 속박되지 않는 방식으로 사업을 하고 싶다는 말밖에 한 적이 없다.

아마 렘브란트 씨 같은 경우도 내 말뜻을 휴만의 범위에서 벗어난다고 받아들이지는 않았을 것이다. 나는 고객을 상대할 때, 종족으로 구별할 생각은 전혀 없었다.

"휴만인데 휴만 소속이 아니라고? 라이도우, 지금 스스로 무슨 말을 하는지 알고는 있는 거야?"

로나 양은 어렴풋이 곤혹스러운 표정을 짓고, 내 참뜻을 간파하기 위해 시선을 마주쳤다.

"이미 그쪽에 가담하고 있는 휴만들도 몇 명 정도 있지 않나요? 그리 놀랄 일도 아니라고 생각해요. 저는 그들보다 비교적 중립에

가까운 입장일 뿐이랍니다.”

몇 명 정도, 라는 표현은 거짓말이다. 사실은 소피아밖에 모른다.

“……정말, 기절하겠는데? 설마 이 전쟁에서 우리보다 정보 장악 능력이 강한 세력이 존재할 줄은 상상도 못 했어. 휴만 중에서도 작전이나 전술, 전략에 관해 고려하는 인물이 있을 줄이야. 난 휴만이 정보의 가치를 깨달으려면 앞으로 50년은 걸릴 거라고 생각했거든.”

50년이라니, 여보세요? 휴만도 원숭이 수준은 아니라고요. 전쟁이 완전히 끝날 때쯤 되면 대충 깨닫기 시작하지 않을까?

사실 나도 도서관에서 책을 읽을 때마다 그녀와 비슷한 느낌을 받은 적도 있다 보니, 강하게 부정하기도 힘들다.

“휴만도 제각각 사정이 다르니까요. 저희는 폭넓게 사업을 펼치기 위해 제1호 점포를 설치한 이 도시에, 당신이 잠입한 목적이 궁금할 뿐이랍니다. 부디 가르쳐주실 수 없을까요?”

“라이도우, 그렇게 무서운 표정 짓지 말아줄래? 솔직히 말해서 이쪽이 정보 측면으로 굉장히 불리한 시점부터, 난 너희들에게 거스를 생각이 없어.”

교복 코스프레 상태의 누님이 식탁에 양 팔꿈치를 괸 채로 전투 모드를 완전히 해제했다.

“그럴 듯한 얼굴로 말은 그렇게 늘어놓으면서, 매료나 미인계부터 시작해서 온갖 약이나 위험한 마술까지 마다않고 사용하는 암여우 같은 계집입니다. 라이도우 님, 방심은 금물입니다. 음, 맛이 괜찮군. 덜 익었다고 우습게보다가 큰 코 다치겠어. 새로운 발견이야.”

“……정말, 찝찝하네. 뭐지? 쿠즈노하 상회는 내 이력이라도 꿰고 있는 거야?”

“상상에 맡기겠습니다. 그런데 말이죠? 당장 믿으실 수 있는 근거는 없겠지만, 저는 당신의 적이 아닐지도 몰라요.”

“……아까, 중립이라고 했지? 설마, 넌 혹시 앞으로 벌어질 전쟁에서 휴만과 마족 양쪽으로부터 이득을 보기 위해 양쪽 군대에 죽음을 뿌리는 상인이 될 생각이야?”

로나 양의 눈빛이 한층 예리해졌다. 한번은 사라졌던 살기가 다시금 꿈틀거리기 시작한 것이 느껴졌다.

이게 바로 마장인가.

이 여성은 틀림없이 마왕을 주군으로 추대하고 있는 마족 군단의 장군이다.

그 행동거지가 어찌됐건, 자신이 소속된 세력에 충실하다는 건 개인적으로 호감이 간다. 이런 여성을 부하로 거느리고 있는 마족의 왕에게 개인적인 흥미가 생길 정도였다.

“저희들은 전쟁용 무기를 제공할 예정은 없답니다.”

일단 지금 시점에서는 말이지. 예정뿐만 아니라 그럴 생각 자체가 정말로 없다.

“그래?”

로나는 살짝 고개를 끄덕이더니, 양 팔꿈치를 식탁에 괸 채로 머리를 숙였다. 그리고 얼굴 앞에 두 손을 깍지 끼면서 그 그림자로 표정을 숨겼다.

우리의 대화는 중단됐다. 시키가 찌개를 먹는 소리만이 실내를 지배하고 있었다.

우리와의 관계를 긍정적으로 검토하고 있는 걸까? 그녀의 입장에서 우리는, 기껏해야 이용 가치가 있는 존재에 지나지 않을지도 모른다. 하지만 나는 그녀가 소피아보다는 대화가 통하는 상대라고 생각했다.

딱 알맞게 이쪽의 능력을 오판하고 있는 지금이 바로 유리하게 대화를 진행시킬 수 있는 찬스였다. 솔직히 말해서 나는 전문적인 첩보 담당을 상대로, 제대로 교섭할 수 있는 화술이나 능력에 자신이 없었다. 문제가 생기면 곧바로 시키와 터치할 생각이 충만한 상태였다.

그녀가 내리는 결론을 기다릴 수밖에 없었다.

"……휴우, 말하자면 라이도우는 마족을 상대로도 장사를 하고 싶다는 거지? 나와의 관계를 그 기반으로 삼고 싶은 거고? 하지만 내가 여기서 무슨 흉계를 꾸미고 있으면 모처럼 순조롭게 시작한 이 도시에서의 사업에 악영향을 끼칠지도 모르니 내 목적을 알아내고 싶은 거야."

정답이야. 사실 마족을 상대로 사업을 벌이기 위한 기반의 조성은 그다지 급하진 않다. 이번이 아니더라도 상관없어. 중요한 건 후반이다. 우리를 방해하지는 말아달라는 거야.

"예, 대충 맞습니다."

"역시 그래? 전쟁의 결과나 특정 국가의 손해가 아니라, 자신들의 사업이 중요하다는 거군."

으. 로나 양, 후반 부분은 틀림없이 그런 뜻인가? 그녀의 표정이 굳어졌다.

"……그렇다고 볼 수 있죠."

"알았어. 아직 신용은 할 수 없지만, 너희들의 의사는 알아들었어. 그럼 일단, 서로 알아가는 게 중요하지 않을까?"

"알아간다고요? 하지만 정보는……."

무슨 의미지?

"말해두지만 로나, 이건 정말로 순수하게 너를 위한 충고다. 만약 라이도우 님과 몸을 섞기라도 한다면 평생 동안 후회하게 될 것이다. 아마도 그 재앙은 나 역시 피할 수 없을 것으로 여겨지기에, 온 힘을 다해 방해할 생각이니 그리 알도록."

시키가 젓가락질을 멈추고, 유난히 진지한 표정을 지은 채로 로나 양에게 조용하면서도 천천히 선언했다.

몸을 섞는다고……? 아, 알아간다는 게 그런 의미였어?

"끝까지 반말을 멈출 생각은 없나 보군, 시키."

"너에게 반말을 들을 까닭은 없다."

"그 말을 그대로 너에게 돌려주지. 칫, 알아간다는 건 육체적인 의미가 아니거든? 만약 그쪽이 희망한다면 상관없지만 말이야. 그쪽의 실력이나 사고방식을 조금이나마 알고 싶을 뿐이야. 강의 시간에 살짝 부딪힌 것만 가지고는 서로 참고가 안 되잖아?"

"흥. 직접 상대하고도 라이도우 님의 심오한 권능을 조금도 깨닫지 못 하다니, 네 녀석은 불감증인가?"

"아, 그래서 저희들은 구체적으로 뭘 하면 되는 거죠?"

내버려두면 헛된 옥신각신이 계속될 것 같아서 끼어들었다. 로나와 시키의 만담은, 일단 무시할 수밖에 없다.

"믿고 안 믿고는 너희 자유야. 내가 여기에 온 목적은……."

◇◆◇◆◇

[대충 그렇다고 하더라. 미안하지만 알아봐줄래?]

"기꺼이! 곧바로 꼬리를 잡아오고 말굽쇼! 그게 사실이라면 아주 짜증나는 얘기구만요. 그럼 이만!"

라임이 내 부탁을 듣자마자 방에서 뛰쳐나갔다. 거의 동시에 쿠즈노하 상회에서 두 개의 기척이 사라졌다. 숲 도깨비 종족의 아쿠아와 에리스 콤비로군. 그녀들도 라임의 탐색 작업에 합류할 모양이다.

"그 계집의 말은 일단 의심부터 하시는 편이 좋을 겁니다, 라이도우 님."

"시키? 아는 사이 같이 보였는데. 혹시 옛날에 면식이 있던 거야?"

"예, 주로 정보를 주고받는 협력자였습니다. 정말 몇 번이나 저 계집에게 이용당해 성가신 일에 말려들었는지 모릅니다."

시키의 표정이 괴롭다는 듯이 일그러졌다. 그의 분위기로 판단하건데, 꽤 지독한 꼴을 당했던 모양이다.

"타입으로 따지자면 미오 님과 비슷할 겁니다. 자세한 사정까지는 모르겠습니다만, 마왕에게 예사롭지 않은 은혜를 입고 병적인 충성을 맹세하고 있다더군요. 전투력으로 따지고 들어가면 전혀 비할 바 아니겠습니다만, 굉장히 머리 회전이 빠르면서도 교활한 미오 님이라고 생각하시면 비슷하지 않을까 싶습니다. 아, 제가 지금 드린 말씀은 미오 님에게는 비밀로 부탁드립니다.”

굉장히 머리 회전이 빠르면서도 교활한 미오라…….

나라면 감당할 수 없을 거야. 틀림없이 정신이 붕괴할 거라는 예감이 든다.

마왕이라는 존재는 남자로서도 나 같은 놈보다 훨씬 그릇이 큰 인물인 듯하다. 단편적인 정보만 가지고 상상해 봐도, 뛰어난 군주임은 틀림없었다. 분명히 대단한 사나이일 것으로 예상된다. 응? 혹시 마왕이 여자일 가능성도 있는 건가? 그러고 보니, 정보가 거의 없었다.

그리고 시키 너 말인데? 겁이 나서 움찔거릴 정도라면 다른 예를 들면 되는 거 아니냐? 뭐, 덕분에 알아듣기 쉬웠던 것은 분명하지만 서도.

“로나 양 말인데. 결국, 이 사안을 해결할 때까지는 카렌 폴스의 신분으로 학원을 다닐 생각인 것 같아.”

“살금살금 돌아다니면서 흉계를 꾸미겠지요.”

“그녀의 말을 믿는다면 쿠즈노하 상회는 노터치라지만, 시키의 경험에 따르면 신용할 수 없는 상대란 말이지.”

“예. 그 계집은 마치 숨 쉬듯이 거짓말을 입에 담습니다.”

시키가 지체 없이 이렇게 대답하는 걸 보면, 정말 어지간한 모양이다.

“일단, 그녀의 반응도 항상 포착하고 있어줄래?”

"말씀하지 않으셔도 그럴 생각이었습니다. 오늘은 이미 숙소로 돌아간 모양이군요. 녀석은 제 감시를 전혀 감지하지 못 하고 늘어져 있습니다."

"……상세히 엿보는 건 정도껏 해줄래? 현재 위치나 동향만 파악하고 있으면 되니까. 그럼 우리는 선물이라도 들고 렘브란트 자매에게 안부 인사라도 하러 가자."

"아, 그러고 보니 아직 할 일이 남아 있었군요. 정말로 과일 세트만 선물로 지참하셔도 괜찮으시겠습니까? 꽃다발이라도 가져가시는 편이……."

그런가? 병문안도 간 적이 없으니(정확히 말하자면 면회 허가를 받지 못 했다) 꽃도 가져가는 편이 괜찮을까?

과일 바구니라는 이미지로 과일 세트만 가져가려고 했다. 하지만 생각해 보면 이건 내 가게에서 취급하고 있는 상품이란 말이지. 관점에 따라선, 그냥 선전에 지나지 않을지도 몰라.

아니, 하지만 고객들의 평판은 괜찮으니…….

"저, 라이도우 님."

"응?"

"허락해 주신다면, 제가 적당히 골라 놓을까요?"

"……미안, 부탁해."

무슨 고민을 하고 있는지 간단하게 간파한 모양이다. 시키, 네가 정말 고생이다.

십 수 분 후—.

결국 나는 시키에게 전권을 위임해서 준비한 과일 세트와 가는 길에 구입한 꽃다발을 들고 자매가 기다리는 방으로 향했다.

"저기, 시키? 렘브란트 자매의 숙소 말인데, 여긴 귀족 기숙사 안이잖아?"

그것도, 상당히 고급에 해당하는 기숙사였다. 이런 구석에서도 렘브란트 씨의 딸들에 대한 맹목적인 사랑이 느껴졌다.

"예, 그런 모양입니다."

"아무리 내가 임시 강사 신분이라고 해도, 사무실 직원도 용케 가르쳐줬네. 일반 학생이라면 몰라도 말이지."

"……노력했으니까요."

노, 노력?

"노력했다고?"

"예. 후유증이 남지 않도록 최면을 거는 작업은 상당한 노력이 필요했습니다."

"……."

못 들은 걸로 하자.

우리는 귀족 기숙사 입구에서 임시 강사로서의 신분을 밝히고 자매의 귀가를 확인한 후에 면회 허가를 받았다. 몰래 만나러 들어가기엔 부적절한 상황이다. 그냥 완치와 복학에 관해 한 마디 축하해주고 나오면 끝나는 얘기라서, 괜한 서프라이즈는 필요 없거든.

두 사람은 한방을 쓰고 있었고 귀가한 상태라는 사실도 전해 들었다. 내가 면회하고 싶다는 취지를 전달하자 흔쾌히 승낙했다고 한다. 우리는 관리인의 씁쓸한 표정에도 불구하고 귀족 기숙사 안으로 들어가 무사히 방문 앞에 도착했다.

노크를 하자 우당탕거리는 소리가 들리더니 발소리가 가까이 다가왔다.

문이 열렸다.

[시프 양과 유노 양. 와병 중에 병문안도 드리지 못해 정말 죄송했습니다. 강의 시간에 자기소개는 일단 했습니다만, 새삼 다시 한 번 인사드립니다. 아버님께 여러 가지로 신세를 지고 있는 상인, 라이도우라고 합니다. 건강 회복을 진심으로 축하드립니다. 이쪽은 늦게나마 준비한 저희의 성의입니다.]

나는 머릿속에서 정리하고 있던 말들로 자매의 완치를 축하하면서, 가볍게 자기소개를 마쳤다. 그리고 시키로부터 커다란 용기에 담겨진 과일 세트와 꽃다발을 받아 들고, 우리를 맞이한 두 사람에게 건넸다.

두 사람 다, 지금은 교복을 갈아입고 사복 차림이었다. 디자인은 다르지만, 두 사람은 아마도 둘이 대비를 이루도록 고안된 디자인의 원피스를 몸에 걸치고 있었다. 비싸 보이네. 특별 주문품이라는 사실을 한눈에 알아볼 수 있었다.

렘브란트 자매는 만면의 미소를 짓고, 꽃다발과 과일 세트를 받아들었다. 우리는 두 사람의 강한 권유를 받고 방 안에 실례하기로 했다. 일단 준비한 선물을 건네줬으니, 딱히 오랫동안 머물 필요는 없는데…….

"라이도우 선생님, 강의 때와는 태도가 전혀 다르시네요?"

"응, 깜짝 놀랐어요!"

내가 두 사람의 재촉에 따라 소파에 걸터앉자, 반대편에 앉은 두 사람이 수업중의 태도를 걸고 넘어졌다.

[강의는 공부를 하면서 실력을 갈고닦는 시간이니까요. 저도 은연중에 엄격한 태도를 취하게 되더군요. 매번 종자인 시키의 도움을 받고 있지요. 이런 식으로 두 분과 접하고 있다는 사실은 다른 학생들에게는 비밀로 부탁드립니다.]

솔직하게 당근과 채찍 작전이라고 털어놓을 수도 없는 노릇이다. 그리고 다른 사람들에게 들통 나면 여러모로 곤란해.

"시키 선생님이라고 하셨지요? 아버지로부터 토모에 양이나 미오 양이라는 분들에 관해서는 들은 적이 있는데요, 라이도우 선생님과는 예전부터 알고 지내시는 건가요?"

"예, 저는 오래 전부터 라이도우 님을 섬기고 있습니다. 다만, 츠이게 방문은 예상 밖의 일정이었기 때문에 동행할 수 없었지요."

사전에 의논한 대로, 시키가 급조된 설정을 입에 담았다. 당연히 이 두 사람으로부터 시키에 관한 질문이 들어올 거라고 예상해서 사전에 고안한 설정이다.

다행히 두 사람은 그 이상 추궁하지 않았다. 언니인 시프는 차를 준비했고, 동생인 유노는 과자를 내왔다.

정말 야무진 소녀들이다. 내가 두 사람이 내온 차를 마시면서 한숨을 돌리자, 자매가 마주 보면서 서로 고개를 끄덕였다.

"츠이게의 상인, 렘브란트의 장녀인 시프입니다. 라이도우 님께서 이번에 저희의 목숨을 구해주셔서 정말 어떻게 감사의 말씀을 드려야 할지 모르겠습니다. 이 은혜는 결코 잊지 않고 마음에 새겨, 반드시 보답할 수 있도록 노력하겠습니다."

"마찬가지로 차녀인 유노입니다. 언니와 함께 이렇게 건강을 되찾을 수 있던 것은 모두 라이도우 님 덕분입니다. 그, 저희들이 할 수 있는 일이라면 뭐든지 말씀해 주세요."

…….

나는 정말 몸 둘 바를 모를 정도로 두 사람으로부터 감사를 받았다! 쾌활한 성격의 동생까지 말투를 조심하면서 진지한 얼굴로 굉장한 소리를 하고 있거든?

저주병은 죽음에 이르는 불치병이었다. 장기에 걸친 투병 생활은 정말 그녀들을 극단적으로 몰아 세웠던 것이다. 지금도 나는 라임 일행에게 저주병에 걸린 증상 사례를 수집해오라고 부탁해서 해독약을 제작하고 있다. 저주로 사람을 병들게 만들어서 죽이다니, 역시 나로서는 도저히 용서할 수 없는 일이었다.

[예, 그럼 두 분께 부탁하지요. 앞으로 펼쳐진 인생을, 온 힘을 다해 행복해 지셔야 합니다. 그게 바로 저에게 보답하시는 길입니다. 그리고 라이도우 님이라는 호칭은 사양하겠습니다. 이래봬도 학원의 강사니까요, 그냥 선생님이라고 부르시면 됩니다.]

""……어?""

나는 두 사람이 어쩌면 엄청나게 고민하고 있을지도 모른다는 예감을 느끼고 있었다. 그래서 츠이게에 체류할 당시부터 이럴 경우의 대답도 일단 준비해두고 있었다.

모처럼 저주병을 이겨내고 살아남았는데, 그 다음엔 은혜에 얽매여서 살아가는 건 의미가 없다. 그러니까 행복을 추구하면서 인생을 만끽해 달라는 말을 꼭 전하고 싶었다.

내 대답 자체가 의외였나? 아니면 즉시 대답이 돌아왔다는 사실에 깜짝 놀란 걸까? 두 사람은 어안이 벙벙했다.

[생명의 은인이 하는 말이니 꼭 지키셔야 합니다. 제 얼굴이 못생겼다고 어기시면 안 된다고요? 두 분도 투병 중엔 상당히.]

"그, 그 말씀만큼은 제발 하지 마세요! 선생님께 알몸보다도 창피한 모습을 보인 건 알고 있으니까요!"

"으으, 그땐 정말 알몸보다……."

그야 거의 구울이나 다름없는 모습이었으니 별 수 없다. 렘브란트 씨는 완치된다는 사실이 밝혀진 이후로, 부인과 따님들의 회복 과정을 그림으로 남기겠다고 말한 적도 있었다. 내가 봐도 상당히 무신경한 처사라는 생각이 들었는데, 그러고 보니 그건 어떻게 됐지?

[그러고 보니, 아버님께서 세 분의 회복 과정을 기록하고 싶다고 말씀하신 적이 있었는데요.]

"……선생님, 아버지는 스스로의 어리석은 생각을 맹렬히 반성했답니다."

"……선생님을 학생이 아니라 강사로 추천하는 항목에 체크한 깜빡이 모리스와 함께 벌을 받았거든요?"

아, 위험하다. 이 자매의 본색은 역시 굉장히 살벌한 건지도 몰라.

착 가라앉은 톤의, 듣기만 해도 온몸이 떨려오는 얼어붙은 목소리—.

본능이 회피하라고 경종을 울렸다. 벌의 내용에 관해선 묻지 않기로 했다. 아마, 부인과 두 딸이 뭔지는 몰라도 무슨 짓을 했겠지. 하지만 안 물어볼 거야.

나도 앞으로 구울 변화 사건은 건드리지 말아야겠다. 시간의 경과에 따라 좋은 추억으로 변하지 않는 기억도 있는 법이다.

[아, 아하하. 그러셨군요? 아니, 전 딱히 상관없습니다. 그럼, 시키? 이제 슬슬 물러가도록 할까?]

"예, 라이도우 님."

시키는 지금까지 전혀 참견하지 않고, 어디까지나 철저한 종자로서 행동했다. 고마울 따름이야. 자상한 두 자매는 우리의 귀환을 아쉬워했다. 우리는 두 사람에게 감사를 표하고, 귀족 기숙사에서 등을 돌렸다.

"라이도우 님, 저 두 사람 말입니다만."

"응?"

"휴만 종족의 부유 계층인데도 불구하고, 외모에 대한 집착이 강하지 않더군요. 라이도우 님에 대한 감사의 마음도 본심인 것처럼 보였습니다. 저는 주인의 내면을 사모하는 평범한 휴만을 처음으로 만난 것 같습니다."

토모에의 입김이 닿은 라임 같은 녀석도 있는데, 이미 그쪽은 이상한 경우라 이 말이야?

"두 사람은 저주병 때문에 스스로의 외모가 굉장히 참혹하게 변한 적도 있거든. 분명히, 여러 모로 심경에 변화가 생겨서 사람의 내면을 중시하게 된 게 아닐까?"

"하여간, 저는 두 사람의 말이 기뻤습니다. 저 둘은 틀림없이 크게 성장할 겁니다."

“시키 선생님의 보증까지 받은 거야? 그럼 기대되는 신인이 되겠는데?”

나와 시키는 잡담을 나누면서 귀갓길에 올랐다.

—다음 날 아침.

라임 라떼의 소식이 두절됐다.

EXTRA 에피소드

TM 부트캠프 ~숲 도깨비들의 애가~

어느 날의 작업장

TM 부트캠프 ~숲 도깨비들의 애가~

아공, 신기루 도시 교외—.

지금 이곳에 갈색 피부와 붉은 눈을 지닌 전사들이 정렬하고 있었다. 인원수는 15명이다.

전원이 충분한 전투 경험을 보유하고 있으며, 그 눈동자로부터 스스로의 경험에 대한 적지 않은 자부심이 엿보였다. 요컨대, 그들은 자신만만했다.

15명의 정예 병력은, 숲 도깨비 마을에서 선발된 실력자들이다. 그들은 마을 장로들의 의사에 따라 이 땅의 주인인 라이도우, 본명 마코토에게 협력을 맹세하는 증표로서 파견된 몸이다. 그들 중에는 마코토를 질색하게 한 아쿠아와 에리스, 그녀들의 스승인 몬드도 포함되어 있다.

마코토의 종자인 토모에가 그들의 마을에 설치한 결계를 재구축한 결과, 강력한 병력을 마을에 배치할 필요가 없어졌기 때문에 가능한 인원 선발이었다.

예비 조사를 위해 초대받은 숲 도깨비는 아공의 환경에 놀라는 한편, 칭송을 아끼지 않았다. 마코토는 선발된 인원들에게 남쪽에 펼쳐진 숲을 주거 지역으로 삼고, 자치를 허용하기로 했다. 그 이외에 여기 저기 흩어져 있는 숲들의 관리를 일임하는 방침도 검토 중인 상태였다.

오늘은 사전에 정해져 있던 전투 훈련을 시작하는 첫 날이다. 개시 시각까지 아직 시간이 남아 있었지만 전원이 집합을 마친 상태였다. 그리고 신기루 도시로부터 찾아올 관찰 담당, 소위 말하는 감시역 자격으로 동반하는 세 사람을 기다리고 있었다.

그 세 사람은 말할 것도 없이 라이도우와 토모에, 미오였다. 신기루 도시가 자랑하는 최강의 세 사람이다. 이들이 그저 감시역 자격으로 찾아온다고 진심으로 여기는 숲 도깨비가 있다면 어떻게 보면 굉장히 행복한 인물이리라.

"오호, 역시 엄선한 보람은 있는 모양이로군. 한 명도 빠짐없이 다 모였으니 말이야."

토모에가 대열을 짓고 있는 갈색 집단에게 처음으로 말을 걸었다. 파란 머리카락의 여성으로, 이 세계에서 전례가 없는 일본식 복장을 입고 있다. 당연히 그 차림새가 무사를 본뜬 모습이라는 사실을 아는 이도 없었다. 그저 기발하기만 할 뿐이다.

"……잔챙이들을 교육시키라니, 의욕이 안 생기는 일이네요."

미오가 저혈압이 의심될 정도로 불쾌한 목소리로 말했다. 흑발과, 토모에와 다른 스타일의 일본식 복장이 특징적인 여성이다. 그녀가 입고 있는 옷은 기모노로 분류된다. 도저히 활동적인 복장으로 보이지는 않았다. 아무리 봐도 훈련 동반에 부적절한 차림새였다.

"왜 나까지 따라올 필요가 있는 거지? 시키 정도면 문제없을 것 같은 느낌이 드는데."

이 땅의 최고 권력자인 마코토가 불만이 넘치는 듯한 목소리로 말했다. 지금 당장이라도 돌아가고 싶다는 표정이다. 그의 입장에서 보자면, 학원 도시를 목적지로 삼은 여행 출발을 앞두고서 쓸데없는 이벤트에 억지로 참가하고 있는 기분이었다. 아침부터 왜 이런 꼴을 당하는지 알 수가 없다는 듯한, 전체적으로 흐리멍텅한 분위기를 풍기고 있었다.

숲 도깨비들은 토모에 이외엔 의욕이라곤 찾아볼 수가 없는 세 사람의 모습을 보고 한꺼번에 표정을 일그러뜨렸다.

"드디어 행차하셨군. 기운 없어 보이는 이들이 따라온 게 마음에 안 든다만, 오늘은 우리의 자율훈련을 확인하고 갈 예정인가?"

대표 격인 숲 도깨비 사내가, 도착한 세 사람의 방문자들에게 확인 삼아 질문했다. 전체적으로 날렵한 인상의 숲 도깨비들 중에서, 그의 체격은 근육이 두드러질 뿐만 아니라 예리한 얼굴생김새가 특징적이었다. 말할 필요도 없이, 변태 또는 사부라고 불리던 바로 그 인물이다.

"아니, 자율훈련은 즉시 중지다."

"……뭐라고?"

토모에가 태연한 모습으로 그 말을 부정하자, 변태는 불쾌한 표정을 감추려고 하지도 않고 대답했다.

"여전히 쓸모없는 기운이 넘치는 녀석이로고. 그래…… 이름이 아마 몬드라고 했나? 이름은 잘 났는데 유감스러운 녀석일세."

"시비라도 걸 생각인가? 용 누님?"

"그럴 리가 있나? 오늘은 예정을 변경해서 네 녀석들의 실력을 우리에게 증명할 기회를 줄 참이다. 일정한 기준을 만족시키고 있는 상태라면, 앞으로 그쪽 마을의 기준에 따라 선발된 인원을 전면적으로 신용할 수 있다. 만약 기준 이하라면 이쪽에서 재훈련이 필요할 뿐이야."

토모에가 지극히 당연한 느낌의 이유를 언급했다. 하지만 그 히죽거리는 표정은, 몬드의 말대로 시비를 걸고 있다고밖에 느껴지지 않았다.

"우리의 수준이 불만족스럽다는 건가?"

"……몬드, 지금 이 몸의 제안은 오히려 네 녀석들의 희망사항에 가깝지 않나? 지금부터 팀을 나눠서 우리와 전투 훈련을 가지는 거다. 그러기 위해서 일부러 도련님과 미오에게 시간을 내달라고 요청했거든."

"……호오."

몬드의 눈빛이 마치 독수리와 같이 예리하게 변했다. 물론 토모에의 입장에서는 그다지 대단한 위협을 느낄 수 없는 상대이기 때문에 넘치는 위압감을 발산하는 눈빛도 무의미했다.

"다섯 명씩 팀을 구성하도록 해라. 어차피 몬드와 애제자 두 사람은 같은 팀이겠지? 네 녀석들은 도련님을 상대하도록."

"그야 듣던 중 반가운 소리군! 우리도 궁금했던 참이거든. 대체 마코토 님이라는 분께서 얼마나 대단하신지 말이야."

"그래? 잘 됐구나. 그건 그렇고, 다음으로 우리가 설정하고 있는 일정한 기준 말인데."

토모에가 싱글벙글한 표정으로 설명을 계속했다. 그녀는 그들의 말투나, 다른 이들의 입에서 튀어나오는 불평이나 불만에 특별히 주의를 기울이지 않았다. 반응이라고 해봤자 미오가 은근슬쩍 두 눈을 가늘게 뜬 채, 부채로 입가를 가리고 있는 것이 전부였다. 마코토는 조금도 변화가 없었다. 그저 빨리나 끝났으면 좋겠다는 눈빛이다.

"기준? 이기면 불만 없는 거 아닌가?"

"물론이고말고. 너희들이 우리를 쓰러뜨릴 수만 있다면 무조건 합격이다. 구체적으로 말하자면, 이 몸과 미오를 상대로 하는 팀은 무릎을 꿇리거나 명확하게 자세를 무너뜨리기만 해도 충분한 수준이다. 마코토 님의 경우엔…… 단 한 차례의 공격이라도 명중한다면 합격으로 쳐주마. 이 기준들을 만족시키지 못할 경우, 오후부터 이 몸의 훈련 메뉴에 잠자코 따르겠나?"

토모에의 선언을 듣고, 속삭이는 듯한 그들의 불평 소리가 마치 잔물결처럼 널리 퍼져 나갔다.

"알아들었어. 알아들었는데…… 정말 우리를 어지간히 우습게 보는 모양이군. 곧 인원을 나누도록 하지. 후회하지 마라."

"너희들이야말로 후회가 없도록 온 힘을 다해서 덤벼들도록. 시험 시간은 지금부터 점심시간까지다. 특별한 룰은 없다. 다만 이쪽에서는 치명상을 초래하는 공격을 사용하지는 않을 요량이다. 그리고 너희들이 입은 부상도 말끔하게 회복시켜줄 테니 안심해라."

그럼, 준비하고 와라.

토모에는 숲 도깨비들에게 대충 손을 흔들었다. 저쪽으로 가 있으라는 의사 표시로 보이기도 하는 동작이다.

"토모에~ 지금부터 점심시간까지라니 진심이야? 거기다 내 경우엔 한번이라도 공격을 당하면 끝이라니 왜 쓸데없이 기준을 높이는 건데?"

"도련님, 숲 도깨비는 약간 지능이 저질이랍니다. 어중간한 수준의 지성을 갖추고 있기 때문이겠지요. 본능으로 강자를 이해할 수 없는 체질입니다. 나쁜 의미로 휴만의 영향을 받은 것 같습니다. 저 녀석들은 아무래도 이곳에서 자유롭게 나갈 수 없다는 사실은 물론이거니와 도망칠 수도 없다는 사실조차 망각한 모양이니까요. 지금 당장 철저하게 주제 파악을 시켜야 향후의 조교……아니, 훈련도 순조롭게 진행시킬 수 있을 것으로 사료됩니다. 아무쪼록 협력을 부탁드립니다. 오후부터 시작될 이 몸이 고안한 부트캠프 쪽은, 도련님께서 참가하실 필요는 없습니다."

토모에는 그들이 마코토에게 한 차례라도 공격을 명중시킬 수 있을 것이라고는 생각조차 하지 않았다.

"부, 부트캠프라니, 너 또 이상한 기억을 재생시켰구나……. 일단, 앞으로 난 여기에 자주 못 오게 될 것 같으니 지금 당장 협력할 수 있는 일이라면 참가하겠지만 말이야."

"저는 어째서 오후 훈련에 참가해야 하는 거죠? 도련님과 함께 있고 싶은데요?"

"미오, 그건 너와 이 몸이 모여 있는 편이 녀석들에게 더욱 깊숙한 절망을 선사해줄 수 있기 때문이다. 저 녀석들은 가능한지 불가능한지의 여부는 차치하고서라도, 도련님께 위해를 끼치려고 했던 놈들이다. 잠깐 따끔한 맛을 보여주는 의미에서라도 참가할 수 없겠나?"

"그러고 보니, 아직 벌을 내리지 않았네요. 좋아요. 그런 의도라면……."

미오가 토모에의 논리에 납득했다. 애초에 그녀는 숲 도깨비의 악의를 감지하지 못 했다. 그리고 그 직후에 마코토가 개인적으로 그들에게 가지고 있던 인상을 전해 들었기 때문에 숲 도깨비에 대한 좋은 인상은 전혀 없었다. 마코토 본인이 일단 허용하고 있는 데다가, 당장 여러 가지로 쓸 만한 족속이라서 어쩔 수 없이 받아들였을 뿐이다. 마코토도 토모에와 미오를 학원 도시로 데려가지는 않을 거라고 선언한 참에, 토모에의 부탁을 약간 감수하고 있는 입장이었다.

"그럼, 죽지 않을 정도로 쓰다듬어 주도록 하지. 녀석들은 앞으로, 이 몸의 새로운 분신체에 의한 훈련 메뉴로 다시 태어날 테니까. 크흐흐흐……."

초대 분신체가 소멸한 이후, 토모에는 새로운 아공의 관리자 역할을 담당할 분신체의 창조에 힘을 투자하고 있었다. 2대째 분신체는 대충 생긴 2등신 몸체였던 초대와는 달리, 소녀의 외모와 강력한 전투력을 보유한 존재로 탄생했다. 기본적으로 분신체는 상위 용이 스스로의 힘을 분할시키면서 창조하는 존재였다. 하지만 이번 분신체의 핵은 마코토에 의해 탄생한 진홍색 반지가 투입됐으며, 미오를 상대로 비밀 전투 훈련을 받은 불길한 존재였다. 토모에는 바로 그 2대째 분신체가 만반의 준비를 갖추고 투입될 예정인 내일 이후의 훈련에 대해 큰 기대를 품고 있었다.

토모에가 불온한 미소를 짓고 있었다. 마코토는 아무리 숲 도깨비들이 자신을 상대로 적대적인 태도를 보이고 있다고는 하나, 그들에게 일말의 동정심을 느낄 수밖에 없었다.

◇◆◇◆◇

전투의 결과는 처참했다.

아마도 숲 도깨비 종족의 역사상 이렇게 처절한 패배는 처음이라는 생각이 들 정도로 참패이자 완패였다.

몬드는 근육 바보지만 전투에 무능한 인물은 아니었다. 그는 전투 직전에 토모에에게 확인을 요청해, 한 팀이라도 조건을 만족시킨다면 향후의 훈련에 간섭하지 않겠다는 다짐을 받아냈다. 가장 중요한 사항의 확인을 소홀히 했지만, 그것은 토모에의 도발 섞인 말투에 넘어간 결과일 것이다.

당연히 몬드는 가장 숙련도가 낮은 다섯 사람을 토모에에게, 다음 다섯 사람을 미오에게 배정했다. 그리고 본인을 비롯한 최강의 다섯 사람을 마코토의 상대로 할당했다. 그들 종족의 실력 순위를 고려하면 타당한 선택이었다. 애초에 몬드는 아공 견학 중에 일어난 사고(라고 들었다) 당시에, 사방으로 확산된 마코토의 마력이 정확히 누구의 것이었는지 확인하지 않았다.

해가 중천에 걸릴 즈음까지 나름대로 많은 시간이 주어졌는데도 불구하고, 토모에와 미오를 상대하던 숲 도깨비들은 그 때까지 서 있을 수조차 없었다.

토모에는 무기를 뽑지도 않고, 고통을 부여하는 안개 결계를 15

분 정도 유지했을 뿐이다. 그녀를 상대하던 숲 도깨비 다섯 사람은 모두 입에서 거품을 물면서 전투 불능 상태에 처했다. 개인의 전투력이나 연계 능력은 아무런 의미도 없었다. 고통스러운 비명과 단말마의 외침소리가 잠시 동안 울려 퍼지다가, 조용해져서 결계를 해제했을 뿐이다. 토모에는 그동안 완성을 눈앞에 둔 일본도의 칼집과 코등이에 어떤 장식이 어울릴지 자료를 한손에 들고 고민하고 있었을 뿐이다. 이건 좀 심했다.

미오는 전투가 시작되자마자 숲 도깨비 중 한 사람이 시전한 마술을 막아내지도 않고 몸으로 받아내고도 건재했을 뿐만 아니라, 공중과 지상으로부터 동시에 공격을 시도하던 네 사람과 술사를 거미줄로 포박했다. 그리고 거미집에 잡힌 벌레나 다름없이 발버둥 치던 그들의 체력을 그대로 죽기 직전까지 흡수하고 끝내버렸다. 점심시간 쯤 되자 그 다섯 사람 중에서도 가장 강력한 실력을 보유한 이조차 금방 태어난 새끼 사슴 정도의 동작밖에 못 하는 상태였다. 뿐만 아니라 미오는 미동조차 하지 않았다. 숲 도깨비들이 모두 일단 정신을 잃고 혼절한 후, 미오는 적당한 바위를 찾아 걸터앉았다. 그리고 그녀는 최근에 익힌 화장이 피부에 잘 먹히고 있는지 확인했다. 이쪽도 참 심했다.

그리고 마코토의 경우—.

살기를 숨길 기색조차 없는 숲 도깨비 최정예 다섯 사람과 마주친 순간, 몬드가 한 가지 제안을 했다. 그가 말하기를, 자신에게 한 차례 공격을 해보라는 것이다. 어느 정도의 실력을 갖추고 있는지 모르면 조절을 할 수가 없으니, 우선 자신에게 공격을 해보

라고 앞으로 나섰다.

마코토는 이 어리숙한 멍청이에게 처음으로 약간 호감이 생겼다. 아마도 여러 가지 스토리에서 「뭐라고!」라든가 「그럴 수가!」라고 놀라는 리액션 담당은 이런 사람들일 거라는 생각이 들어서, 쓴웃음을 지었다. 그가 내뱉은 말은 한 차례라도 공격을 당하면 안 된다는 조건이 없었다면, 마코토 자신이 제안하려고 했던 조건이었다.

그렇게까지 말씀하신다면야 거절할 이유는 없지.

그는 아쿠아리우스 콤비와 전투했던 경험을 살려 대충 사부의 실력을 추측한 후, 여기를 때리라는 듯이 얼굴을 내민 몬드에게 일격을 날렸다. 아니나 다를까, 몬드는 단숨에 허공의 저편으로 날아가더니 꼼짝도 하지 않았다. 나머지 네 사람은 넋이 나가서 마코토에게 반격을 날리지도 못 하고, 잠시 동안 사부가 날아가 버린 방향을 멍청히 쳐다보고만 있었다. 그리고 정신을 차린 인원부터 몬드의 안부를 확인하기 위해 달려 나갔다. 남겨진 마코토는 일단 몬드의 실력을 예측해서 일격의 위력을 조절했는데도 불구하고 생각보다 더 약했던 몬드가 날아가는 모습을 보고 눈이 휘둥그레졌다.

"그냥 입만 산 거였구나……."

마코토가 나직이 중얼거렸지만, 아무도 듣지 못 했기 때문에 무의미했다. 그가 당분간 가만히 구름이나 쳐다보고 있으려니, 숲 도깨비들이 돌아왔다. 아마도 나머지 네 사람이 회복시킨 것이리라. 몬드도 최소한 겉모습만큼은 무사한 것처럼 보였다.

대략, 이유는 모르겠지만 비겁자 취급과 온갖 욕설을 퍼부은 후에 그들은 공격을 시작했다. 마코토는 그저 모든 방향을 향해 마술 장벽을 전개하고, 강화의 계를 추가해서 내버려뒀을 뿐이다. 집중 공격이건 전방위 공격이건 효과는 전혀 없었고 마술이나 검은 물론이고 화살까지도 허무하게 튕겨나갈 뿐이었다. 숲 도깨비들의 입장에서 보자면, 부서지지 않는 거대한 바위덩어리를 끊임없이 공격하고 있는 거나 다름이 없었다.

차라리 마코토가 반격이라도 했다면 금방 끝났을 텐데, 그들은 거의 점심시간이 다 되갈 때까지 온갖 수단을 총동원해서 연속공격을 시도하다가 모든 체력을 소모하고 말았다. 토모에가 기다리다가 지쳐서 안절부절 하기 시작하자, 마코토는 그제야 문득 땅바닥에 내려놓고 있던 활을 집어 들고 5연발을 날렸다. 기어코 마코토를 상대하던 다섯 사람도 무릎을 꿇었다. 더 이상 일어설 체력도 없을 정도로 지쳤고, 호흡도 거칠었다. 마코토는「대충 이 정도면 되는 거야?」라고 별 생각 없는 말을 토모에에게 던지더니, 그대로 물러갔다.

그 자리에 남겨진 것은 몸의 상처는 나았어도, 근본적인 자존심이 파괴된 불쌍한 열다섯 명의 숲 도깨비들뿐이었다. 이곳에 도착했을 당시의 분위기는 조금도 남아있지 않았다. 토모에는 의도했던 대로의 상태에 만족하면서 고개를 끄덕였다.

"흠, 불합격인 이상 이 몸의 훈련 방침에 따라야 할 것이다."

"……그러지."

여러 가지 감정이 함축된 대답이 돌아왔다. 그 대답에 함축된 감정 중에는 피로가 적지 않은 비중을 차지하고 있겠지만, 역시 반항심 또한 어느 정도 남아있을 것이다. 하지만 토모에는 그저 미소를 짓고 있을 뿐이었다.

"토모에, 마음이 너무 넓으신 거 아닌가요? 아직 반항할 마음이 남아있다면 철저하게 주제를 파악하도록 당신의 안개로 반나절만 더 버릇을 들여놓는 편이 열심히 훈련하는데 도움이 될 것 같은데요?"

미오의 발언을 듣고, 토모에를 상대했던 숲 도깨비 다섯 사람이 창백한 얼굴로 머리를 붙들어 맸다. 15분 만에 거품을 물었는데, 반나절이나 계속한다면 정신이 붕괴될 수도 있다. 그들이 바로 현 단계에서 가장 마음이 꺾인 숲 도깨비들임이 틀림없었다.

"진정해라, 미오. 너무 겁을 줄 필요는 없다. 그 방법은 성적이 부진한 이를 위한 벌칙 게임으로 남겨두도록 하지."

"제 술법은 물론이고 당신의 술법까지도 아무런 대책도 없이 그냥 얻어맞는 이런 것들에게 정말로 가치 같은 게 있나요? 도련님을 상대한 녀석들의 경우엔, 끝까지 공격을 시켜줬는데도 저 모양이잖아요?"

"소질은 충분할 것이야. 하나부터 열까지 가르쳐주면서 단련시키면 요긴한 녀석들로 성장하지 않겠나."

"아공의 종족들 중에서도 밑에서부터 세는 편이 빠를 것 같지만요."

미오는 토모에가 그들의 어떤 요소를 기대하는지 알 수가 없어서 고개를 갸웃거렸다. 당연한 얘기지만, 미오의 평가는 숲 도깨비들의 마음을 조금도 배려하지 않았다.

“그 사실을 부정할 생각은 없다. 기껏해야 나뭇가지나 가지고 노는 어린아이 수준이겠지. 도련님께서도 그런 기준으로 상대하고 계셨던 모양이다.”

“……벌은커녕 도중에서부터 간호로 변할 것 같네요.”

미오가 몹시 피곤하다는 감정을 손동작으로 나타내면서 앞일을 예측했다. 그녀는 조금만 괴롭혀도 금방 고장 날 것 같은 상대 때문에, 오히려 스트레스가 쌓일지도 모른다는 생각이 들어 탄식을 내뱉었다.

상대가 무슨 소리를 하더라도, 완벽하게 패배한 숲 도깨비들은 반론할 수 없었다. 그들은 토모에의 명령대로 순순히 훈련 메뉴를 소화했다.

훈련은 저녁시간까지 계속됐다. 토모에와 미오 두 사람의 감시 때문에 요령을 피울 수도 없었기에, 몬드 일행은 혹독한 훈련을 견뎌낼 수밖에 없었다. 훈련의 내용은 그들의 한계를 파악하려는 경향의 과정이 많았기에, 숲 도깨비들은 의문점을 느꼈다. 내일부터 당분간 훈련 예정은 없다. 숲을 보고 돌아다니기 위한 시간으로 비워둔 상태였다. 이런 훈련 내용을 통해 토모에가 대체 무슨 결과물을 기대하는지 알 수 없었고 요긴한 병력으로 성장시키겠다고 한 이유도 알 수 없었다.

“좋아, 오늘은 여기까지다!”

토모에의 말을 듣고, 숲 도깨비들 중 몇 사람이 훈련 도중에 한 번도 고통의 안개를 뒤집어쓰지 않았다는 사실에 안도의 한숨을 내쉬었다. 하지만 진짜 지옥은 지금부터였다.

토모에가 정렬을 마친 15명에게 태연하게 선언한 것이다.

“그럼, 내일 훈련은 새벽부터 하루 종일이다. 오늘 중에 준비를 마치도록.”

“……! 웃기지 마! 다음 훈련 관찰 예정은 열흘 후였을 텐데!!”

몬드가 지체 없이 토모에의 말에 반론했다. 훈련은 자율적으로 이루어지며, 그 내용을 정기적으로 관찰하겠다는 규칙에 어긋나는 선언이었기 때문이다.

“무슨 소리냐? 이 몸은 처음에 자율훈련은 중지라고 틀림없이 말하지 않았나?”

“그 말은! 그저 훈련을 시찰하기로 한 예정을 중지한다는 의미잖아?!”

“그런 건 네 녀석이 머릿속에서 멋대로 상상한 논리가 아닌가? 그리고 이 몸은 실력을 확인하기 전에 틀림없이 말했는데? 기준 이하일 경우엔 이쪽이 준비한 재훈련을 받아야 할 것이라고.”

“지금, 바로 너희들의 훈련이 끝난 참이잖아!”

“……. 숲 도깨비라는 종족은 정말로 머리가 나쁘구나. 이 몸은 오후부터 훈련을 시작하다고 틀림없이 말했지만, 「언제」 끝난다는 소리는 입에 담은 적이 없거든? 참고로 말해두는데, 현재로서는 최단 기간으로 1개월을 예정하고 있다.”

토모에는 훈련에 필요한 최단 기간이 1개월이라고 명확하게 밝혔다. 숲 도깨비들 중 몇 사람이 그녀의 말을 듣고 기절했다. 차원이 다른 상대의 감시를 받으면서 무슨 짓을 할지 짐작도 안 가는 훈련을 받는다니, 악독한 고문이나 다름없다. 단호히 거부하고 싶은 제안이다. 하지만 실력으로 거부할 방법이 없다. 이제 그들의 마지막 수단은 도망밖에 없었다.

"억지를 지껄이는 건 당신들 쪽이잖아! 훈련이 언제 끝난다니, 그 날 훈련 종료까지를 뜻하는 게 상식이잖아?!"

"그래, 이 몸이 억지를 부리는데 그게 어쨌다고? 약자의 도리나 이치 따위가 강자의 억지를 이길 수 있다는 거냐?"

몬드의 항의는 거의 비통하기까지 했다. 그는 자신이 온 힘을 다 바쳐도, 눈앞의 두 사람에게 전혀 미치지 못 하리라는 사실을 오늘 훈련 시간을 통해 뼈저리게 이해했기 때문이다.

그녀들을 만취하게 해서 깊이 잠든 사이에 기습을 시도한다고 해도, 깔끔하게 전멸당할 것이 틀림없다. 몬드는 마음속에서 그 사실을 확신하고 있었다. 거기에 그치지 않고, 그녀들이 힘 조절에 「실수」한 결과로 죽임을 당할 가능성도 있다. 머리와 몸이 파란색과 검은색, 이 두 여자가 절대적인 강자라는 사실을 완벽하게 이해하고 있었다. 그리고 마코토가 그녀들보다도 훨씬 강하다는 사실도 확실했다. 몇 시간이나 계속 공격해놓고 장벽 하나 파괴하지 못 했다. 반격하려고 마음먹었다면 언제든지 가능했을 텐데, 그는 조금도 움직이지 않았다. 마코토의 입장에서 보자면, 자신들은 장난으로 달려드는 어린아이들과 별반 다를 바 없었다는 사실을 뼈저리게 깨달을 수밖에 없었다.

"어머나, 실력을 확인하기 전만 해도 한 팀이라도 조건을 만족시키면 자신들의 훈련 체계를 유지해도 되겠냐고 확인까지 하셨던 분이 참 별 볼 일 없는 상식에 매달리네요? 저는 어려운 소리를 할 생각은 없는데, 약자에게 선택의 여지 같은 게 있나요?"
""…….""
아쿠아와 에리스는 얌전했다. 자신들은 마코토에게 손쓸 도리도 없이 제압당했으며, 그 이후의 훈련 과정에서도 호되게 욕을 먹었다. 뿐만 아니라, 정말로 아슬아슬하다고 생각되는 지점을 달성하기도 하고 실패하기도 하는 과정의 연속으로 인해 육체와 정신이 완전히 지쳐 있었다. 솔직히 말해서, 내일부터 시작될 훈련 예정 같은 건 아무래도 좋으니 지금 당장 자고 싶다는 게 몬드를 제외한 마코토를 상대했던 네 사람의 심정이었다. 나머지 열 명의 경우엔 완전히 마음이 꺾인 상태였다. 말 그대로 아무 것도 생각할 수 없는 상태인 쪽이 토모에에게 당했던 다섯 명이다. 그리고 이미 도망 이외의 수단을 떠올리지 못하고 있는 쪽이 미오에게 당했던 다섯 명이다.
토모에는 대담하게 반항하는 몬드를 일단 내버려두고, 나머지 멤버들을 둘러봤다.
"정말 단순하기 짝이 없는 녀석들이로고. 겨우 이 정도의 메뉴로 체력을 전부 소진하다니. 절반 정도는 도망칠 생각으로 가득할지도 모르겠군?"
""……?!""
"허나…… 그 모자라는 머리들로 조금만 생각을 해 보거라. 여기는 어디냐? 네 녀석들은 어떻게 여기에 왔지? 설마 이 장소가 네 녀석들의 마을과 육지로 이어져 있다고 생각하는 거냐? 무르구나. 정말 이렇게 물러 터졌다니!"

"……무슨, 소리지?"

몬드가 쥐어짜는 듯한 목소리로 질문했다. 그 역시 은근히 도망치려는 생각이 머릿속에 떠오른 상태였다. 힘이 들어서라기보다는, 이대로 가면 사망자가 발생할 지도 모른다는 위기감 때문이었다.

"무슨 어려운 얘기가 아니다. 이곳은 도련님께서 만드신 특수한 결계의 내부에 존재하는 장소다. 그 강도는 아까 전에 도련님께서 사용하셨던 간이 장벽과는 차원이 다르지. 이곳에서 벗어나 도망치고 싶다면…… 도련님의 간이 장벽을 손가락 하나로 파괴할 수 있을 정도의 수준이라면 간신히 가능한 정도일까?"

물론 새빨간 거짓말이다. 아공의 특성에 관해선 아직 모르는 일들이 훨씬 많았다. 물론 숲 도깨비들이 육로로 마을에 돌아갈 수 있는 가능성은 없기 때문에 도망이 불가능하다는 결론 쪽은 진실이었다.

"손가락 하나로…… 그건 무모해."

숲 도깨비들은 자신들이 마코토의 간이 장벽조차 돌파하지 못한 이상, 탈출이 절망적이라는 사실을 깨달았다. 아쿠아와 에리스는 그 장벽이 간이적인 술법에 지나지 않았다는 사실이 어이가 없었다. 그러고 보니, 마코토는 장벽을 전개하면서 단 한 마디의 영창도 입에 담지 않았다.

"이제야 상황 파악이 되나? 네 녀석들은 도망갈 곳이 없다. 뿐만 아니라, 숲 도깨비 마을의 안부조차도 이 몸이 마음먹기에 달려 있다. 네 녀석들 모두가 기준치를 만족하지 못한 잔챙이인 시점에서, 이미 이 세계의 어디에도 도망갈 곳은 없다는 뜻이지. 네 녀석들이 별 볼 일 없어서 마을에 피해가 가도 좋은 거냐?"

토모에는 마치 본인이야말로 법이라는 듯이 그들을 위협했다.

"일단, 죽일 생각은 없으니까요. 폐기물이 되서 마을로 돌아가던지. 훌륭하게 능력을 인정받고 도련님께 봉사하던지. 자존심이라는 게 있다면 여기서 발휘해야 하지 않을까요?"

미오가 토모에의 말에 덧붙였다. 그 대사는 훈련 틈틈이 토모에의 부탁으로 암기했던 사항이다. 토모에가 두 사람의 호랑이 교관을 연출하고 싶다고 하기에 받아들인 얘기였다. 어차피 마코토를 따라 학원 도시로 갈 수 없는 이상, 정말 시간이 남아돌 때나 울화가 치밀 때는 훈련을 구경하러 오는 것도 괜찮을 거라는 생각이 들었다.

토모에가 협박하고 미오가 독려했다. 지금은 양쪽 다 숲 도깨비들의 마음속에서 별 보람 없이 맴돌 뿐이다. 오늘밤, 그들이 결론을 낼 때만 효과를 발휘하기만 하면 충분하다. 따라서 토모에는 지금 그들이 보이는 한심한 반응에 그다지 신경을 쓰지 않았다.

오히려, 대략적인 능력치를 파악한 내일부터 정식으로 트레이닝이 시작되는 셈이다. 마코토의 세계에서 유래한 여러 가지 기억을, 토모에의 오해와 곡해로 이어붙인 훈련법이 말이다.

토모에는 그 방식을 자료실에서 발견했던 명칭을 그대로 따와서 부트캠프라고 명명했다. 그리고 첫 머리에 자신이 고안했다는 뜻과 마코토의 기억을 참고로 삼았다는 의미로 자신들의 이니셜을 첨가해서 T(토모에와) M(마코토의) 부트캠프라고 이름을 붙였다.

T의 의미는 작성자의 의도에 따라 그대로 알려졌으나, 그 이후

에 오래도록 이어져 가는 악몽과 같은 한계돌파 훈련과 가끔 참가하는 검은 여성의 임팩트에 밀려 M이라는 글자는 숲 도깨비들 사이에서 미오를 가리키는 말로 정착되게 된다.

"크크, 이제 토야마의 약장수[#10] 계획을 한 단계 진행시킬 수 있겠군. 상회의 이름을 널리 알리고, 정보수집까지 가능한 묘안이 아닌가! 마코토 님께서 깜짝 놀라실 거리가 하나 더 늘어났군."

토모에가 낮게 중얼거렸다. 옆에 서 있던 미오는 그 내용을 전부 듣고 있었지만, 그 의미를 전혀 알 수가 없었기 때문에 딱히 걸고 넘어지지 않았다. 미오는 그저 휘청거리면서 돌아가는 숲 도깨비들을 바라보고 있을 뿐이었다. 도움을 줄 생각은 추호도 하지 않는 구석이 그야말로 미오의 성격을 그대로 나타내고 있었다.

"고객 여러분은 신입니다!!"

"약은 먼저 쓰고 계산은 나중에 합니다!!"

"쿠즈노하 상회의 약품을 부디 애용해주세요!!"

"곤란하실 때는 즉시 달려갑니다!"

이런 식으로 다양한 선전 문구를 외치면서, 일치단결하여 훈련에 임하는 숲 도깨비들의 모습을 다음날부터 아공 교외에서 목격할 수 있었다. 물론 그 이상으로 끔찍한 비명이나 절규도 구색을 맞추고 있었다.

목소리가 작다. 미소가 어설프다. 책임 의식이 부족하다. 약하

#10 토야마(富山)의 약장수 일본 토야마 현의 의약품 배치 판매업의 통칭. 17세기 경에 시작됨. 약 장수가 각 가정에 미리 상비약을 맡기고, 사용한 분량만큼의 돈을 받는 시스템이 특징이다.

다. 재미없다. 토모에는 가끔 불합리한 이유로 폭력을 행사하기도 하면서, 기초능력, 전투기술, 잠입능력, 그리고 정보수집 능력이나 휴먼 사회의 상식 등을 숲 도깨비들의 두뇌와 육체에 강제로 주입했다.

토모에가 앞장선 공포의 부트캠프는 오늘도 계속된다.

어느 날의 작업장

마코토가 츠이게에 도착하고 얼마 지난 후에 있었던 일이다.

이 세계에서 사용되는 식기 중 주류는 목제와 금속제였다. 물론 아공에서도 마찬가지였다.

휴만은 물론 황야에 살고 있는 아인들도 그 경향은 다를 바 없었다.

그리고 드워프들의 작업장에서는, 병장기 이외에도 대량의 금속제 그릇이 제작되고 있었다.

지금 그 한 귀퉁이에 흙으로 만들어진 돔에 굴뚝이 달린 새로운 설비가 탄생했다.

가마였다.

그릇을 굽기 위해 사용하는 장치였다. 그 존재만큼은 드워프 종족의 기억에도 남아 있었지만 실제로 사용한 경험이 있는 이는 거의 없었다.

이유는 간단했다. 흙이나 돌을 원료로 제작한 도자기는 부서지기 쉽기 때문이다.

여신의 세계에는 지구와 비교해서 다양한 금속이 존재했기 때문에 식기를 제작할 경우에도 금속이나 나무를 사용하는 경우가 일반적이었다. 제작 과정에 마술을 동원할 수 있어서 금속 그릇을 제작하는 쪽이 수고를 덜 수 있었다.

일부 로렐 연방에 도기를 사용하는 지방도 있었지만, 일반적인 사례는 아니다. 자기나 골회자기의 경우엔 유사품조차 존재하지 않았다.

"도기 말씀이십니까? 존재 자체는 알고 있습니다만, 개인적으로 금속 그릇에 비해 장점이 그다지 없는 걸로 알고 있습니다. 만약 음식에 쇳기가 느껴진다면 나무 그릇을 쓰면 되니까요."

미스미 마코토가 도자기에 관해서 드워프와 상담했을 당시의 일이다.

이 세계에서는 다양한 금속과 나무, 그리고 마술이 존재하기 때문에 도자기는 별로 보급되지 않았다고 한다.

토모에가 찻잔을 만들려고 여러 가지 금속과 나무를 사용해서 도전(정확히 말하자면 도전시켰다)했지만, 어딘지 모르게 분위기가 달랐다. 그나마 겉모습을 상당한 수준으로 모조하는데 성공했으니, 마코토는 드워프 장인들의 엄청난 기술 수준에 감탄할 수밖에 없었다.

그래서 흙을 사용하는 도자기에 관해 장인과 상담했더니 지긋한 나이의 장인 한 사람이 그 존재를 알고 있었다.

일본에서는 일반적으로 사용되는 도자기가 이 세계에서는 거의 존재하지 않는다는 사실에 놀랐다. 하지만 그러고 보니 그다지 눈에 띄지 않았던 것도 사실이다. 마코토는 납득했다.

"특히 부서지기 쉽다는 점이 많이 걸립니다. 평소에 사용하는 물건이라면, 역시 내구력과 편의성이 제일이니까요."

"그렇군요……. 그럼 억지로 도자기를 만들 필요도 없겠네요.

저도 지금까지 불편하다고 느낀 적은 없고, 모처럼 제작하는 일상용품이니 역시 튼튼한 편이 좋지요."

"예, 가까운 시일 안에 도련님께서 사용하시던 물건과 다를 바 없는 질감의 그릇을 준비해서 바치……."

"그럴 수는 없다! 바로 그 도자기를 만들어내라는 말이야!"

"토모에, 억지 좀 부리지마라. 그리고 나도 도자기 같은 분야는 그다지 잘 아는 편이 아니야. 가령 네가 내 기억 중에 해당 사항을 찾아낸다고 하더라도, 재현이 가능한 정보량이 있을지조차……."

그러나 마코토는 기억을 떠올리고 말았다.

의무 교육 기간에 받았던 사회과 견학 체험과, 활을 가르쳐준 스승이 취미로 삼고 있던 가정 공예에 참가했던 경험이 떠오르고 말았다.

하고자 한다면 불가능하지는 않다는 뜻이다.

"……가능성이 약간이나마 있는 모양이군요, 도련님?"

"하지만, 필요 없을 거야."

"새로운 분야에 도전하는 것이야말로 진정한 장인의 마음가짐이 아니겠나?"

토모에가 마코토의 말에 대답하지 않고, 그렇게 말하면서 드워프에게 시선을 돌렸다.

말하자면, 공갈이다.

"안 그래도 일본도를 만들어 내라고 민폐를 끼치고 있잖아? 애초에 너는 흙을 굽기만 하면 만들어낼 수 있는 그릇이라고 간단히 생각하는 모양인데, 도자기라는 건 예술의 영역까지 도달할 정도로 정말 굉장한 기술 중 하나거든? 그렇게 선불리 시작해서 흙을 만지작거리기만 하면 생기는 게…….”

“……맡겨만 주십시오! 부디, 저희들에게 명령을 내려 주십시오.”

“으엥?”

마코토는 드워프들의 부담을 늘리지 않으려고 토모에를 설득하려고 했다. 그런데 바로 그 드워프가 설마 토모에에게 찬동할 줄이야. 마코토는 경악했다.

“그래? 시도해보겠다 이 말이지! 그럼 조금만 기다려라. 곧바로 이 몸이 필요한 정보를 모아 오마!”

“부탁드립니다, 토모에 님.”

“이 몸을 믿어라!”

“어, 어째서?”

마코토는 일단 도예를 시도해 보자는 방향으로 돌진하기 시작한 장인과 토모에의 대화를 넋이 나간 표정으로 지켜보고 있었다.

그는 자신이 드워프가 가지고 있는 장인으로서의 긍지를 무의식 중에 건드렸다는 사실을 전혀 눈치채지 못 했다.

그런 일이 있고 시간이 어느 정도 지난 후였다.

아공 도시에서도, 드워프들이 거주하는 구역의 한 귀퉁이에 가마가 완성된 것이다.

“오호, 찻잔이 이따금 이가 빠져있는 까닭은 흙으로 되어 있어 무르기 때문인가? 그리고, 이 점토를 성형한 그릇을 불로 구워서 단단하게 강화한단 말인가……. 흠, 흥미롭군.”

“말씀하신 대로 시도해 봤습니다만, 아마도 이 상태에서 아무리

굽거나 굳힌다고 해도 눈에 보이지 않는 작은 구멍이 생기는 것을 막을 수가 없습니다. 이러한 특징으로 판단하건데, 역시 식기로 쓰기에는 부적합하지 않을까 싶습니다."

드워프 중 한 사람이 그릇 형태로 성형한 점토를 가지고 왔다. 그는 이 기획에 참가하는 장인들 중 리더 격이었다.

그들은 역시 불을 다루는데 있어서 경험이 많은 만큼 여러 가지로 깨닫는 사실이 많은 모양이다. 그는 우선적으로 신경 쓰이는 점에 관해 마코토에게 질문했다.

"예, 그래요. 그러니까 한번 건조를 시키고 나서 구운 후, 유약(釉藥)이라는 걸 칠하고 다시 굽는 거지요. 그렇게 구멍을 막아서 물에 대한 내성을 지니게 하는 것 같아요."

"유약?"

"아마 점토를 물에 녹여서 재 등을 섞은 물질일 걸요? 건조한 상태의 그릇이나 토기를 유약으로 채운 항아리 등에 넣었다가 다시 한번 굽는 거지요."

"……점토와 재를 물과 섞는다는 말씀이십니까? 가열했을 때 막을 만드는 게 목적일까요? 그렇다면 아마 온도에 따라 다를 수도 있겠지만, 유리질 상태의 투명한 막이 생길 것으로 추측됩니다."

"아, 아마 그럴 거예요. 정확히 어떤 걸 섞어서 어떤 유약을 만들어 사용하느냐에 따라 그릇의 색조나 모양 같은 것도 완전히 변한다고 하더군요. 자세히 설명하기는 어렵지만요. 죄송해요."

"아닙니다! 몹시 흥미로운 수법이로군요. 마코토 님께서 말씀하신대로 시행한다면, 아마 적당한 강도를 얻어낼 수 있을 테니 실용적인 수준으로 완성시킬 수 있을 듯합니다. 그건 그렇고…… 이 기술은 틀림없이 예술이라고 불러야할지도 모르겠군요."

마코토로부터 대략적인 설명을 받은 장인은, 손을 진흙으로 더럽히면서도 연거푸 고개를 끄덕이고 있었다.

그는 마코토의 어설픈 설명만 듣고도 그 이상의 정보를 획득한 모양이다. 마코토는 전문가의 진면목을 감탄한 표정으로 보고 있었다.

"왜 그렇게 생각하는 거지? 솔직히 말해서 이 몸은 도련님께서 말씀하신 예술의 의미가 잘 파악이 안 가는데?"

"토모에 님. 이 제작 방법은, 불확실한 요소를 내포하면서도 완성된 수법이라고 할 수 있습니다."

"정말 오묘한 소리를 하는구나. 그건 서로 모순된 이야기가 아닌가?"

"아닙니다. 우선 재료나 유약에 신경을 쓰기만 해도, 충분히 다양한 그릇의 특징을 창출할 수 있습니다. 그리고 그릇을 굽는 시간이나, 그동안 일어나는 사소한 날씨의 변화조차도 완성되는 그릇에 영향을 끼칩니다. 말하자면 주의를 기울여 재질까지는 동일한 그릇을 만들어 낼 수 있을지 모르나, 완성도가 높은 그릇을 다시 한 번 똑같은 제작 방법으로 재현하려고 시도하더라도 가능할지 어떨지 확실치 않은 부분이 있다는 뜻이지요. 마술을 사용한 복제라면 가능하리라 여겨집니다만 그러한 행위는 완성된 작품에 대한 모독일지도 모릅니다."

"……흠, 그래? 같은 물건을 또다시 만들 수 있을지 모르기 때문이라. 그러하다면 틀림없이 잘 만들어진 작품을 소중하게 여기고 싶어질 것 같구나."

토모에는 아직 거기까지 생각이 미치지 못 했지만, 도기와 자기는 드워프가 처음에 설명했던 대로 부서지기 쉽다. 상실되기 쉽다는 특징도 도자기의 가치를 상승시키는 요인이라고 볼 수도 있다.

"마음에 들었습니다. 마치 흙에 생명을 불어넣는 듯한 기술이군요. 정말 심오한 느낌이 들어요."

"너무 지나치게 몰두하지는 말아주세요. 아마 다른 종족 분들도 참가할 수 있는 작업일 테니 장소도 넓게 잡아서, 희망자는 부담 없이 체험할 수 있게 해주세요. 그러면 드워프 여러분의 부담도 줄어들 테니까요."

"알겠습니다. 에마 님과 상담해서 마코토 님의 분부대로 따르겠습니다."

장인이 원 위치로 돌아갔다.

마코토가 문득 토모에에게 시선을 돌리자, 어딘지 모르게 근질근질한 기색이 엿보였다.

마코토는 아니나 다를까 예상이 적중했다는 표정을 짓고 쓴웃음을 지었다. 토모에는 일단 감독자 자격으로 일련의 과정을 그저 지켜보고만 있었지만, 이야기를 듣던 와중에 직접 참가하고 싶어진 모양이다.

"토모에, 이왕이면 너도 한번 만들어 볼래?"

"……?! 그, 그럼 도련님께서 굳이 말씀을 꺼내셨으니 사양하지 않겠습니다. 아니, 흙을 만지작거리는 게 재밌어 보인다거나 그런 어린아이 같은 생각은 한 적 없습니다만, 역시, 책임자인 이상 한 번 정도는 직접 해봐야 하지 않을까 싶어서요……!"

토모에는 주인의 한마디에 마지막 결심을 굳히고, 기쁜 듯한 표정으로 장인을 따라갔다.

입으로는 끊임없이 변명을 늘어놓으면서도 기쁜 빛이 얼굴에 가득한 그 표정이 그녀의 속마음을 충실히 드러내고 있었다.

아공에 또 하나의 문화가 탄생한 순간이었다.

"그렇다면 역시, 문제는 복제란 말인가?"

"그렇습니다, 토모에 님. 역시 복제는 불가능한 모양입니다. 예상이 빗나갔군요."

"정령 마술을 사용해도 어려운가?"

"한번 바깥 세상에 반출해서 시도해 봤습니다만, 불가능했습니다. 이 아공에는 정령이 존재하지 않으니까요, 그로 인한 영향일지도 모릅니다."

"뭐, 가마를 대형화해서 생산량을 늘리기만 해도 딱히 문제는 없을 것이다. 도련님께서도 말씀하셨지만, 특별한 경험이 없더라도 제작 자체는 가능할 뿐만 아니라 어느 정도 숙련이 되면 평소에 사용하는 식기류 정도는 충분히 만들 수 있다. 차라리, 스스로 사용하는 식기를 제각각 제작하도록 명령을 내려 보는 것도 괜찮겠군. 도련님께서 말씀하신대로 아공의 종족들 중에서 예술가가 탄생할

지도 모르는 일이다. 작업 자체가 몹시 재미있으니 말이야!"

토모에가 즐거운 표정으로 말했다.

그녀는 손에 장인이 완성시킨 찻잔과 유사한 그릇을 들고 있었다. 시범 제작 제1탄의 결과물 가운데 하나였다.

토모에의 작품은 완성이 지연된 관계로 제2탄 작업으로 넘어갔기 때문에, 아직 가마 속에서 굽고 있는 도중이었다. 오늘은 그 제2탄에 투입된 도자기들을 가마에서 꺼내는 날이다.

토모에는 제1탄 제작 과정에서 발생한 문제점이나 과제에 대한 보고를 듣는 것도 겸해서 작업장을 방문한 것이다.

"그건 그렇고, 처음으로 가마에서 도자기들을 꺼냈을 때는 놀랐습니다. 동일한 수법에 형태만 다를 진데, 인상이 그렇게까지 다양하게 나타날 줄이야. 약간은 고르지 않게 완성되리라고 예상하고 있었습니다만, 그 이상의 결과물이었습니다. 뿐만 아니라……."

드워프의 시선이 토모에가 들고 있는 찻잔으로 옮겨졌다.

"금속이나 나무에는 없는, 독특한 감촉이 느껴진다. 하지만 편안한 느낌이야."

"예, 그 감촉도 상상했던 바와 달랐습니다. 정말 만들어보길 잘했습니다. 이 모든 것이 토모에 님 덕분입니다."

"그렇군. 감사하도록. 이 도자기에 모양이나 색깔, 그림을 추가하는 작업은 어렵겠나?"

"도련님께 여쭤본 결과, 유약을 칠하기 전이나 나중에 그림이나 모양을 그려 넣는 방식도 존재한다고 합니다. 색깔의 경우엔…… 원재료인 점토나 거기에 섞는 돌가루, 그리고 유약을 제작하는 과정에서 소재의 조합이 영향을 끼치고 있는 것으로 생각됩니다."

"……그 과정에도 마술은 효과가 없나?"

"예. 어쨌든 수많은 시행착오가 필요하지 않을까 싶군요. 도련님께서도 그다지 소상히 파악하고 계신 것은 아닌 듯하니 어쩔 수 없습니다."

드워프가 토모에에게 보고한 내용 중 특필할만한 점은 두 가지였다.

하나는 마술의 간섭을 거의 받아들이지 않는다는 사실이다.

아공의 흙이나 일부 제작 과정의 영향인 것으로 추정되는데 작품이 완성된 후에 마술로 수정하거나 덧붙일 수가 없었던 것이다.

그렇다고는 하나, 결국은 토기에 지나지 않는다. 그들이 시험적으로 시행한 마술을 응용한 내부 가공에 강한 저항을 보이기는 했으나, 외부로부터 공격 마술을 사용하자 간단히 부서졌다.

어디까지나 그 재질을 가공하는 작업이 어려울 뿐이다. 아공의 도자기가 지니고 있는 마술 저항 능력은 실용적으로 그다지 써먹을 구석이 없는 무용지물이었다.

또 하나는 토모에가 즐거운 표정을 짓고 있는 원인이기도 했다.

이 도자기 제작의 중독자들이 이미 발생한 것이다.

흙을 만지는 즐거움, 완전히 구워진 다양한 그릇을 가마에서 꺼내는 순간의 기대감—.

제작 과정 중에 무수히 존재하는, 제작자의 취향을 반영할 수 있는 포인트—.

이러한 요소들이 드워프 장인들의 심금을 울려, 그들을 완전히 사로잡은 것이다. 냉정하게 보고하고는 있지만, 사실은 책임자를 맡고 있는 장인 대표도 도예의 매력에 홀린 사람들 중 한 사람이었다.

드워프들이 도예에 지나치게 몰두하는 이들이 속출하고 있다는 보고를, 토모에에게 올렸을 정도였다.

"간편하게 색깔을 가공할 수만 있다면 상회에서 판매용 상품으로도 손색이 없다고 생각하는데 말이야. 이놈들은 웬만해선 마음을 열지 않는 못 말릴 정도로 내성적인 성격이라 이 말인가? 만만치 않은 상대로고."

토모에가 찻잔을 코앞까지 치켜 올리고 흥미롭다는 표정으로 감상했다.

"우선 저희들이 고려하고 있는 방법은, 바깥 세상의 흙을 사용해서 만들어 보면 가능성이 있을지도 모른다는 겁니다. 현재로서 그 이외의 방법은 향후의 연구 과제로 보류할 수밖에……."

"네 녀석들을 믿는다. 이제 슬슬 그릇이 도착할 시간인가?"

"예, 머지않아 당도할 것입니다. 아, 마침 온 모양입니다."

"이 몸이 손수 만든 그릇이 어떻게 완성되어 있을지 기대되는군."

토모에의 시선이 드디어 찾아온 젊은 장인이 손에 든 접시 위, 천으로 가려진 언덕으로 향했다.

하지만 그 손이, 접시가 떨고 있었다.

이윽고 젊은 장인이 각오를 다잡고, 흰 천을 제거했다.

"읏?!"

일동이 숨을 죽였다. 긴장이 방 전체를 지배했다.

떨리는 접시 위에, 찻잔 하나가 놓여 있었다.

그러나 금이 가서 크게 이가 빠진 상태였다. 굽는 과정에서 실패한 것으로 추정된다.

"깨, 깨졌잖아――?!"

"자, 장인들 중 누군가가 실수를 한 모양입니다! 토모에 님, 면목이 없습니다!"

그럴 리가 없었다.

가마로부터 꺼낸 단계에서 이미 이 모양이었을 것이다. 장인의 예리한 눈은 곧바로 그 사실을 파악했다.

"아니, 얼핏 보기엔……."

"닥치지 못 할까! 모처럼 시작한 도예가 끝장날지도 모……!"

"묻겠다. 그 그릇은 떨어뜨려서 깨진 거냐? 아니면 가마에서 꺼냈을 때부터 깨져있었나? 어느 쪽이지? 바른 대로 고해라."

토모에의 표정이 거짓을 고하는 것은 용서하지 않겠다고 말하고 있었다. 그야말로 누가 봐도 명확할 정도로 직설적인 표정이다.

"……가마에서 꺼냈을 때는 이미 깨져있었습니다."

"……그런가."

장인 대표가 하늘을 올려다봤다.

토모에가 실패했다.

만약 이 실패가 그녀의 비위를 거스른다면, 앞으로 도예는 사장될지도 모른다.

그는 이미 도예의 매력에 사로잡혀, 무슨 수를 써서라도 도예만

큼은 지키고 싶었다. 그래서 젊은 장인들 중 누군가를 희생양으로 삼는 한이 있더라도 어쩔 수 없다는 결론을 내리고 무의식중에 거짓말을 내뱉은 것이다.

그러나 그 거짓말도 그릇을 가지고 온 장인이 토모에의 박력에 밀려 이실직고하는 바람에 무산되고 말았다.

그는 이제 끝장이라고 생각했다.

침묵이 실내를 지배하고 있었다.

"휴우, 이것은 나에게도 처음 겪는 일이었으니 어쩔 수 없지! 아니, 이런 실패가 있어서 오히려 더 즐거운 일도 있는 법이다!"

토모에는 고개를 숙이고 부들부들 떨고 있다가, 갑자기 얼굴을 들었다. 그런 그녀의 입으로부터 예상치 못한 명랑한 말들이 나와 그 자리에 울려 퍼졌다.

"너무 신경 쓰지 마라. 앞으로도 이따금 놀러올 테니, 연구에 힘쓰도록."

토모에는 그렇게 말하더니, 실패한 그릇을 받아들고 방에서 나갔다.

긴장으로부터 해방된 일동이 크게 한숨을 내쉬었다.

"좋아, 젊은 녀석들은 잘 들어라! 곧바로 결과를 정리한다! 그리고, 점토질의 흙을 채집하는 반에게 전달해서 가능한 한 다양한 장소의 흙을 수집하라고 해라. 아공 담당 반은 물론이고, 바깥 녀석들도 마찬가지야!"

"예!"

앞장서서 가마로 향한 장인이 지시를 내리기 시작했다.

아공의 도예는 이렇게 시작됐다.

“어라, 그건 금속 그릇인가? 나무로 보이지는 않는데.”

카운터 안쪽의 장식장에 진열된 그릇들 중 하나가 보였다. 손님이 호기심이 생겼는지, 접대하는 드워프 점원에게 질문을 던졌다.

“아니, 흙으로 만들어본 거요. 처음엔 그냥 심심풀이였는데 어쩌다 보니까 좀 공이 들었지.”

“흙으로?! 공을 들였다니…… 그럼, 혹시 당신이 만든 건가! 대단하군. 병장기만 만들 줄 아는 게 아니라 정말 다재다능한 모양이오. 그런데 흙으로 만든 그릇 같은 게 소용이 있나? 물도 샐 것 같고 깨지기 쉽다는 느낌이 있는데.”

그는 여러 가지 불안요소를 입에 담으면서도, 동시에 많은 질문을 던졌다. 남자의 그 접시에 대한 강한 호기심을 엿볼 수 있었다.

“물은 웬만해선 새지 않을 거야. 그거야 다 처리하는 방법이 있지. 무게나 내구성의 문제는 있지만, 그 이상으로 한 번 써보면 독특한 맛이 느껴진단 말이지. 어디 만져보시구려.”

“고맙소! 어, 이 감촉을 뭐라고 표현해야 할까? 손에 스며드는 느낌이야. 그리고 도저히 흙이라는 생각이 들지 않는 광택이군. 색깔도 훌륭해. 흰색인데도 어렴풋이 푸르른 빛을 띠고 있어서, 마치 빨려들 것 같아.”

손님의 평가를 듣고 그릇을 보여준 드워프가 기쁜 듯이 수염을 만지작거렸다. 그 표정은 완고한 장인 그 자체였지만 관점에 따라서 쑥스러운 기색을 숨기기 위한 애교 있는 동작으로 보이기도 했다.

“아직 여러 가지 시행착오를 거치고 있는 도중이오. 금속 그릇과 달리 똑같은 작품을 대량으로 생산할 수 없다는 게 옥의 티라고 할 수 있지.”

“일반인들이 복제를 시도한다면 불법이겠지만 장인이 신경 쓸 일은 아니지 않소? 일정한 조건만 만족하면 허가가 떨어지는 걸로 알고 있는데?”

“뭐, 그 허가라면 우리도 예전에 취득했지. 그런데 문제는 그게 아니야. 그 제작 방법으로 만드는 그릇은 변질이나 복제 등을 유발시키는 마술에 묘한 저항 능력을 갖추고 있거든. 복제 자체가 불가능하다는 거야.”

“호오…… 참 별 일도 다 있소.”

“내 말이 그 말이야.”

여기는 변경 도시 츠이게였다. 거리에서도 모르는 이가 없는 거대 상회의 건물을 일부 임대하고 있는 작은 상회의 점포였다.

손님과 점원의 대화가 중단됐다.

접시를 구경하고 있던 손님은 말을 멈추고, 그릇의 각도를 기울이거나 가까이서 쳐다보거나 먼 거리에서 확인하기도 하면서 진지한 눈빛으로 그릇을 음미했다.

점원은 손님의 행동을 딱히 말리지도 않고 대화를 시작하기 전에 닦고 있던 무기의 손질 작업으로 복귀했다.

남자의 몇 차례에 걸친 한숨 소리와, 천으로 무기를 닦는 소리만이 계속해서 울려 퍼지고 있었다.

"……이보쇼, 상담하고 싶은 게 있는데."

"응?"

남자가 다시금 드워프에게 말을 걸었다. 이미 그 눈빛에 감동한 기색은 없었으며 결심한 듯한 강한 빛이 서려 있었다.

"이 접시 말인데, 나한테 팔지 않겠소?"

"그걸 말이오? 으음, 팔려고 내놓은 물건이 아닌데."

드워프 점원이 곤혹스러운 표정을 지었다. 그 접시는 어디까지나 가게에 장식하기 위해 가지고 온 것으로, 사실은 가끔 가다가 개인적으로 구경하면서 즐기는 용도였던 것이다.

"부탁하오! 가격은 당신이 마음대로 정하시오! 나는 무슨 일이 있어도 이 접시에 내 요리를 담아보고 싶소!"

"……당신, 요리산가?"

"아, 그렇소! 오늘은 휴식삼아 온 거라오."

"요리 전문가가 보기에, 이 접시는 좋은 걸로 보이나?"

"물론이지!"

"그럼, 그냥 가져가쇼. 가격은 그 접시에 당신이 만든 요리를 잔뜩 담아서 나에게 먹게 해주면 그만이야. 어떻소?"

점원이 잠시 동안 곰곰이 생각하면서 고개를 숙였다가, 간단하게 그의 요구에 응했다.

"저, 저, 저, 저, 정말이오?! 기꺼이, 온 힘을 다해서 만들어 보이겠소! 지금은 지인이 경영하는 음식점을 숙소로 삼아서 머물고 있소. 나중에 거기로 찾아와 주겠소?!"

요리사를 자처한 사내는 그 그릇을 몇 개월 할부로 구입하는 한이 있더라도 반드시 입수할 생각이었다. 그는 드워프의 본심을 확인하면서도, 일단 카운터에 내려놓았던 접시를 소중하다는 듯이 손에 잡아들었다.

나름대로 나이를 먹은 것으로 보이는 남성이었지만, 그 표정은 염원하던 장난감을 손에 넣은 남자아이와 전혀 다르지 않았다. 이런 본능은 몇 살을 먹어도 변함없는 남자의 타고난 천성일지도 모른다.

기뻐하는 남자를 쳐다보던 드워프 점원이 봐도, 그 속마음을 얼마든지 헤아릴 수 있었다.

"그래, 당신 스스로 납득이 가는 작품을 완성하면 불러주쇼. 언제든지 갈 테니까."

"고맙소! 이건 내 지갑이오. 전부 두고 가겠소. 요리가 당신 맘에 들 경우에만 돌려주시오!"

남자는 접시를 양손으로 가슴 앞에 소중하게 감싸 안고, 가게에서 떠나갔다.

도자기의 존재는 이 날부터 시작해서, 조금씩 세상에 퍼져 나갔다.

후세에 아이온에서 유행이 시작된 것으로 알려진 도예는, 서서히 휴만 사회에도 보급되기 시작했다.

마코토가 그 제작법을 딱히 비밀로 삼지도 않았고, 드워프들도 배우고 싶어 하는 이들에게 쾌히 기본적인 방법을 전수했기 때문이다.

드워프로부터 최초의 접시를 양도받은 그 요리사는 도자기의 매력에 이끌려, 이윽고 츠이게로 이주하기에 이르렀다. 그리고 머지않아 음식점을 개업했다.

남자가 개업한 음식점의 평판이, 도자기 공예의 커다란 계기로 작용했다. 훌륭한 맛은 물론이거니와, 사용하고 있는 진기한 접시나 그릇이 상승효과를 일으키면서 입소문을 탄 것이다.

아공의 도예는 토모에의 억지로부터 시작된 문화였다.

그 산물이 일부 호사가들의 눈에 띄면서, 이윽고 지구에서의 예술품 취급과 다를 바 없는 위치를 차지하게 된다.

그 가운데 츠이게에서 이따금 산출되는 최고급 그릇은, 도예의 탄생에 깊이 관여한 것으로 알려진 인물의 이름을 따서 「토모에」라고 불리게 된다. 물론 그 일은, 아직 아무도 알 수 없는 먼 훗날의 일이었다.

달이 이끄는 이세계 여행 5

1판 1쇄 발행 2018년 11월 10일
1판 6쇄 발행 2022년 4월 8일

지은이_ Kei Azumi
일러스트_ Mitsuaki Matsumoto
옮긴이_ 정금택

발행인_ 신현호
편집장_ 김승신
편집진행_ 권세라 · 최혁수 · 김경민 · 최정민
편집디자인_ 양우연
관리 · 영업_ 김민원

펴낸곳_ (주)디앤씨미디어
등록_ 2002년 4월 25일 제20-260호
주소_ 서울시 구로구 디지털로 26길 111 JnK디지털타워 503호
전화_ 02-333-2513(대표)
팩시밀리_ 02-333-2514
이메일_ lnovellove@naver.com
L노벨 공식 카페_ http://cafe.naver.com/lnovel11

ISBN 979-11-278-4729-6 04830
ISBN 979-11-278-4112-6 (세트)

값 9,000원

변변찮은 마술강사와 금기교전 1~12권

히츠지 타로 지음 | 미시마 쿠로네 일러스트 | 최승원 옮김

알자노 제국 마술 학원의 계약직 강사인 글렌 레이더스는 수업 중
자습 → 취침 상습범.
그러다 웬일로 교단에 서나 싶으면 칠판에 교과서를 못으로 고정해놓는 등,
그야말로 학생들도 기가 막혀 하는 변변찮은 강사다.
결국 그런 글렌에게 진심으로 화가 난 학생,
「교사 킬러」로 악명이 자자한 시스티나 피벨이 결투를 신청하지만—
이 해프닝은 글렌이 허무하게 패배하는 안타까운 결말로 막을 내린다.
하지만 학원에 닥친 미증유의 테러 사건에 학생들이 휘말리자,
"내 학생에게 손대지 마!"
비로소 글렌의 본성이 발휘된다!

TV애니메이션 방영 화제작!!

라이트노벨의 새로운 빛! L노벨의 신간은 매월 10일에 발매됩니다. http://cafe.naver.com/lnovel11